リア充になれない俺は革命家の同志になりました1

仙波ユウスケ

JN267542

講談社ラノベ文庫

口絵・本文イラスト／有坂あこ
デザイン／ムシカゴグラフィクス

プロローグ

『黄金の三日間』というものを知っているだろうか？

学校の新学期最初の三日間のことだ。

この三日間は教育学において、生徒の特徴を見極めクラスの運営方針を決める重要な七十二時間として重要視されているという。この間はみんな先生の言うこと聞くからね。

もっと踏み込んで言えば、『どの生徒がクラス内で権力を持ちうるかを見極め、いかにその生徒を掌握するか』を担任教師が決める期間だ。権力を持つ生徒の反抗さえ阻止すれば、クラスは担任教師とその権力者により安定統治される。

なんか、教師がそんなこと考えてるのはどーなの？　って気もするが、しくじれば下手すりゃ学級崩壊が待っているのだし、背に腹は替えられないのだろう。

つまり、わずか三日間で『どの生徒が上でどの生徒が下か』が決まる。

学校内での生徒の格差社会。いわゆる『スクールカースト』というやつが生まれるのだ。

乱暴に細かく分ければ、上のほうから……

一軍、イケメンやギャルなどのリア充。

二軍、体育会系。

三軍、文化系。

四軍、オタク。

五軍（最下層民）、ぼっちやいじめられっ子。

そんな感じか？　基本的に一度確立されたこの階級社会は覆らない。

ちなみに市民権や人権を持つのは三軍以上の生徒。

しかもその階級は教室外でも意味を持つ。

上位階級の生徒は他クラスの上位階級の生徒と会話する権利があるし、下位の階級の生徒は他クラスの下位の人間としか会話できない。

さらに、一番下の最下層民は、他クラスどころか同じクラスの奴とも話す機会がない。

そんな階級社会がわずか三日間で決まる。しかもタチの悪いことに、学生の本分であるはずの学力はこの階級分けにさほど影響を与えない。

どんなに頭が悪くても一軍の生徒は一軍だし、どんなに頭が良くても五軍の生徒は五軍のまま。上位カーストの人間はテストで赤点を取っても「うっわ補習とかマジありえねー」「お前馬鹿だなー」と、楽しい楽しい会話のネタになる。

逆に成績の悪い下層カーストの生徒が頑張って勉強して成績を上げても上位カーストに上がることはない。下手すりゃ『ガリ勉』のレッテルを貼られるだけ。

なお、異性と会話したり交際したりするのも上位カーストの生徒の特権だ。大まかに、三軍の上半分くらいまではその権利がある。ただし、三軍の男子が交流していいのは三軍以下の女子のみ。そして、四軍以下は基本、異性との接触は許されない。

俺の主観が入りかなり誇張されているだろうが、おおむね学校とはそういう空気の場所だろう。これほどまでに固定された階級社会は、大人の社会より残酷な気がする。

高校デビューに必死になる奴が出てくるのも頷《うなず》けるわな。ま、高校デビュー組は同じ中学の奴らに本性バラされたり、もともとリア充じゃないからそのうち化けの皮が剝《は》がれてウザがられるという末路が待ってるんだけどね。ざまぁ。

さーて、今は『黄金の三日間』もとっくに過ぎ、桜も舞い落ちた四月下旬。ホームルーム終了直後の放課後。

もはや俺、白根与一《しらねよいち》の所属する一年五組の生徒は無数の小グループ、いや各階級に分断されていた。

ちなみに俺の階級は五軍の最下層民。スクールカースト最下層。最底辺。

ただし、これは自分で選んだ道だ。別に後悔はしてない。こんなふざけた階級社会やってられないんで。

それぞれの階級は同階級の者たちで集まり、一緒に下校したり部活に行ったりし始めている。俺は教科書類をバッグに仕舞い、一人での下校を選ぶ。

近いうちに五月になる。五月病に襲われる前に積んでた本とかラノベとか読んでおきたいのだ。

ついでに俺は、湿気の多い六月は六月病に襲われる予定だし、気温の上がる七月も七月病に襲われる予定だ。その後、すべての月で気が滅入る。つまるところ俺は不治の病に冒されている。政府は俺のような難病を抱える社会的弱者を支援する政策を打ち出すべきだ。

……しかし、家に帰ろうと教室から出たその瞬間、俺はこの忌々しい階級社会の上位者すら逆らえない神のような存在、つまりは担任教師に呼び止められた。

一章

『学校当局及び生徒会はその強権を行使し、我が図書部の廃部を画策している。伝統ある図書部の貴重な蔵書を検閲、高校生にふさわしい蔵書のみを図書室に引き渡し、ほかの蔵書は処分すべきというのが彼らの主張である。

　これは知識人として許しがたい焚書《ふんしょ》行為も同然であり、恐るべき言論弾圧・思想統制にほかならない。学校当局は生徒の自由を弾圧する強硬権力と化し、生徒の自治を促すはずの生徒会は官僚主義的独裁機関へと成り下がっている。このような学校当局や生徒会の腐敗に抗議し、自由と正義を愛する私は、本日をもって無期限ハンガーストライキに入ることをここに宣言する。廃部処分断固反対！』

図書部からの抗議文

　担任に、放課後の職員室に連行された。つまり俺が何かやらかしたか、もしくは何かやらされるか、そのどちらか。でも前者の可能性は低い。だって俺より目の前の先生のほうがずっと不良っぽいんだもん。

　デスクに座る担任教師の高田《たかだ》先生は、見た目だけは若々しい女性教諭なのだが、言葉遣いや態度や服装は完璧にヤンキーのそれだ。ジャージ姿だし。しかも噂《うわさ》（誰かが誰かに話してるのを勝手に聞いた）によるとマジでヤンキー上がりらしい。ついでに俺の防衛本能も「この先生ヤンキー上がりっすよ逆らわないほうがいいっす」と警告していた。

ヤンキーには『逆らわない・でも従わない・何より最初からつるまない』の三ない運動で対抗すべし。栃木の男子高校生は、ヤンキーから身を守る術に長けてます。

……が、相手がヤンキー教師だと、最も重要な『最初からつるまない』のが無理なのだから困る。そんなヤンキー先生こと担任の高田《たかだ》先生はいきなり俺に命じてきた。

「白根《しらね》。お前ヒマだろ？　あたしが顧問やらされてる部活に入れ」

「……なんでっすか？」

「廃部になりそうだからだ」

あー、アレね。部の存続のために頑張って新入部員を募集したり、『勝てば存続』みたいな条件で強豪校との試合に挑んだりするやつ。高田先生ヤンキーだからそういう熱血なノリ好きそう。青春っすねー。興味ねーけど。

「ちなみに『図書部』な。入れ」

対ヤンキー三ない運動の『逆らわない』『でも従わない』を守り、曖昧に答える。

「その、あんま気乗りしないいんすけど。……なんで俺を入れようとしてるんすか？」

「部員ゼロで廃部が決まってたんだが、新入生が一人、入部を希望した」

「で、そいつのために、先生はその『図書部』とやらを存続させてやりたい、と？」

「いや。あたしとしては諦めさせたかった。顧問とかめんどくせーから」

あ、ヤンキーなのに清々しくドライだ。逆に好感が持てる。教師としてはちょっとどうかと思うけど。……なのだが、高田先生は忌々しげに顔をしかめ、言葉を続ける。

「でもな、そいつが廃部に抗議してハンスト宣言しやがった」

いきなり、普段はあまり聞かない類いの単語が飛び出してきた。

「ハンスト？　高校生が、部活の廃部に抗議して、ハンスト……？」

ハンスト。つまりハンガーストライキ。

飯を一切食わず『死んでやるぞ？　このまま餓死してやるぞ？　そうなったら困るだろオイ？』と自らの命を人質に取り、世間の注目を集めつつ相手からの同情を得て非暴力不服従の精神で主義主張を通そうとするやり口だ。一部の女子の間で『プチ断食』なるダイエット法が流行ってるらしいがそんな生易しいもんじゃない。栄養失調どころか餓死の危険すらある。普通、高校生はやらない。まだ成長期だもん。

「ハンスト宣言って言っても、ただの脅しっすよね？」

「そー思ってたんだがマジで何も食べてねーらしい。今日栄養失調でぶっ倒れやがった。しかも養護教諭が病院に送ろうとしたら保健室の窓から逃げ出したとか」

栄養失調で倒れながらも保健室から脱走、病院搬送拒否。ガチじゃん……。

「だからお前、ここ入部しろ」

「『だから』って……意味分かんないんですけど。なんでっすか？」

「生徒が餓死とか学校としても勘弁だから仕方ない、廃部は取り消しだ。でもな、入学早々ハンストかましてくるような奴を一人野放しにしとくわけいかねーだろ？　お前入部してそいつが何かやらかさないか監視しろよ」

「先生が責任持って監視すりゃいいじゃないっすか⁉」

「やだよ」

「なんでです……？」

「めんどくさい」

やっぱクソ教師だ。ヤンキーめ。

「なら、その変人新入生は病院ぶち込んで点滴でも打って、断固として廃部にしちゃえばいいんじゃないっすか？」

「そーしたいのは山々だ。でもそいつ、入試成績一位の学費免除特待生なんだよ。学校としてもそんな生徒に死なれたり、病気になられたり、落ちぶれられたり、退学されたりは困る。有名大学合格の実績に貢献してもらわないといけねーんだからよ」

「なんすかその特別扱い……。そういう大人の世界の汚い事情は知りたくなかったなー」

まあでも、この私立高校の普通科はそれなりに偏差値の高い進学校だ。そこで入試成績一位とは確かに頭いい奴だな。実際こうやって廃部を取り消させてみせたし。

が、なぜか、恐ろしく不機嫌そうに、高田《たかだ》先生は俺を睨《にら》んでくる。

「あのな、お前はすでに落ちぶれて、こっちは困ってるんだぞ？」

「え？」

「こっちには内申が来てんだ。てめー、中学のバスケ部で、まあ……それなりだったんだろ？　なんでバスケ部入らなかったんだ？　あたしまでバスケ部顧問に文句言われたぞ？　恥かかせやがってよ……」

完全に、ヤンキーがパンピーにガン付ける感じで高田先生は俺を睨んだ。

その眼光に耐え切れない俺は目を逸らし、しどろもどろに答える。

「い、いえ、自分、バスケは嫌いじゃないんですけど、部活よりも勉学を取ろうと。疲れて勉強できなくなるし、推薦でここ入ったわけじゃないし……」

高田先生はしばらく俺を睨んでいたが、少しすると深いため息をついて、言う。

「てめー休み時間いっつも本読んでんだろ？　だから図書部。ちょーどいーじゃねーか？」

「いや、その、あれは本読んでるっつーか……」

学校の休み時間に本を取り出す奴は、大体の場合、実は読書をしていない。もちろん読んだ内容は覚えているが、読書に没頭しているわけではない。家で読む時の倍くらいの時間かかるもん。

本は、休み時間に一人でいても笑い物にされないための、『防壁』なのだ。

毎回毎回寝たふりだとフリじゃないかとさすがに怪しまれるし、もしくは本当に寝てると思われてクスクス笑いの対象にされかねない。かといって自習だと『ガリ勉』扱いされる。しかもそれで成績が悪かったら目も当てられない。うん本が一番の防壁だ。警戒してれば巨人も防げる。……ところで学校って『休み』時間が一番心休まらないのはなぜだろう？

「あたしに恥かかせて悪いと思ってんなら、図書部の部室行って部長に廃部取り消し伝えろ。それからお前も入部しろ。文化部なら別に疲れねーだろ？」

高田《たかだ》先生に悪いとは、ぶっちゃけ微塵《みじん》も思ってない。

しかしこれ以上バスケのことに触れられたくなかったし、文化部なら幽霊部員になっても文句言われなそうだし、別に読書は嫌いではなかったので俺は渋々「分かりました」と了承し職員室を出た。

この高校は、あまり広くはない敷地に多くの生徒を収容しているマンモス校だ。だから校舎は増築や改築を繰り返され、各棟の連絡通路などは半ば迷路と化している。

そんな学校という名のダンジョンに若干迷いながらも、高田先生に教えられた部室棟の方へと向かう。リアルでダンジョンに出会いを求めるのは間違ってる。出会いたくもねー奴とかいるもん。

　そして、部室棟への連絡通路にたどり着いたその時。

「よー、白根《しらね》」

　背後から、誰かが俺の名を呼んだ。振り返る。

　運動着姿の男子生徒が二人、俺の数歩後ろにいた。

　……本当に、学校というダンジョンでは、出会いたくない相手に出会ってしまうらしい。

　俺の名前を呼んだのは、中学のバスケ部で一緒だった、同じ学年の奴だ。思い出したくはないが、名前は藤岡《ふじおか》。ただし、同じ部活にいただけで仲間でもなければ友達でもない。

なので俺はあまり目を合わせないようにして、答える。

「よ、よう……」

「お前バスケ部入らねーの？」

　そのヘラヘラとした笑みには、「入らねーよな？」と俺を小馬鹿にするような、そんな侮蔑の色が含まれているように思えた。被害妄想か？

「……俺、進学希望だから、勉強しないと」

「まあそのほうが正解かもなー、俺もマジ悩んでるわー」

　そいつはそんな相槌《あいづち》を打ち、「じゃーな」とか言って背を向け、連れと共に体育館の方向へ歩いていく。よく見ると、藤岡も、連れの一人もバッシュケースを持っていた。マジ悩んでる割にすでにバスケ部に入部したらしい。

……くそ、馴《な》れ馴れしく話しかけてくんじゃねーよ。

こんなことを考える俺は相当嫌な奴だと思われそうだが、こちらにも言い分はある。

中学時代、俺はあいつと一緒のバスケ部に所属していた。お互いレギュラーで、チームメイトだった。

当時色々あって（あまり思い出したくない）、俺はクラスで浮き気味だった。それでも唯一、部活の仲間だけは『友達』だし『仲間』だと思っていた。そう、思い込んでいた。

しかし中三の夏のとある日、その幻想《イマジン》は打ち砕《ブレイク》かれ《さ》た。右手ではなく、あの藤岡《ふじおか》の言葉によって。

その日、俺がトイレの個室で用を足してる時、さっきの藤岡ともう一人のバスケ部員がトイレに入ってきて、俺の陰口を叩《たた》き始めやがったのだ。

「マジで白根《しらね》ってウザいよな。キモオタのくせにバスケにマジになってて」

「だよな。もうノバす（※シカトするの意）か？」

「でも、それで白根が不登校とかになったら夏の大会キツくね？　あいつスタメンだし顧問もキレるじゃん」

「あー、たしかにな」

「白根ノバすとしたら引退した後っしょ。めんどくせーけど」

そして、ゲラゲラ笑いながら、彼らは小用を足すとトイレを出て行った。

仲間だと、友達だと思ってた奴らに陰口を叩かれていたことのショックで、俺はしばらく便器に座ったまま動けなかった。中学生の繊細な心にはキツいダメージだったのだ。

まあ幸い、この『トイレショック事件』は中三の夏のはじめの出来事だったので、バスケ部は夏の大会で幸運にもすぐ負けて引退だったし、その後は『受験勉強に集中する』という大義名分のもと、俺は授業中以外ずっとイヤフォン常備で参考書や本を眺めていた。ついでにスマホで誰かと連絡するのもやめた。なんとなく、イヤフォンから流すのは周りの連中が絶対に聴かなそうな洋楽とかにした。

すると、俺が友達だと思ってた奴らが、本当は友達などでなかったことがはっきりした。

俺がいなくても彼らはいつも通り楽しそうで、俺に話しかけてくることはなかったし、俺がスマホでメッセージを送らない限り向こうは俺にメッセージを送らないことも証明された。中学生の交友関係など、ほとんど学校内で完結してしまう。つまり俺には友達がいなくなった。というより元から一人もいなかった。

まあ仕方ない。俺がコミュ障だっただけ。自業自得だ。

それでも、俺には、どうしても許せないことがある。

なぜ、あの藤岡《ふじおか》は、今、俺に話しかけてきた？

お前にとって、俺は「ウザい」奴で「ノバす（シカトする）」対象じゃなかったのかよ？

人を陰で笑い物にするくらいなら、相手を殺すか、相手に殺されるかくらいの覚悟は持てよ。それとも、そのくらいしか話題がないのか？　誰かを貶《おとし》めなきゃユウジョウって維持できないのか？　……そんな『友達』とか『仲間』とか、いらねーよ。

……だから俺は、高校では孤独に生きることにした。

学校には、スクールカーストという階級制度がある。

迷わず俺はその最下層階級の人間となった。誰とも話さず、誰とも遊ばず、息を潜め、とにかく目立たないポジに収まる。

寂しい青春だろうな。でも無理にカースト上位に食い込もうとしたり、どこかのグループに所属して結局陰口叩《たた》かれるとか、そんな惨めな思いをするより、ずっといい。

俺を笑い物にしているかもしれない休み時間のヒソヒソ話は、イヤフォンから流れるメタルの轟音《ごうおん》が打ち消してくれる。文庫本は忌々しい連中の視線を防いでくれる。

クラスに同じ中学の連中はいないが多分バスケ部員はいる。さっきの藤岡から「白根《しらね》って中学の時ウザくてさー。しかもあいつオタクだぜ？」みたいな連絡が回ってる。奴ら、人のこと見下して笑うのが三度の飯より好きだからな。

とまあ、そんな感じにドロドロとソウルジェムを濁しながら連絡通路を歩き、部室棟に入る。もうここに魔女の結界ができちゃうかもしれない。

ほかの棟と違いこの棟は設備が悪い。あまり綺麗《きれい》な校舎ではない。でも、静かだった。

静寂の中、二階に上がり、高田《たかだ》先生に教えられた場所に向かうと『図書部』というボードの付いた部屋を見つける。ここが部室か。

ソウルジェムが深刻なレベルで濁っちゃってるので、俺は特に緊張もせず八つ当たり気味にドアをノックする。しかし数秒待っても反応はない。もう一度ノック。やはり無音。

「失礼します」

ぶっきらぼうにそう断ってからドアノブを回す。鍵は、かかってなかった。

ドアを開ける。その先にあったのは資料室、蔵書室、書庫。そんな感じの部屋。

部屋の半分はスチール製の本棚が櫛状《くしじょう》に並べられ、大量の本がぎっしり詰まっている。

室内のもう半分は、その資料の閲覧スペースといった感じ。スペースの中央にパイプ椅子と折りたたみ式テーブル。一番奥には革張りのソファー。右手側の壁際には、なぜか古びたピアノがある。まったく弾かれていないらしく、ピアノの上や蓋にも本やら冊子やらが積まれ本棚と化しているが。それと部屋の隅には段ボール箱が何箱か。えらく旧型のプリンターとノートパソコンもその上に置いてある。

乱雑で、無機質な部屋。

その中で、彼女は目を閉じ、背筋を真っ直ぐ伸ばして椅子に座っていた。居眠りしてるらしい。でも、眠っているというより静かに瞑想《めいそう》しているようにも、見える。

スラム街のコンクリートのひび割れに咲く、白くて美しい一輪の花。

妙な表現だが、この部室と彼女の組み合わせは、そんな感じだった。

女子用制服のブレザーを椅子の背にかけたその少女は、真っ白なブラウスと濃紺のスカート、そして指定の黒タイツという姿。ここの学校のほとんどの女子は第一ボタンなんて外してるし、その上に私物のリボンやらタイやらをつけているが、彼女は学校指定の紺のタイできっちりと襟を正している。

バスや電車で向かい側に彼女が座ったら、男なら誰でもチラチラと眺めてしまうような、綺麗《きれい》に整った顔立ち。

艶のある長い黒髪は飾りっ気のないヘアゴムで首の後ろでまとめてあり、しわひとつないブラウスに見事に映える。それに、ちらりと覗《のぞ》く白いうなじが目に眩《まぶ》しい。

華奢《きゃしゃ》な体軀《たいく》。胸のふくらみはかなり控えめで、ギリギリ膝上という今ドキの女子高生らしからぬ丈の長さのスカートから覗く脚もほっそりとしている。

馬鹿げた感想だが、彼女の姿は、清楚《せいそ》を通り越して高潔だった。見ているだけで、さっきまでのソウルジェムの濁りが浄化されていく。

こ、こんな綺麗な子がハンストとかバカなことしてんの？　……あ、間違いない。『廃部断固反対！　ハンガーストライキ決行中！』とか書かれたプラカードを首から下げてる。

本気で驚いてしまう。

高田《たかだ》先生が手を焼くほどの問題児なのだから、てっきり天才だけど変人でエキセントリックな男子だと思ってたのに、こんな女子だったとは。

俺が硬直していると、その美少女はゆっくり目を開く。彼女の綺麗に澄んだ目が俺の姿を捉えた。そして彼女はほんの少し驚いた様子で、首を傾げる。

「あなた……」

「……はい？」

「あなた、あの時の――」

その瞬間、ぐー、っと少女の腹が鳴った。タイミングが悪すぎて俺はずっこけかける。

彼女は一度目を閉じて「こほん」と咳払《せきばら》いし、自らの細い首に掛かっている『ハンガーストライキ決行中！』のプラカードを人差し指でトントンと叩《たた》いた。

……お腹すいてんだね。そして彼女は俺をキッと睨《にら》んでくる。

「あなたが誰だろうと関係ないわ。説得は無駄よ。何も食べないし、病院にも行かない。私が餓死するか、学校が廃部処分を取り消すか、どちらかよ」

静かで落ち着いているが、強い決意に裏打ちされたよく通る声。どことなく品のある言葉遣い。……そして、ヒシヒシと伝わってくる俺への敵意。

廃部断固反対。
ハンガーストライキ
決行中！

あ、俺は敵側、つまり先生とか養護教諭の回し者だと思われているのか。高田先生の回し者だから半分正解だけど。

しかし俺を睨《にら》む彼女の澄んだ瞳には、あまり力が感じられない。

というよりもともと色白さんのようだが、食事を摂っていない影響か今はさらに顔色が悪い。

が、それでも彼女は美しかった。なんというか、綺麗《きれい》な高原のサナトリウムで療養中の病弱なお嬢様のようで。堀辰雄《ほりたつお》の『風立ちぬ』みたいな。療養中のお嬢様はハンストのプラカードを首に下げないだろうけどな。あとジブリの『風立ちぬ』はまだ観てない。

「あの？　ちなみに聞くけど、何日食ってないんスか？」

「今日で一週間目になるわ」

「死ぬ気か……？」

俺はドン引きしながらそう呟《つぶや》いてしまった。それでも彼女は淡々と答える。

「水と塩は飲んでいるから、多分、あと二週間くらいは頑張れる」

「……高田《たかだ》先生に、今日ぶっ倒れたとか聞いたんスけど？」

「ええ。でもハンストなんて倒れてからが勝負よ。これで私の本気は伝わったでしょう」

言われてみればそうだよな。この子が倒れたからこそ俺は今ここにいるわけだし。それでも、現代日本で栄養失調というまずありえない状況に陥っている少女は俺に尋ねてくる。

「ところであなたは何をしに来たの？　少しでも長く闘いたいからあまりカロリーを浪費したくないわ。用件は手短に話して」

「あー、そうだった。入部希望の白根与一《しらねよいち》です。一年五組」

そう伝えると彼女はハッと驚き、そしてわずかに嬉《うれ》しそうに、薄く微笑んだ。

「そ、そう。白根君。白根君、というのね……」

「ん？」

「いえ、敵かと思っていたわ。失礼な態度を取ってごめんなさい。私は一年二組の黒羽瑞穂《くろはみずほ》。ここの部長よ。よろしく」

「……よろしく」

「さっそくだけれど、あなたも今から水と塩以外、口にしないで。入部希望の部活が消えてしまうのは嫌でしょう？」

ご飯食えないほうが嫌に決まってんだろ。なので俺は本題に入る。

「あと高田《たかだ》先生から伝言だ。廃部は取り消されたらしいぞ？　だからハンストやめろよ」

黒羽瑞穂という少女は驚き、それから本気で嬉しそうに目を閉じ、拳を握りしめ、深い安堵《あんど》のため息をついた。

「やったわ……私の勝利ね」

「よ、良かったな」

「勝利。いいものね、これが……勝利」

　勝利の味を噛《か》み締《し》めているらしく、最強の吸血鬼を倒したどこぞの少佐みたいなことを呟《つぶや》く少女に軽く引きながら、俺はバッグから緊急食料（いざという時の便所飯用）のカロリーメイトを差し出す。

「食うか？」

　が、黒羽は俺を見てすっと目を細めた。それだけで「施しは受けない」とかそんなことを言い出すのが予想できる。目は口ほどに物を言う、とか俺は思ってない。友好的な視線を向けておきながら陰で人のことを笑い物にしてる奴は多い。だがこの女子の場合、瞳が澄みすぎていて、本当に目を見るだけで言いたいことが分かる……気がする。

「施しは受けないわ」

　ほれみろ。妙にプライド高い奴だな栄養失調の分際で。

「いやいいから食えよ。ちゃんと金取るから。二百円」

　別に二百円が惜しかったわけじゃない。でも、金を要求してやったほうが気兼ねなく物を受け取る人間も多いのだ。俺もそうだし。

「……そう。では、遠慮なく頂くわ」

　やっぱな。金を要求すると彼女は俺の差し出したカロリーメイトを素直に受け取った。

指も白くて細くて綺麗《きれい》だ。

が、彼女は受け取ったカロリーメイトをすぐには食べず、椅子から立ち上がった。足にも力が入らないのか一瞬ふらついたものの、それでも彼女はスチール本棚に向かい、そこに収められていたファイルから何枚かの紙を取り出している。

「さて、これよりあなたの入部試験を行うわ。そこに座って」

「入部試験？　そんなこと、すんの？」

「ええ。なぜか向いていない人が入部を希望してくるから、排除したいのよ」

あー、アレだ。この子とにかく見てくれいいし、お近づきになりたくて入部しようとする輩が出ちゃったんだろう。ハンストを敢行する変人だろうとなんだろうと、見た目が良ければすべて許されたりするのだ。可愛いは正義、かっこいいは正義かよ。けっ。

「試験って何すんの？」

「小論文と面接よ」

「小論文と面接？　会社かここは？」

が、俺のツッコミを無視して、黒羽《くろは》はテーブルの上の本を片付けると俺を着席させ、そして彼女も俺の正面に座った。

まあ、これは考えようによっては好都合だ。この子のほうから不合格にしてくれれば、高田《たかだ》先生に『入部拒否されちゃいましたー、てへ』とか言って監視役から逃げられる。

もしかすると『こんな綺麗《きれい》な子と一緒の部活とか男子高校生としては夢のシチュエーションじゃね？』と思う奴もいるかもしれない。

しかしよく考えてみてほしい。

もしスクールカースト最底辺、教室でも常にひとりぼっちの根暗な俺が、こんな子のいる部活に入ったことをクラスの奴らに知られたらどうなる？

『あいつ、女目当てで部活入りやがった』『うわ、きっもー』『あの黒羽さんって綺麗な子、かわいそう……』だ。

ちなみにこれがカースト上位者なら、堂々と『あの子可愛いから入部する』とか自分で言い出す。そして『マジ最低だなお前』『でもそれ青春じゃね？』とかウケを取れる。

残酷だが、学校とは、そういう場所なのだ。

うん、やはりここは試験に落ちて追い出されるに限るな。

「小論文よ。制限時間は二十分」

「あいよ」

が、差し出されたレポート用紙の設問を見て俺は首を傾げてしまう。

『現代社会であなたが問題だと思っていること、それに対する解決策を論じなさい』

え？　図書部っつーから文学に関してとかなのかと思ってたのに、『問題意識』を問われるの？　こーいうの、社会科学とかそういう分野なんじゃね？

でも甘い。こういうのは俺の得意分野だ。俺は迷わず小論文を書き始める。

『人間の不幸はすべて、家の中に静かにとどまっていられないことに由来するのだ。生きるために必要最低限の財産を持つ人が、それに満足して自分の家でじっとしていさえすれば戦争が起こったりしないだろう』

偉大なる哲学者パスカルはそんなことを記した。彼の述べた通り、人間の不幸はすべて家の中に静かにとどまっていられない、つまりは引きこもれないことに起因する。これは大昔から指摘されていた人間の邪悪な本質、いわば人間社会の諸悪の根源である。

だというのに、現代日本の価値観はどうだろうか？

未だに家から出て学校へ行き、勉学に励み、部活に参加し、そして何より社交的で行動的であることが『良し』とされている。人間はパスカルの時代から何も進歩していない。

しかも学校においては、社交的で行動的である『だけ』の人々が、スクールカーストと呼ばれる階級社会の上位者となる。彼らは、社交的で行動的な『だけ』であるのに自分が優れていると本気で信じ、カースト下位の生徒を下等生物と見なす。ナチスもびっくりの馬鹿げた選民思想である。

こんなふざけた社会に適応する必要などあるのだろうか？

この問題は簡単に解決可能だ。パスカルの言葉の通り、不幸を未然に防ぐため、知性ある者は家に引きこもっているべきなのだ。家の外、つまり学校のことはすべてカースト上位者に任せてしまえばいい。これでスクールカーストは崩壊する。いじめもなくなる。誰もが幸福な理想の学校社会。教育委員会やＰＴＡは大喜びだろう。もしかすると、カースト下位者を見下すことによって自我を保っている上位者同士が『格下』を失うことで分裂し、仲違いし、新たな階級社会が生まれ、いじめが発生するかもしれない。しかし案ずることはない。そこに俺は、いない。まあ上位者同士の醜い内紛を見られないのだけは残念だ。

……もっと色々と書いてやりたかったが、スペースが足りないからこのくらいで勘弁してやろう。書き上げた小論文をカロリーメイトを食べ終えた黒羽《くろは》に提出する。

この女は変わっているがカースト上位者だ。美少女だし、やり方は無茶苦茶だけど自分の部活を守ってみせたし。不合格に近づいたことだろう。

そして予想通り、俺の小論文を読んだ黒羽は顔を引きつらせている。

「……こ、これはひどいわね。色々と」

「ひどいだろうが本心だ。自分の気持ちに嘘《うそ》はつかないことにしてるんで」

が、黒羽はなぜか、くすっと、わずかに微笑んだ。

「でも、一理あると思える部分も多いわ。ふふっ、気に、い、入った、た」

「⁉」

「どうしたの？」

「い、いや……」

り、理解されて気に入られちゃったよ。この子ヤバいわ。俺が言うのもなんだけど。

というより、この黒羽《くろは》という女子のキャラがまるで摑《つか》めねぇ。

入試成績は学年一位の超優等生。見た目だけなら清楚《せいそ》で真面目そうなお嬢様。しかし廃部に抗議してハンストとかいう行動をするような変人で頑固者。そして俺の腐りきった小論文を気に入るおかしな感性。……謎だ。ただの変わり者とか、そんな感じではない。

そんな属性不明の美少女こと黒羽はその綺麗《きれい》で白い指先で、文字の黒鉛と俺の恨み嫉《そね》み僻《ひが》みで真っ黒に汚れたレポート用紙を丁寧にクリアファイルに収める。

「では、ここからは面接よ。自己ＰＲしてちょうだい」

「就活かよ……」

「無駄口、減点」

「くそ」

「暴言、また減点よ」

減点されるのはいいが話が進まない。

「あーもうめんどくせぇ。白根《しらね》与一《よいち》です。一年五組。趣味は……読書」

「そんなありきたりな自己紹介ではなく、あなたがどんな人間なのか教えてと言っているの。自らの長所、打ち込んだもの、交友関係などを、自分の言葉で話しなさい。そんなことも言われないと分からないの？」

もうこれ圧迫面接じゃん。まあいい。すでに不合格決定してそうだしな。

「長所は、特にないな」

……でも俺、今から就活が不安になってきた。だけどさ、『私は頭が良くて運動が得意で協調性が高く何事にも挑戦する心を持っている人間ですっ！』とか口走るのって本来の日本文化、謙譲の美徳の精神と正反対な気がするんですが人事部の皆さんどーなの？　自分が優れてるとか堂々と言っちゃう奴、つまり『俺リア充だぜ！』アピールするのは基本ロクでもない奴だぞ？　マジで。

そして、黒羽の質問は続く。

「では、打ち込んだものは？」

「打ち込んだものは……バスケ。今はもう打ち込んでないけど」

「交友関係は？」

「狭くて浅いな」

「どの程度に？」

「横方向は直径一メートル、縦方向は高さ一・七メートルちょっとくらい？」

つまり俺一人しか入れない交友関係範囲。

それを聞いた黒羽《くろは》はわずかに微笑み、俺を哀れむような生暖かい視線を向けてきた。しかもなぜか嬉しそう。アレですか？　かわいそうな人を見て憐《あわ》れむと同時に自分の優越を知り嬉《うれ》しくなっちゃった感じですか？　……くそ、そういう目で見んなよ。

「質問を変えるわ。今日一日のあなたの行動を簡潔に教えて」

あー、そりゃ簡単だ。もともと簡潔だから。

一時間目から四時間目は授業。休み時間は音楽を聴きながら本を読んで『話しかけんな』オーラ出したりスマホをいじって『俺はお前らにどう思われようが気にしてないぜ』オーラを出す（本当は気になるけど）。寝たふりもする。でも本当に寝てると思われて笑い物にされてるのは聞きたくないのでイヤフォンは欠かせない。

そして昼休みは図書室で昼食。ここは昼、人が少ない穴場だ。本来は飲食禁止だが俺の場合は止むに止まれぬ事情があるので特別に許されている（勝手に許されたことにしてる）。

まあ、学食か教室で食ってもいいのだが、できれば誰もいないところでご飯は食べたい。ほら、腕が勝手に暴れ出して人様に怪我させちゃうかもしれないし！

そして昼休み後、五時間目と六時間目も授業。

しかしホームルーム後に帰ろうとしたら担任に呼び止められた。そしてここにいる。

以上。……以上、である。

まあ、そんな簡潔な一日をさらに簡潔にして黒羽に伝えると、彼女はすっと目を細めた。

「一応確認するけれど、もう少し詳細に話せるのかしら？」

「授業の内容？　聴いてる音楽のジャンルとか？　昼飯が何だったかとかか？」

「もういいわ。誰とも話していない、というわけね？」

「あーそうだよ」

「さて、あなたが小論文に書いた通り、学校はスクールカーストという制度の階級社会よ。生徒は入学後三日ほどでどの階級に属するか決まる。あなたはどの階級なの？」

よ、容赦なくキツいこと聞いてきやがる。くそ、試験に落ちるためには正直に最下層だと答えるべきなのだろうが、さすがに屈辱的なので嘘《うそ》を答えてしまう。

「ちゅ、中くらい、かな？　多分」

「中くらい？　誰とも話していないのに？　あんな小論文まで書いて？」

「い、いや、むしろ俺はカーストの外側にいるな。意味なく群れるのとか興味ないんで」

「では休み時間、スマートフォンを取り出さず、本を読まず、寝たふりをせず、イヤフォンを外して過ごせるのかしら？」

やだよ。チラチラ見られてクスクス笑われてるのが見えたり聞こえたらキツいもん。

「や、休み時間は、俺の大切な娯楽の時間で……」

「つまり、他人の視線が気になって仕方ない。あなたは少し自意識過剰みたいね」

「……うるせーな」

んなこと自覚してるよ。それでも気になっちまうんだからしゃーねーだろ？

あとさ、下手にトイレとか行って戻ってくるとリア充っぽい奴が俺の席に座って周りの連中と雑談してたりすんだよ。悪気はないんだろうがそうなると休み時間終わるまでずーっと教室の後ろの掲示物を眺めてたり、もう一回トイレ行ったりするハメになる。

「ちなみに私は休み時間も一人で自習しているわよ？」

ね、ねえ？　本当になんで学校って休み時間が一番心休まらないの？

「……勉強が趣味とか言っちゃうタイプ？」

「いいえ。学校の勉強は嫌いよ。退屈だもの。だから授業と休み時間の自習ですべて頭に叩《たた》き込むことにしているわ」

なるほど。だんだんとこの女子のキャラが分かってきた。

この黒羽《くろは》は、学校社会における孤高の存在、『ソロ充』だ。

ソロ充の奴らは、スクールカーストも他人の目も気にせず、群れることもせず、自分のペースで自分の興味のあることに打ち込む。そしてこいつらは自然とトップカーストの連中からも一目置かれる存在となる。才能があったりルックスが良かったりするから。

黒羽は勉強が嫌いと明言しながらも入試成績の最優秀者で学費全額免除特待生。容姿も抜群。うん、神様は人間に対して平等ではないようだ。ちくしょう。

「まあ、私の話はどうでもいいわ。さて、ここは『図書部』なの。今日、あなたが読んだ本を教えてくれる？」

「感想は？」

「中島敦《なかじまあつし》の『山月記』だな」

「面白かった」

「どのような点が？」

「……深い理由なんてねーよ。面白かったもんは面白かったでいいだろ？」

「秀才の李徴《りちょう》は周囲と上手くやれず、自らの詩才を信じて孤独を選んだ。しかし詩人として成功せず、屈辱的な日々を送っているうちに『臆病な自尊心』と『尊大な羞恥心』が膨れ上がって醜悪な人食い虎となってしまった。……まるで自分のことのように思えた。そんなところかしら？」

ありゃ、この子も読んでたか。まあ、有名な小説だしな。

そして黒羽の言う通りだ。うん、俺はそのうち虎になっちゃうかもしれない。

でもさ、『山月記』では虎の姿が醜悪とか言ってたけど、どこが醜いんだよ？

美しいじゃん虎。かっこいいじゃん虎。しかも、群れもせずに人を食うってことは自然界の王者、生態系ピラミッドの頂点だぞ?

……スクールカーストというピラミッドではどういうわけか虎は下層にいるのだが。

そして黒羽《くろは》は、本当に嬉しそうに、にっこりと微笑む。

「あなたが秀才なのかどうかは分からないけど、つまり、いじめられているのね?」

「やめろなぜ嬉《うれ》しそうな目で見る⁉　俺はいじめられてない!」

「いじめられている人は皆そう言うわ。でもあなた、現代語で言えばシカトされている……つまりトチギ語で言えば『ノバされている』という状況じゃない」

「ノバされて……なくはないが俺はそれでいいんだ!　別にいじめられちゃいねぇ!」

中三の夏、あのトイレで藤岡《ふじおか》の野郎がゲラゲラ笑いながら吐きやがった「あいつノバす」は俺を殺した言葉だ。くそ、トチギ語め、人を不思議な力で死なせてきやがる。あ、それはグンマ語か。

俺は一度深ーくため息をつく。

「……スクールカーストの外側ってのは嘘《うそ》だ。いじめられちゃいねーが、俺は完璧に最下層民だよ。悪いか?」

黒羽に蔑まれること覚悟で、そう正直に告白した。

でもまあ、これで入部試験とやらは完璧に不合格だろう。

変人とはいえ、こんな美少女が、自分の部活に最下層民を迎え入れるわけがないのだ。

適性のない人には入ってほしくないとか言ってたしな。

しかし……なぜか黒羽はフフッと、最高に嬉しそうに微笑んだ。

「最下層民。あなたは最下層民、ね」

「あーそーだ。だから――」

「では、これにサインして」

「……？」

黒羽がバッグの中から取り出し、差し出してきたのは、『入部届』だった。

「あなたのことが気に入ったわ。試験は合格よ」

「……俺のことが気に入った？　合格？」

「ええ」

ど、どこに気に入る要素があった？　なんで合格？　……と聞く前に、黒羽はバッグから財布を取り出し、カロリーメイト代の二百円を俺に手渡してきた。ひんやりとした真っ白な手が触れて、俺はちょっとたじろいでしまう。

そして俺は混乱したまま、差し出された入部届に学年とクラス、住所を書き、サインしてしまっていた。黒羽は即座にそれを受け取る。

「これは高田《たかだ》先生へ提出してくるわ。一応、ハンスト終了宣言と、廃部を取り消してくれたことへのお礼も言わなければならないし」

「あ、ああ……」

「ここの本は読んでもいいけれど大切に扱ってちょうだい。背表紙に『図書部』シールの貼られていない本は私の私物だから、特に注意して取り扱って」

それだけ俺に言い残して、黒羽《くろは》は部室を出て行った。

合格判定を受け、入部してしまった。あれだけ無茶苦茶な小論文を書いて、面接では女子に気に入られる要素皆無のダメな自分を徹底的にアピールしてしまったというのに。

部室に残された俺は、しばしなぜ合格したのか考え込んでしまったが、とりあえず椅子から立ち上がり本棚に収められた本を見て回る。

どうやらこれらの本は、学校の管轄外らしい。

『図書部』のシールは貼られているが、学校名のスタンプとかはどの本にも押されていない。そしてどれも古い。岩波の文庫などカバーもなくボロボロで、テープで補強されていたりする。

ある棚にはシールのない本がまとめられていた。黒羽の私物なのだろう。これらも古い本が多いが比較的綺麗《きれい》だ。だから傷み具合から読み込まれている本が判断しやすい。

おそらく、一番読み込まれているのは……

『ゲリラ戦争』『革命戦争回顧録』『モーターサイクル・ダイアリーズ』『ゲバラ日記』

ん？　あ、あれ？　なんか、おかしくね？

ゲバラの本を読み込んでる、女子高生？

伝説的革命家、チェ・ゲバラの顔写真Tシャツなら俺も持ってるし、映画観て彼の生涯をちょっとだけ知ってはいるが、さすがに彼の著作まで読んだことはない。あ、もしかして『見た目がイケメンだから』って理由でファンになっちゃったのか？　……やっぱかっこいいは正義なのかよ。

黒羽の私物本の一冊を手に取る。するとカバーの内側に帯が折りたたまれて挟まっていた。帯すら大切にしているらしい。ここまで大切に扱われている本を汚すのが怖いので、俺は本を棚に戻し、背表紙に『図書部』シールの貼られた本を見て回る。

小難しそうなハードカバー本が多い。小説は少ないな。あと、分類も結構適当だ。

そんな中、俺は気になる本、いや冊子のような書物を見つけた。

タイトルは、『腹腹時計』……なんかこんな単語どっかで見たことあるぞ？　えっと、たしか、漫画版でほむほむが『腹腹時計』とかいうホムペ見ながら爆弾作ってたっけ？

興味本位で、俺はその古びた質の悪い印刷の冊子を手に取り、ページを開く。

……一言で言えば、とんでもねー本だった。

いい、い、い、爆弾の作り方が図解付きで説明されてやがる。『爆弾は中学生程度の化学知識があれば誰でも作れる』だと？　そんな情報広めんな。確かにほむほむ中学生で爆弾作ってたけどさ……。そして、ある意味それ以上にヤバいのは、過激派団体の組織法、地下活動の進め方、警察の欺き方とか、そういうのが丁寧に解説されちゃってることだ。表紙をよく見ればサブタイトルに『都市ゲリラ兵士の読本』とかヤバげな文字が躍ってる。

これはつまりは大昔の活動家の本、ぶっちゃければテロリストのマニュアルだ。

『図書部』シール貼られてて良かった。シール貼られてない、つまり黒羽《くろは》の私物だったら即高田《たかだ》先生に報告だ。この本の元の所有者は何者だ？

俺が戦慄していると、ドアが開き、黒羽が部室に戻ってきた。

彼女は、本棚の前で硬直している俺に声をかけてくる。

「どう？　なかなか貴重な本が多いでしょう？」

黒羽はどことなく誇らしげだ。が、俺は手にした危険図書に絶賛ビビり中。

「……う、うん。なあ、質問だけど、お前の私物以外の本は誰の物なんだ？」

「私も詳しくは知らないわ。ＯＢが寄贈したりしたものらしいわね」

「なんかこれ、『腹腹時計』とかいうヤバい本、出てきたんだけど？　マズいだろこんなのが置いてあるの？」

「そ、そんな本まであるのね。絶食で頭が回らなくて気付かなかったわ」

黒羽の目が輝いた。さらに、俺の隣、肩が触れるほどのところまでやってきて、俺の手から危険図書を奪い取った。ふわっと、昔ながらの石鹸《せっけん》のようないい匂いが漂う。

普段引っ込み思案なのに本の話になるとテンション上がっちゃう古書店員の巨乳お姉さ

んみたいだな。胸囲の格差社会は覆らないし、テロの教科書に目を輝かせる少女は、ただ怖いだけだが。

「……捨てようぜ？」

「いえ。一応、読んでおきたいわ。参考になる部分があるかも……」

テロの教科書の何を参考にしようというのだ!?　この子やっぱヤバい!!

そして、俺はある可能性――いや危険性に気付く。

部長が学校という体制に抗議してハンスト。彼女の愛読書は革命家チェ・ゲバラの著作。部室には『腹腹時計』とかいう危険極まりない書物。

そして、下層階級である俺への謎の高評価。

俺は震える声で、黒羽に尋ねる。

「……な、なあ？　最初に聞くべきだったけどここ何する部活なの？　それ聞いていい？」

黒羽は夢中で『腹腹時計』のページに視線を走らせたまま答える。

「学校側には『読書会の開催など』と申請してあるわ。昔からそうだったみたいだから」

「うん。……で、本当の活動は？」

黒羽は、本を閉じ、ふふっと微笑む。その笑みは、なんというか、危険な匂いがした。

彼女は手にした危険図書をそっと棚に戻し、そして、俺の問いに答える。

「白根《しらね》君。あなたなら『階級闘争史観』という概念を知っているわね？」

「帰る！」

あまりにヤバい用語を聞き、反射的に叫んだ俺は脱出を試みる。

が、黒羽《くろは》の『壁ドン』で遮られてしまった。壁殴るやつじゃなくて、ドラマでイケメンが女の人にやるやつ。男と女が逆だけど。ついでに後ろ、壁じゃなくて本棚だけど。

吐息がかかるほどの距離に黒羽の綺麗《きれい》な顔。が、全然ときめけねえ。恐怖で、俺の顔は引きつってる。

なぜなら……

階級闘争史観。

『今日までのあらゆる社会の歴史は、階級闘争の歴史である』

それは、マルクスとエンゲルスが『共産党宣言』の冒頭で述べた一文である。

で、まあ、小難しいことはすっ飛ばして結論を言うと。

この図書部は、学生運動とかやっちゃう、あっち側の過激なサークルのアジトだ！　あっち側って、お茶碗持つ手のほう！

「入部届返せ俺はそういう活動はしない！　もしかすると将来公務員目指すかもしれないんだからっ！」

「入部届は高田《たかだ》先生に受理されたわ。あなたはすでにここの部員よ」

「じゃあ退部する退部します！　退部届を――」

「まず落ち着きなさい。部員の思想信条は自由よ」

「嘘《うそ》つけ！　何と闘争する気だお前⁉　先生か⁉　生徒会か⁉　それとも警さ――」

「落ち着きなさい」

黒羽の表情は、真剣そのものだった。さすがに俺も押し黙る。そして彼女は俺への『壁ドン』をやめると「こほん」と咳払《せきばら》いし、俺に着席を促す。

「……まず、椅子に座って」

彼女のあまりの真剣さに止むを得ず、俺はその指示に従い椅子に座る。だって、下手に刺激すると何されるか分かったもんじゃねーもん。そして、危険少女は俺に言う。

「この部は、政治的な主義主張を唱えたりする部活ではないわ。違法行為も禁止よ」

「違法行為はお前が禁止する以前に法で禁止されてるんですけど……？」

俺が震える声でそうツッコんでも黒羽は気にした様子もなく、部屋の隅にあった小型の移動式ホワイトボードを動かし始める。俺に何かをプレゼン――いや扇動《アジ》演説でもする気らしい。

と、とんでもねぇ女だ。『ソロ充』もこじらせるとこうなっちまうわけだな。しかも確固たる信念や思想に裏付けされてる分、中二病よりタチ悪そう。うん、幻想が壊れたよ。

決めた。この場は「一晩じっくり考えてみます」とか適当なこと言って切り抜けつつ、即職員室に行って高田先生に黒羽が本物の危険人物だとタレこもう。

そんな俺の決意も知らず、黒羽《くろは》はホワイトボードにピラミッド型の図を描き始める。そのピラミッド図は、どうやらスクールカーストを模したものらしい。アメリカのハイスクールの概念も混ざってるが。

一番上は、人気者男子（ジョック）、人気者女子（クイーンビー）。

二番目は、人気者男子の子分（プリーザー）、人気者女子の取り巻き（サイドキックス）。

ここの階層をまとめて、黒羽は『支配階級（ブルジョア）』と横に書いた。

……つまり、ここは一軍や二軍、『リア充』階層というわけか。ど、独創的な解釈だなー。

三番目は、文化系（プレップス）。

ここの階層を、黒羽は『中産階級』と書いた。

……ここは三軍階層らしい。いや、だから、独創的だけどさ……。

四番目は、各種オタク（ナード）。

五番目は、いじめ被害者やぼっち（ターゲット）。

ここの階層をまとめて、黒羽は『下層階級（プロレタリア）』、と書いた。

四軍と五軍ね。独創的だけど、その単語が出た時点で、もう嫌な予感が……。

そして黒羽は説明を始める。

「学校は厳然たる階級社会よ。下層階級の生徒には自由も発言権も人権もない。上層階級が下層階級を搾取する構造が固定されたスクールカーストの世界。あなたもさっき小論文に似たようなことを書いたでしょう？」

「だから、なんだ……？」

「私はその階級社会をプロレタリア革命で粉砕したい」

「火炎瓶投げて角材振り回すのか⁉」

やっぱ学生運動とかやっちゃう過激なサークルじゃんここ！

しかし、黒羽は俺の叫びに対し首を横に振る。

「まさか。テロに訴えるのは愚かで逆効果よ。本来なら味方になってくれるはずの人たちの支持まで失ってしまうわ」

「そういう理屈めいた計算の上でテロを否定するのが逆にヤバいんだよ……」

「とにかくそういった過激な方針は取らない。そうね、どうするかはこれから考えるわ」

「う、うん、そっか。じゃあ俺は邪魔になりそうだから――」

「あなたと一緒に」

「いや待て俺はお前の計画に協力するとは言ってない！」

「もちろん、強要はしないわ」

「強要しなくても、今現在、俺をオルグしようとしてるだろお前……？」

『オルグ』とは、最初は穏健で知的なサークルを装って学生を入部させ、そしてだんだんと染める手法だ。……本当は過激なサークルが。

黒羽《くろは》は一度目を伏せ、そして真っ直ぐな瞳ですっと俺の目を見つめてくる。

「話を逸らすけれど――」

「目を逸らさずに話を逸らすとか言う奴初めて見たぞ⁉　やっぱ俺をオルグしてんだな⁉」

が、それでも黒羽は目を逸らさない。そして彼女ははっきり言い切る。

「入部試験を受けてもらって私には分かった。あなたには素質がある」

「素質……？　何の素質だよ？」

「革命戦士の素質よ」

「なあそういうアレげな用語使うのやめようぜ⁉」

「……では同志と呼ばれたいのかしら？」

「同志もダメ！　絶対！」

「とにかく白根《しらね》君、私と一緒に闘ってくれないかしら？」

冗談じゃない。こんな女に関わるのは（社会的に）危険だ。はっきりオコトワリしよう。

「闘わない。退部します。わずか十五分くらいだけどお世話になりました」

俺の即答に対し、黒羽は深くため息をついた。

「……無理強いはできないわ。残念ね」

「大人の対応、感謝するよ」

そう言って、俺は椅子から立ち上がる。そしてそのまま部室を出て職員室に直行、高田《たかだ》先生に黒羽がマジもんの危険人物だとタレこもうと――

「でも白根君。あなたは搾取されている側の弱者、下層階級《プロレタリア》なんでしょう？」

その言葉で、俺は、足を止めてしまった。

振り返る。目に映ったのは、黒羽の真剣な表情。

「このままでは三年間搾取されっぱなしよ？　なんとかしたいとは思わないの？」

なんとかしたいと思わないわけではない。でも、そんなもん、なんとかならないだろ？

しかし、黒羽は迷いのない瞳で俺を見つめながら、断言する。

「あなたなら、私の力になってくれる」

「なんでだよ……？」

すると、黒羽はほんのわずかに目を逸らして、小さく呟《つぶや》く。

「それは、あの時、あなたが……」

「なんだよ？」

黒羽は一度咳払《せきばら》いすると、再度俺を真っ直ぐに見つめてきた。

「……いえ、なんでもないわ。とにかく直感で分かった。あなたは信頼に値する人よ」

黒羽《くろは》の、真剣な視線と真剣な声音。それを受けて、俺は思わず唾を飲み込む。

こんなことを言われるとは、思わなかった。まさか、スクールカーストにおいて最下層の人間だという理由で、こんな美少女に信頼されるとは。

「学校はスクールカーストという制度の残酷な階級社会よ。しかもそれが教師にすら黙認されてる。私はそれを革命で変えてみせるわ。だからあなたの力を貸して」

静かで、しかし自信に満ちた黒羽の声。

残念ながら俺は無効化能力もチート能力も持ってない。ついでに言うと殴り合いの喧嘩《けんか》もしたことがない。確実に『俺ＹＯＥＥ！』タイプだ。

でも心の底で、ほんの少しだけ、憧れていたのかもしれない。

バトル物ラノベのように、高校に入ったら謎の美少女に素質を見出され、スカウトされ、その美少女と一緒に敵と戦うような、そんな王道の展開に。

……まあ、俺がスカウトされた理由は『スクールカースト最底辺の人間だから』という、これ以上ないほど最低な理由だ。しかも戦う相手は同じ高校の明るく社交的な連中。もうただの僻《ひが》みだろそれ。

そして一番ヤバいことに……美少女パートナーは多分、マ、ル、ク、ス、主義者。

なのだが、彼女の瞳は、綺麗《きれい》に澄んでいて、美しくて、嘘偽《うそ》りの色など一切なくて……

「お前、本気か？　スクールカースト粉砕とか、できると思ってんのか？」

「できないと最初から諦めてる人間が、何かを成し遂げた事例なんてあるの？」

「……もし、俺が『そっか、頑張れ。じゃ』って言って出て行ったら、どうすんだ？」

黒羽は一瞬、本当に残念そうな、心細そうな表情で目を伏せた。

が、すぐに彼女は強い決意に満ちた視線を俺に向けてくる。

「あなたがいなくてもやることは一緒よ。スクールカーストだろうといじめだろうとなんだろうと、強者が力で弱者を搾取することは見過ごせない。私一人で闘うわ」

黒羽は、はっきりとそう言い切った。俺はこの言葉に……いや、彼女に、負けた。

真顔でこんなこと言われたら、もう、何も言い返せない。

俺は、熱にうかされるように、答えてしまう。

「……分かった。俺に、何ができるかは分からないが、その、力になる」

黒羽は、俺の返答に、本当に満足げに微笑み、頷《うなず》いた。

この瞬間、俺はただのスクールカースト最下層の人間ではなく、そのスクールカースト体制を打破しようとか試みるぶっ飛んだ『革命家』少女の部下となってしまった。

でも、不思議と、自分が正しい決断をしたような気がした。なぜなら、この時の黒羽の澄んだ瞳と、その精神を美しいと思ってしまったのだから。

……まあ一週間ものハンストの影響で、彼女の顔色は無茶苦茶悪かったけどな。

■

さて翌日。

昨日は一時のテンションに身を任せちまったんだよ。なんか、その、勢いで『力になる』とか恥ずかしいこと言っちゃったんだよ。別にオルグされちまったわけじゃないよ？

でも、俺の返答を聞いた黒羽《くろは》は、本当に嬉《うれ》しそうに「ありがとう。期待してるわ」と微笑んで、俺はこんなに真っ直ぐで澄んだ謝意を向けられたことが、今まで、無くて……

放課後、そんなことを考えながら俺は図書部室に向かっていた。

ほら、高田《たかだ》先生に監視を命じられている以上、黒羽の健康状態は確認しとかないとな。

あと、部室に角材とかヘルメットとか火炎瓶とか爆弾とか隠されてないかちゃんとチェックしないと。置いてあったら？　もちろんお巡りさんに通報だ。

図書部室前に来る。ちょっと緊張してしまう。ここの部長はあっち側の思想を抱いておられるし、そして飛び抜けた容姿の美少女でもある。前者については「こんな奴と一緒にいて大丈夫か？」という点で不安だし、後者については「俺なんかが一緒にいて大丈夫なのか？」という点で不安だ。軽くノックしてからドアを開ける。

容姿的には良い意味でヤバく、思想的には悪い意味でヤバい少女、黒羽瑞穂《みずほ》は、マナー講座のお手本のようにすっと背を伸ばし椅子に座り、ホッブズの『リヴァイアサン』を読んでいた。その本のチョイスは女子高生らしからぬと思うが、まあ『腹腹時計』とか読んでなくて良かった。あと爆弾作ってたりしなくて良かった。

「……おつかれ」

よほど読書に集中しているのか、声をかけても黒羽は軽く頷《うなず》くだけだった。本を他人の視線を防ぐバリアにしている俺とは大違いだな。

邪魔するのは悪いので、俺は黒羽の正面の椅子に座り読書中の彼女の健康状態チェックを始める。女子をジロジロ観察するのは失礼だが、これは医療目的だから仕方ない。

絶食から回復した黒羽の肌は、だいぶ血色が良くなっている。それでもやはり肌はきめ細かく真っ白で、綺麗《きれい》な二重《ふたえ》瞼《まぶた》の縁の睫毛《まつげ》は長く、光沢のある唇は自然な淡いピンク色。

ただし化粧っ気は一切ない。どうも女子には女子特有の、しかも男子よりも厳格なカースト制度があるらしく、メイクするのは、いやメイクすることが許されているのはカースト上位の女子だけらしいのだ。……怖ぇよ。

彼女の艶のある長い黒髪は、昨日と同じように黒いヘアゴムで首の後ろでまとめられている。少し地味な髪型の気もするが、元がいいためか野暮ったくは見えない。

ちなみにうちの高校は、黒タイツが冬用女子制服として指定されている。とはいえ大半の女子は私物ソックス姿なのだが、黒羽は学校指定の黒タイツ姿。そのタイツの光沢が、細くて形のいい黒羽《くろは》の脚をより一層引き立てている。

本当に不思議なことに、彼女は全体的にほっそりとしていて華奢《きやしや》なのに、弱々しい印象を一切受けない。背筋を真っ直ぐに伸ばし、そしてどことなく大人びた知性的なオーラを出しているからだろうか？

こんないいとこのお嬢さんっぽい子がなぜ、こんな部を守るためにハンストを敢行するようになってしまったのか……まあゲバラも、もともとは裕福な家に生まれて医学部出たエリートだって話だもんな。育ちが良くて教養があって真面目だからこそ、そういう思想に共感しちゃったのかも。

唯一、黒羽の容姿について意見が分かれそうなのは、胸の膨らみがささやかな点だろうか。ただし襟元をキッチリと締める学校指定タイと丁寧にアイロンがけされた白いブラウスのおかげか、これはこれで品みたいなものがあっていい気もしてくる。俺は大きければ大きいほどいいとか言う大鑑巨乳主義者ではないからな。

（それに、ハンスト終わったんだし、これから胸に栄養が回って大きくなるかも――）

「あまり、私を物象化しないでくれる？」

パタンと本を閉じた黒羽が、そう俺に冷たく言い放った。

『物象化』とかいうアレげな専門用語が飛び出してきたが、意訳すれば「私の体をいやらしい目でジロジロ見るな変態」ということだ多分。リアル世界ではご褒美にならない。だから慌てて答える。

「へ、変なこと言うなって。ちゃんと栄養失調から回復したのかどうか、お前の健康状態を確認してただけなんだから！　勘違いしないでよねっ！」

黒羽はしばらくじと目で俺を睨《にら》んでいたが、立ち上がると本棚に向かい、『リヴァイアサン』を棚に戻した。

「……で、具体的に、何すんの？」

そう尋ねると、何か別の本でも探してるのか、自分の私物本のある本棚の下段を確認しながら黒羽は答える。

「私を物象化した罰として、宇都宮市内に生えている木の本数を数えてきてちょうだい」

「い、いきなりシベリア流刑か。そこまで重罪だったのかよ……」

「その後、校庭に大きな穴を掘って、それから埋めてもらうわ。その繰り返し」

「今度は『地下室の手記』か。……入部早々精神崩壊刑に処されるとは」

すると、黒羽はふふっと微笑んだ。

「冗談よ。それにしても、私の言葉の引用元は分かりづらいと思うのだけれど、あなたには通じるのね。見込み通りよ」

「ありがとな。でも、通じてしまう自分もどうかと思う」

ドストエフスキーを読んでる中高生は、寂しい青春を送ってる奴だ。

でも、寂しくて何が悪い？

友達いなくて暇だから世界的な名作を読んで何が悪い？

ところが、驚くべきことに、それは悪いことらしいのだ。

……だって中学の時、休み時間に『罪と罰』読んでたら「あいつ、『難しい本読んでる俺カッコいい』とか思ってんの？　キモっ」とかいう陰口聞こえちまったことあるもん。

きっと、青春映画や青春ドラマが若者はこうあるべきだというステレオタイプを垂れ流してるせいだ。『努力・友情・勝利・そして華やかな恋愛』とか。ジャンプの編集方針かよ。高校生のうちそーいう『青春ライフ』を送れるのは、スクールカースト上位者だけだぜ？　実際のところ中高生の七～八割はそういう『青春』を送れてないんじゃねーのか？　なのに、まるで若者はみんな『青春』してると思われてる。そして『青春』すべき、『青春』するのが正しくて健全なのだと本気で信じられてる。ふざけんな。

……まあ、俺の視界の中で本棚から何かを探している少女は、『階級闘争（努力）・オルグ（友情）・革命（勝利）・そして階級社会の粉砕』を目指してしまっているようだから、ステレオタイプな『青春』のほうがずっとマシな気もしてしまうが。

あとこれ一番重要なんだけど、黒羽《くろは》みたいな清楚《せいそ》な感じの美少女とかがドストエフスキー読んでると「知性的」「品がいい」「教養がある」みたいに好意的に評価されるんだよ。

同じことやってんのにひでぇ扱いの差だ。マジ許せねえ。

そんな、器量の良さという人生における絶対的アドバンテージを持つ黒羽は本棚からお目当ての書類ファイルを見つけたらしく、それを持って俺の正面の椅子に座る。

「まず、最低限の規則をあなたに守ってもらうわ」

「最低限の規則？　なんだよ？」

「短絡的な暴力路線には走らないで。革命への熱意は持ってほしいけど、だからといって誰かを怪我させたりするのは禁止よ」

真顔でそんなことをのたまう黒羽に俺は戦慄しながら答える。

「んなの、当たり前の話だろ……？」

「分かっているのならいいわ。あと、入部届は書いてもらったけれど、大切なものを書いてもらってなかったから――」

そう言《い》った黒羽はファイルに綴《と》じられていた紙と、ボールペンを俺に差し出してくる。

「今すぐこれを書いて、サインして」

タイトルと署名欄だけがプリントされたＡ４サイズの用紙。その書類のタイトルを数秒間凝視し、俺は多分、今までの人生で一番のドン引きをしながら、尋ねる。

「……み、見間違え、かな？　タイトルが『遺書』ってなってる気がするんですけど？」

「見間違えではないわ。遺書を書いて」

「なんで⁉」

「あなたが闘争に殉じた時、必要になるから。そうね、何を書こうと自由だけれど、最低限ご両親への感謝の言葉や、――」

正しい遺書の書き方を教えられても「はいそうですか」と書く気にはなれない。俺はその本文白紙の遺書をグシャッと丸く握りしめ、部屋の隅のゴミ箱にシュート。決まった。

が、そんな俺の行動を見た黒羽《くろは》は不満そうに俺を睨《にら》む。

「……そのくらいの覚悟を持ってくれないと――」

「お前色々と大丈夫か⁉」

「あなたこそ大丈夫なの？　あなたが死んだだけでもきっとご両親は悲しむはずよ？　なのに遺書がなかったら、お父様やお母様がどう思うか少しは――」

「いやそもそも高校の部活で死ぬ可能性とかあっちゃいけねーんですよ⁉」

「そんな覚悟では、ハンストしても『どうせ隠れて何か食べてるんだろ？』とか見くびられてしまうのよ」

真顔で答える黒羽。目に一切、嘘《うそ》の色がねぇ。こいつマジで昨日まで『部の存続か、餓死か』のつもりでハンストしてやがったのか？　ゲバラの『祖国か、死か』的に？

そして俺は確信する。

「よーし分かった。とりあえずそのファイルよこせ」

「……？」

首を傾げる黒羽に構わず俺は勝手にファイルを奪い、中身を確認。……やっぱ綴《と》じられてやがった。黒羽のサイン入り遺書が。……達筆な文字で『お父さん、お母さん、私を愛してくれたことに感謝します』とか書かれてる。でもプライバシー（？）の侵害になりそうなのでそれ以上文面を読まないよう配慮しつつ俺はその不吉な紙をグシャッと握りつぶしゴミ箱に投げる。……あ、今度は外した。丸まった遺書が床に転がり――

「あっ⁉　なんてことをするのよ！　人の遺書を――」

「お前こそなんてもん書いてんだよ⁉」

「大切な手紙なのに！」

「マジでお前大丈夫か⁉　まず死ぬ気になんな！　暴力路線はダメとか言ってたのに自分への暴力はいいのかよ⁉」

「……」

「……もう少し自分を大切にしろよ？」

一度美少女に言ってみたかったセリフを、こんな状況で吐いてしまった。おそらく二度目はない。……いやホントこいつ大丈夫か？　やっぱ「あいつ遺書まで書いてましたよ？」って高田《たかだ》先生に報告したほうがいい気がしてきたぞ？

つーか、俺に遺書を書かせて自分の遺書と一緒のファイルに綴じるつもりだったのか？

し、心中する気かよ。どんだけ重い愛なんだよ。嬉《うれ》しくねーよ。いやちょっとだけ嬉しく思っちゃう自分もいるけど恐怖がはるかに上回るよ。

俺がズキズキ痛むこめかみを押さえ、やっぱこんな女と関わらないよう退部すべきか悩んでいると……不意にドアがノックされた。いやむしろ『ドンドン』と叩《たた》いてるな。

「誰かしら？」

「高田《たかだ》先生じゃねーの？」

「……招き入れたくはないわね」

「相手が顧問の先生じゃ断れねーだろ？」

それから徹底的に家宅捜索してもらおう。俺のためにも、黒羽《くろは》のためにも。

渋々といった様子で席を立ちドアに向かう黒羽だが、彼女がノブに手を伸ばした瞬間、部屋の外でドアを叩いていた人間が怒鳴った。

「瑞穂《みずほ》、いんでしょ⁉」

高田先生ではなく、元気な女子の声だった。刹那、黒羽はドアの鍵をガチャっとかける。

「あ⁉　鍵かけんな！　開けろって！」

扉の外の少女がそう叫び、ガチャガチャとノブが回される。それに対し黒羽はドアを睨《にら》みながら、少しふらつくような足取りで後ずさった。彼女の表情は……完璧に焦っている。

「何？　ってか、この借金取り、誰？」

「……支配階級、ブルジョア、階級の敵よ」

いちいち用語が過激な方向に行くが、つまりスクールカースト上位者、『リア充』ってことか？　しかし……

「階級の敵にしてはお前を『瑞穂』とかファーストネームで呼んでね？　友達じゃねーの？」

「……友達であっても、階級の敵よ」

「い、意味分からん……」

つーか、やっぱソロ充には普通に友達がいるんだな。その友達に無理して合わせないだけで。今の黒羽は無理して避けてる感じだけど。べ、別に羨ましくはないっ！

「なんで入れてやらねーんだよ？」

「ここに、ブルジョアは、入れたくないのよ。どうしても……」

あー、そういうことか。『アジト』だもんねここ。でもな……

「開けるまで待ってっからね!?　ってか高田センセ呼んでくるよ!?」

無視すんの無理だろこれ。高田先生来たらもっとうるさいことになりそうだし。

仕方ない。椅子から立ってドアに向かいながら、俺は黒羽に尋ねる。

「開けるぞ？」

黒羽《くろは》は無言だったが、諦めたかのように席に戻った。「仕方ないわね」ということらしい。

だから俺がドアの鍵を外して開けてやる。するとドアが開き、室内に一人の女子生徒がつかつかと入ってきた。

容姿の点では、何もかもが黒羽と対照的な、華やかな少女だった。

セミロングのかなり明るい髪はヘアピンで留めて耳にかけられ、おしゃれに整えられている。

顔立ちも整っているが、黒羽と違ってどことなく派手さのようなものがあり、しかもきっちりメイクしていた。ブラウスの第二ボタンまで外されており、そして襟には私物の大きなリボン。その下の胸も、リボンの大きさ同様……うん、黒羽と正反対だ。

学校指定の黒タイツは穿《は》いてない。何かスポーツでもやってるのかその脚は健康的に引き締まっていた。日に焼けていないから室内のスポーツだな。ちなみにスカート丈もかなり短め。そんなイマドキの女子高生（死語？）を体現したような少女。

そして何より、強烈に漂うリア充オーラ。

あからさまにギャルなのだ！　コワイ！　実際コワイ！　ニンジャナンデ⁉

……いや、最近はギャルという生物も時代遅れらしく、あからさまにギャルな女子高生なんてあんま見ないし、この子だってコテコテなガングロギャル（やっぱ死語？）って感じではないが……それでもなんかあるんだよな。リア充独特のギャルっぽい雰囲気が。

毎日楽しく過ごして身につけたアグレッシブさと、自分への絶大な自信、陽のオーラが滲《にじ》み出ているというかなんというか。ちなみに黒羽は控えめだが清潔感のある石鹸《せっけん》のようないい匂いがする。あと、派手めな女子ってなんかフローラルな甘いい匂いがする。

まあとにかく、部屋に乱入してきた華やか美人な女子生徒は、俺の存在など完璧に目に入ってないらしく、怒りの形相で黒羽を睨《にら》みつける。

「瑞穂《みずほ》、栄養失調で倒れたとか聞いたけど⁉　死ぬ気⁉　『正当な手段で抗議するわ』とか言ってたのに！」

と、友達、なんだよな？　なんか見た目の感じだけなら二人はかなり相性悪そうだけど。

そんなギャルっぽい女子に対して黒羽は涼しげに答える。

「ハンストで抗議する、と言ったでしょう？　正当な抗議――」

「ハンストとか言われても意味分かんないっての！　まさか絶食するとは思わないじゃん！　さっき高田《たかだ》センセに聞いて初めて知ったし！」

そりゃそーだ。リア充女子高生がハンストなんて単語知ってるわけがない。

あと、やっぱこの人は女子カーストトップのリア充組だ。彼女らは平気で先生を『友達』扱いし、呼び出されてもないのに職員室行って先生と『雑談』したりするのだ。それで多分、高田先生から黒羽のハンストのことを聞いたのだろう。高田先生なぜかリア充女子に人気高いし。俺からすれば怖いだけの先生なのにな。

とにかくまあ、そのギャルっぽい女子は俺に目もくれず、黒羽《くろは》を問い詰めはじめる。名前は知らないので俺の心の中ではただ『ギャル』と呼称することにした。

「とにかくもう部活とか部室とか諦めてご飯食えっての！」

「その件だけれど、廃部は取り消されたわ」

「？」

「だから昨日、ハンストは終了したわ。もう大丈夫よ」

「……まあ、良かったね」

「ええ。だから、帰っ――」

「今から病院連れてくから、一緒に来て」

「……もう大丈夫だと言ってるでしょう？」

「昨日ぶっ倒れたんでしょ⁉　全然大丈夫じゃないじゃん！」

とても常識的なことをおっしゃりながら、ギャルは黒羽に詰め寄った。

対する黒羽は思いっきり目を逸らしながら歯切れ悪く答え始める。

「実は、ハンストは、ただの脅しよ。倒れたのも演技。隠れて食べていたわ」

絶対嘘《うそ》だ。お前遺書まで書いてたじゃん。そしてその時、カサっと音がした。

「？」

ギャルは首を傾げ、自分が蹴飛ばした紙くずを拾った。そしてそれを開きタイトルを読んでしまったのだろう、コンマ五秒で顔を真っ青にして、ビリビリっとその紙を破き捨てた。黒羽もさすがに「しまった」と唇を噛《か》んでいる。

まあ、タイトルだけ見りゃ十分ショックだよな。あれ、俺が捨てた黒羽の遺書だもん。

そしてギャルは怒りの形相で黒羽に歩み寄り、そのか細い腕を乱暴にひっつかんだ。

「一緒に来るっ！　もういろんなとこ診てもらわなきゃダメじゃん！　頭とか！」

「……それは、私の遺書ではないわ。ここのＯＢのものでは、ないかしら？」

「思いっきり瑞穂《みずほ》のサインが入ってたんですけど⁉」

「……ハンストは終わったわ。もう必要ないからその遺書を捨てたのよ。心配しないで」

だから嘘つくな。それ捨てたの俺だ。つーかこいつ俺にも遺書書かせようとしたぞ？

「いいから一緒に来るっ！　あーもうっ！　マジで精密検査してもらわなきゃ！　ＣＴスキャンとかカウンセリングとか！」

こ、このギャル、意外なことに、すっごくマトモだ。

特に、黒羽の胃腸や栄養状態ではなく脳や精神状態を心配してる点が、その、マトモだ。

が、腕を摑《つか》まれ思いっきり引っ張られている黒羽は、頑なに病院搬送を拒む。

「……とにかく大丈夫よ。手を離して」

「ごちゃごちゃ言わない！」

すると黒羽《くろは》はまるで駄々をこねる子供のようにギュッと目を閉じて叫んだ。

「手を離してっ！」

「！」

そして、黒羽は目を閉じたまま、懇願するように、つぶやく。

「もう、大丈夫なのよ。だから、心配しないで」

この黒羽の剣幕に、ギャルはおずおずと黒羽の腕から手を離した。

「で、でも、大丈夫って、あんた、昔──」

「……昔の話よ。今は本当に大丈夫。だからお願い。もう私にあれこれ干渉しないで」

苦しげな声で、切実な様子で、黒羽は懇願するようにそう言った。

ギャルはこの黒羽の様子にビビったのか一歩後ずさる。対する黒羽は、哀願するような視線をギャルに向けた。

「それと、あなたは部外者よ。ここから出て行って」

数秒間、ギャルは硬直していた。が、彼女は一度ぎりっと歯ぎしりして、黒羽に言う。

「じゃ、ここの部活にあたしも入れて。そしたら部外者じゃないっしょ？」

「…………」

「何その不満そうな目？」

「……あなたにここは、向いてないわ。入部は、認められない」

ま、まあ、このリア充ギャルは間違っても革命を画策したりしないだろうからな。読書だって良くてケータイ小説？　そんなスイーツ（笑）系女子は目を細めじっと黒羽を睨《にら》む。

「なら、今後何があっても絶食とか馬鹿なことしないってあたしに約束してくれる？」

「……………ええ。約束――を前向きに検討するわ」

「答えるまですっごい間があったのと『約束しない』って意味にも取れるのが気になるから、『遺書とか書かない・ハンストしない』って誓約書、書いてくれる？」

おお。約束を文面に残させるとはこのギャル、頭が切れるな。キレなきゃいいけど。

「……………それは、いやよ」

「やっぱ約束するつもりないじゃん！」

あ、キレた。まあ友達が『また遺書を書いてハンストするかもしれない』とか言ったら普通は止めるよな。しかもこんなアレげな部活を守るためだったらさ。

「……私の部室を、奪おうと言うの？」

「なんも奪わないからあたしを入部させろっての。絶食とかわけ分かんないことやり出したらもちろん止めるけど」

「………」

「入れて」

「いやよ」

二人は、じーっと睨《にら》み合《あ》う。

それにしても仲良いんだか悪いんだかよく分かんねー二人だな。

このギャルは黒羽《くろは》をただ心配しているだけみたいだが（まあ当然か）、黒羽はこのギャルに対して好意半分敵意半分の複雑な感情を抱いてる。そんな感じ。

しかし数秒後、黒羽を睨んでいたギャルが、どことなく嗜虐的《しぎゃくてき》な笑みを浮かべた。

「あたし、生徒会とかに知り合いの先輩もいるんだよねー。なんだっけなー、ずいぶん昔、この部活、かなり評判悪かったんだって？」

や、やっぱそーだよな。多分ここ、大昔の学生運動とかにルーツがある部活だもん。ラノベっぽい謎部活どころじゃねーよ。反体制、反学校をガチでやる部活だぜ？　よく今まで廃部になってなかったな。

そして、そんな部活としての弱点を見抜いたらしいギャルは黒羽を追い詰めはじめる。

意外や意外、見た目と違って頭の回転がかなり早いようだ。

「入部させてくれないなら、生徒会の先輩に『入部したいって言ったのに追い出された』

って泣きついちゃおっかなー？　入部希望者を『向いてない』ってだけで追い出す部活ってどうなんだろーね？　ついでに高田《たかだ》センセにも相談しちゃおっかなー？」

黒羽は悔しげに、ギリっと歯ぎしりする。

「お、脅しの、つもりかしら？」

「んー、いや、あたしは瑞穂《みずほ》に除け者にされたのがショックなだけだしー？　誰かに相談しちゃうのも仕方ないっしょ？」

黒羽はたっぷり十秒間、悔しげに震えていたが、ついに観念したのか震える指先でバッグから入部届を取り出した。破顔一笑、ギャルはその入部届をパシッと受け取り、椅子に座ると迷わずサインし始める。

「なんか知らないけど怒んなって。ほら、久しぶりに瑞穂と一緒に遊べそうで嬉《うれ》しいよ」

「……ここは、遊びに来る場所では――」

「そいや、ここ何する部活なの？」

「……本を読んだり、するわ」

さすがにスクールカースト体制打破だの階級闘争だの革命がどうのとかは言えねーよな。こんなカースト上位者っぽい女子に。

「あたしはゲームしてていい？」

「……こ、ここは、本を読む部活だと――」

「あ、ファッション誌なら読むよ？」

「………」

おお。さっきからずっとだが、黒羽《くろは》がペースを乱されてる。押されっぱなしだ。やっぱリア充はすげーな。

あと、これもっとすごいことなんだけど。

未だに俺の存在は完璧に無視されております。文字通り俺など眼中に入ってないらしい。

あれかな？　黒羽の監視はこのギャルがやるから、俺はもうここには関わるなって神様の思し召しかな？　なので俺は、そーっとこの部室から逃げ出そうと――

「ん？　えっと、キミは？」

そんなことを思った瞬間、ギャルは、ドア付近で突っ立っていた俺の存在に気付いた。

「……………彼は一年五組の、白根与一《しらねよいち》君。ここの部員よ」

本当に不思議なことに、無茶苦茶ためらうような感じで黒羽はそのギャルに俺を紹介した。なんだ？　俺をこのギャルと引き合わせたくないのか？　なぜ？

しかしまあ、一応の礼儀として、軽く俺はそのギャルに頭を下げる。

「……白根っす」

「彼女は中禅寺《ちゅうぜんじ》さくら。その……私と同じ小学校だったわ」

そう黒羽は俺にギャルのことを紹介した。ふーん、幼なじみってやつか。小六の時に家が引っ越しして別学区の中学行ってそれまでの友達と疎遠になった俺には羨ましい間柄だな。

いやミニバス時代の仲間にまでウザがられてたらもう一回死ねるので羨ましくはないか。

しかし、その中禅寺さんというギャルは、俺を見て首を傾げる。

「ん？　あれ……？　昔、どっかで会ったこと、ない？」

「……？　いや、ないと思うが？」

こんなイケイケな感じのギャル、会ったら忘れることはない。……はずだ。

が、そう答えると、彼女の目には、俺への不審の色が混ざった。

なんだろう、逃げ出したくなってきた。そして中禅寺というギャルは俺に尋ねてくる。

「なんつーか、いきなりこんなこと聞くの失礼なんだろーけどさ……」

俺みたいな奴と一緒は嫌だってか？　やっぱギャルは怖いな。怖いし退部しよう。

「瑞穂《みずほ》が目当てで――」

……まあ、そう思われても仕方ないわな。でも、そういうつもりなんかねーし、あんたが黒羽のこと監視すりゃいいわけだし、もちろん退部する――

「白根君は、私が認めた部員なのよ。失礼なことを言わないで」

冷たい声で、黒羽はギャルにそうビシッと言い切った。

その、黒羽にこんなことを言ってもらえて、嬉《うれ》しくなかったと言えば、嘘《うそ》になる。

中禅寺《ちゅうぜんじ》というギャルのほうも、黒羽《くろは》に諌《いさ》められて、俺に「そ、そっか。ごめんね」とか言い出す。こ、こいつもこいつで意外と礼儀正しいな。しかしそれでも、中禅寺はためらいがちに俺に尋ねてくる。

「で、でも……その、遺書まで書いて部活守るとか、そういうノリなの？」

あー、そっちも心配してたのか。そしてそんな誤解は一刻も早く解きたい！

「いやむしろ逆だ。あの遺書捨てたの俺だし」

すると破顔一笑、中禅寺という少女は太陽のようににっこりと笑った（ちなみに黒羽は俺の裏切り発言に対しキッと不満そうな視線を向けた）。

「うん、ならよし！」

本当に邪気のない、フランクな笑顔。彼女は椅子から立ち上がると、俺の方へと近づいてくる。こういうキラッキラしてる女子は苦手なので、本能的に半歩ほど身を引いてしまった。いや、キラッキラしてなくても女子は得意ではない。

「あたしは一年一組の中禅寺さくら。よろしくね、白根《しらね》」

いきなり苗字呼び捨てかよ。こういうさっぱりした女子って男子の苗字をすぐ呼び捨てするよな。だからこっちも遠慮しないで呼び捨てにしよう。こっちは格下だが、せめてこの部屋でくらい格下に見られたくない気がしてしまうし。

「よ、よろしく、中禅寺……」

そして彼女は右手を差し出してくる。

俺は、手汗をかかないよう注意してその手を握る。でもやっぱちょっと湿っちゃった。

が、中禅寺は特にキモがる様子を見せなかった。そして俺は彼女の指の関節にちょっとした特徴があることに気付く。手のひらも少しだけ荒れている。手を離してから尋ねる。

「……もしかして、バスケとか、やってたり？」

「ん？　そだよ。ここの女バス。よく分かったね？」

「まあ、なんとなく……」

別の理由で逃げ出したくなった。ここの男バスと女バスがどの程度交流してるのかは知らんがあの藤岡《ふじおか》の野郎がこの中禅寺の前で俺のネガキャンをしかねない。要警戒だな。でも警戒したところで防ぎようがねぇ。くそ、詰んだ。人の口に戸は立てられねぇとかことわざ作るならその対策も教えとけよ。使えねえな古人。

「なんか顔色悪いよ？」

「い、いや……」

俺が背中に気持ち悪い汗をかいていると、中禅寺はいきなり、右手を俺の額に当てた。

少しだけひんやりとした手のひら。やはりバスケプレーヤーらしくちょっと荒れている。でもそれがサラサラとしていて逆に心地良い。そして中禅寺はその手を離し、首を傾げる。

「熱はないみたいだけど……」

手が離れてすぐ、若干顔が熱くなるのを感じた。うん、お前の行動のせいで熱出たよ？

そして俺は驚愕《きょうがく》の事実を知る。こいつカースト上位者どころじゃねぇ！　カーストのトップだ！　女王蜂《クイーンビー》だ！　何をやっても許されるナンバー1の特権階級！

だから俺みたいなカースト最下層の奴に気さくに接しても同階層の人間から「裏切り者」扱いされることはない。なんなら体にも触れてくる。学校における最大のタブー『最下層民との物理的接触』をやらかしても許されてしまうのだ。

そしておそらくこの学校は、今後この女王様に親しげに話しかけられて勘違いして特攻して玉砕する下層階級男子の死屍《しし》で埋め尽くされることになる。そりゃもうカンボジアのキリングフィールドばりに。やべえよ、やべえよ……

俺が恐怖していると、「こほん」と咳払《せきばら》いの音が響いた。

黒羽《くろは》が、ムスーっとした表情で俺と中禅寺《ちゅうぜんじ》を睨《にら》んでいた。な、なんでこんなにご機嫌ななめなの？　俺が『階級の敵』のカースト上位者と会話してるのが気に入らなかったか？　でもこいつお前の友達なんだろ？

「……さくら。図書部の部室でうるさくしないで」

表情同様に苛立った声。どうやら部室で騒がれたという理由で不機嫌だったようだ。

「はーい、了解しました、部長さん」

が、苛立った黒羽《くろは》に動じた様子のない中禅寺《ちゅうぜんじ》は、なんかふざけた感じにビシッと敬礼をし、いきなり部屋の奥のソファーに向かいドカっと座る。

「ここ、物置部屋って感じだけど、なんか秘密基地みたいでいい感じだね？」

そのセリフの「秘密基地」の部分でピクッと黒羽が肩を震わせた。たしかに秘密基地《アジト》だから結構鋭いなこのギャル。

「お？　それにピアノまであんじゃん！」

そういやここにはなぜかピアノがあったな。もうピアノの上とか鍵盤蓋とかには本が積まれて本棚代わりになっちゃってるけど。

そして中禅寺は上機嫌な様子でソファーにうつ伏せに寝っ転がる。あの、俺が異性として意識されてないからだろうけど無防備すぎじゃないっすか？　胸の大きなものがギュッと押しつぶされて……うん、アレだ。苦しくないのか心配になっちゃっただけだ。さらに彼女はスクールバッグからDSを取り出す。

対する黒羽は本棚からペーパーバックの洋書と英和辞書を取ってきた。洋書も読めるのか。が、彼女は無茶苦茶不機嫌だ。まあ、スクールカースト体制打破を目指して革命を画策してたのに、カーストトップの人間が入りこんじゃったら、ね……。それでも黙々と読書に集中しようとする黒羽に対し、中禅寺はゲームしながら話しかける。

「あ！　なんかこーいうの小学校の時みたいな感じ！　ほら、あたしの家で遊んだ時とか」

「…………そう、かもしれないわね」

返答にすごく時間がかかってる。明らかに迷惑がってる。

しかし中禅寺はなお、黒羽の読書を妨害していた。

「瑞穂《みずほ》、人ん家にまで自分の本持ってきて読んでんだもん」

「…………そんなことも、あったわね」

「あたしマジ退屈でさー、勝手に瑞穂の髪とかしたりしてたよねー。あ、そーだ、久しぶりにとかしたげる？」

言うが早いか、中禅寺はDSをほっぽり出して、バッグの化粧品ポーチからブラシを取り出し本を読む黒羽の背後に立つ。そして許可も求めず黒羽の髪をほどき、そしてブラシでとかし始める。うん、俺の意見としては、黒羽は髪結んでないほうが、なんか、いいな。

「…………」

黒羽は無言で無表情で洋書のページに視線を走らせていたが、ページをめくるスピードが格段に落ちる。そりゃ髪をいじくりまわされてたら読書なんて無理だな。さらに、

『部室《アジト》を守ったのに、なんでこんなことに……』という怒りのオーラが滲《にじ》み出ている。

まあ、でも、いいんじゃねーの？　階級闘争だの革命だのオルグだのアレげなこと目指すより、こういう健全でゆるい感じの部活でグダグダするほうがさ。

それに、なんだかんだ言って仲良い姉妹みたいだし。お嬢様っぽく落ち着いているが変人の黒羽《くろは》と、ギャルっぽく明るいが常識的な中禅寺《ちゅうぜんじ》。対照的だが、好対照な二人だな。

そして、黒羽はソロ充で、中禅寺はおそらくリア充のトップ。

……自分の立ち位置が情けなく思えてきてしまう。

で、でも別に羨ましくないもん！　俺は一人ぼっちの最下層民でいいもん！

あと、こんな感じでは、俺がここにいようがいまいが黒羽の『革命』は未然に阻止されるだろう。

ってかお前リア充の友達いるなら革命とか馬鹿なこと考える必要ねーじゃん良かったねー全然羨ましくないけど全然羨ましくないけどっ！

二章

翌日放課後の職員室。呼び出された俺は高田先生《たかだ》に定期報告を行っていた。

「で、あの危険人物の様子はどーだ？」

「……まあ、普通っすよ。本読んでるだけっす。中禅寺が入部しましたし」

図書部は、図書を隠《かく》れ蓑《みの》にプロレタリア革命を画策する危険な部活から、個人読書を行う健全で文化的な部活に一瞬で穏健化した。中禅寺がいると黒羽が大人しくなるからだ。

「あー、あの中禅寺さくらが入部したんだよな。黒羽瑞穂《みずほ》とは小学校の同級生だったか？」

「そう言ってましたね」

「中禅寺、な。服装やらなんやらは校則違反の常習犯だが、それ以外はまともな女子だ」

「そっすね。つーか見た目だけだったら、中禅寺のほうがやらかしそうなんすけど」

ここの校則はユルい。だからカースト上位者は好きな髪型にするし髪も染める。ま、下位の生徒は教師に怒られなくても上位者に「あいつ調子乗ってる。ダサっ、ウザっ、キモっ」とか言われちゃうからおしゃれなんてできないけどね。

そーいや黒羽《くろは》もちゃんと校則を守ってるな。「正しい革命家はルールを守るわ。必要もなく秩序を乱すのはただのテロリストよ」とかよく分かんないこと言ってたし。だからなのか黒羽は制靴も、黒タイツも、タイも、ブラウスも、バッグも、何もかも学校指定の物を身につけている。逆に中禅寺《ちゅうぜんじ》はすべて校則違反の私物だ。あとこれ確実に言えることだが、高田《たかだ》先生は高校時代に校則を守ってたタイプじゃない。賭けてもいい。

「ちなみに高田先生は高校の時はどんな格好だったんすか？　足首まで隠れるロングスカート？」

武器のヨーヨー振り回しちゃうスケバン的な？

「てめ、あたしのことといくつだと思ってんだ？」

「じょ、冗談っす……あ、そろそろ俺、部活行くんで失礼します」

結構マジ気味に身の危険を感じたので返答を待たず俺は職員室から逃げ出した。まあ俺としては、図書部が平和的で穏健な部活になってくれて何よりだ。そのうち俺の黒羽監視任務は解かれ、図書部をフェードアウトすることになるのだろう。

めでたしめでたし。

……のはずなのに、なぜだろう、心の奥底に何かが引っかかってしまう。おかしいな。危険（思想）な部長のいる危険な部活なのに、あそこがなくなると、俺は、……

モヤモヤしたものを胸に抱きながら、部室棟へ向かう。

図書部室のドアを開ける。黒羽は昨日と同じように椅子に座って本を読んでいた。

そして今日もバスケ部の練習がなかったらしい中禅寺は、読書中の黒羽の背後に立ち彼女の髪をとかしている。お人形遊びみたいな感覚なのかな？

「髪伸ばしたいならちゃんと手入れしなきゃだめだって昔から言っててんじゃん。静電気起こるからプラスチックの櫛《くし》はダメ！」

「………気は、それなりに、つかってるわ」

中禅寺にブラシで髪をとかされながら、黒羽はものすごく間を空け、面倒くさそうに答える。黒羽が手にしているのはマルクスの『資本論』。あっち側の思想の集大成、金字塔とも言える古典で、かつ世界最高レベルの難書だ。髪いじくりまわされながらじゃ理解できねーよなそりゃ。俺も静かな図書館で挑戦したけど十ページくらいで挫折したし。

中禅寺はさらに、黒羽の頬《ほお》をうりうりといじり始める。

「それにしても、肌すべっすべー。いーなー、あたしもノーファンデにしよっかなー。肌キレーになるってゆーし」

「…………………高校生が、普段からメイクする必要なんて、ないでしょう？」

「ん？　まー、瑞穂《みずほ》はメイク必要もないほど可愛いからいーよねー」

中禅寺はふにふに、と黒羽の頬をつまんで遊びはじめる。

黒羽さん、この読書妨害行為にイラつき、ページに走らせる視線が小刻みに震えちゃってます。ついでに、革命活動の妨害にもイラついちゃってます。

「……さくら、言いづらいのだけれど——」

「あ、そーだそーだ、今日、ヘアアイロン持ってるから髪巻いてみない？　瑞穂《みずほ》なら似合うと思うよ？」

言うが早いか、中禅寺《ちゅうぜんじ》はバッグからヘアアイロンを取り出そうとしている。さすがの黒羽《くろは》さんも『資本論』のページから視線を外し、イラぁーっとした目を中禅寺に向け、苛立ちに震える声で言う。

「さくら。読書の、邪魔なのよ。お願いだから、私の髪や身体に、触らないで」

あの、黒羽さん、怖いんですけど。が、中禅寺はそんな黒羽に無邪気に明るく笑い返す。

「そっか、じゃ、また今度ね。あ、でも、瑞穂の髪、むっちゃ綺麗《きれい》だからヘアアイロンで傷めちゃうのはもったいないかなー」

このギャル、まったく動じてない。そして中禅寺はバッグからヘアアイロンの代わりにDSを取り出し、ソファーにうつ伏せに寝っ転がってプレーし始めた。特徴的なオープニング曲。どうやらモンハンがお好みなようだ。

そのプレー音に対し、髪を結い直そうとヘアゴムを口にくわえ、両手で自分の髪をまとめていた黒羽が本気で迷惑そうな視線を向けた。表情は怖いが、髪の長い女子が両手で自分の髪をまとめてる時って脇とかうなじとか色々なところが無防備になっていいな。

それと、『(ヘア)ゴムを口にくわえる』って文字にしてみるとびっくりするくらいエロいな。中禅寺が立てる騒音に対する不機嫌さマックスの黒羽の顔は、ただコワいけど。

ちなみに中禅寺はその黒羽の不機嫌に気付いてない。黒羽もまた、部室に中禅寺がいることが迷惑だとはっきりとは口にしていない。黒羽のペースを乱せる唯一の存在、それが中禅寺のようだ。

でもまあ、なんというか、いい感じの間柄なんじゃないか？

俺の知る女子グループってのは、キャッキャウフフしながら内容がスッカスカの会話のキャッチボールを延々と続けるもんだ。沈黙すれば関係が壊れてしまうという恐怖があるのだろう。実際薄っぺらい友情だから沈黙だけで壊れそうだし。

もしくは、女子グループの何人かで一緒にキャッキャウフフしてて、その中の一人がトイレ行った瞬間そいつをディスり始めるとかするよな。仲間内でもそんなならカースト下位の男子を容赦なく笑いのタネにすんのもしゃーないよね。……やられたほうはたまったもんじゃねーから許さないけど。

しかし、黒羽と中禅寺の関係は、そんな薄っぺらい感じではない。

なんというか、性格正反対だけどなんだかんだ言って仲の良い姉妹みたいだ。

中禅寺は能天気だけど面倒見のいい姉で、黒羽は変人だけど優等生な妹って感じ。

あとさ、部室には俺もいるのに、完全に俺の存在が空気になってるのがすげーよ。この二人、恋バナとか、さらに勢い余ってピロートークとか始めちゃうんじゃねーか？

……いけない。ダメな思考パターンに入ってしまった。現実に戻らねば。

現実は、リア充ギャルとソロ充美少女二人が、同じ部屋にいるはずの俺を『いないもの』として扱ってるこの状況だ。Another でなくても死んでいる。なので、俺はその悲しい現実から目を背けるため、バッグからカバー付きラノベを取り出した。

わずかに椅子を動かし、黒羽《くろは》と中禅寺《ちゅうぜんじ》を視界の正面に捉える角度に。

自意識過剰なのは自覚しているが、他人にラノベを読んでいるのを知られたくないのだ。

オタクが市民権を得ているとか言うが、どうせ『ただしリア充に限る』の注がつくんだろ？　矛盾してるよな。

カバーイラストや口絵イラストは書店のカバーで防げるとはいえ、白黒イラストはいつ飛び出すか分からない。背後や横からの視線に怯《おび》えながらラノベを読むなんて絶対にゴメンだ。でもこの角度なら背後を気にせず読めそうだ。

そして万全の状態で、俺は妄想の世界へ現実逃避する。『ナルニア国物語』だって子供たちが辛い現実から優しい妄想の世界へ逃げ込めるようにとの思いでルイスさんが書いた本だ（俺の解釈）。ラノベも一緒。

というわけで、俺が女性にしかないはずの能力に目覚め、女性しかいない能力強化学園に入学させられていると……

「白根《しらね》君、ライトノベルを読むのはいいけど、もっと堂々と読んだらどう？」

「なんで分かるんだ⁉」

中禅寺から解放されてやっと集中して『資本論』を読んでいた黒羽は淡々と答える。

「私物の、新品の文庫本。しかも書店のカバー付き。カバーイラストを見られたくないのか、汚したくないのか……とにかくずいぶん大切にしているわね。それに、中のイラストを見られないのか、ページを開きすぎないように注意している。自意識過剰だから逆に分かりやすいわ」

「探偵かなんかっすかあんた……？」

「別に何を読もうと自由だけれど、私の動きをチラチラ見て警戒しているのは不愉快よ。読むなら堂々と読みなさい」

ここまで言われると、なんかこのラノベをバッグにしまうのも逃げたように思われそうで嫌だ。なので俺は椅子を戻し、堂々と読むことにする。高尚（？）な本ばかり読んでる黒羽にはこの時点で馬鹿にされてそうだが、開き直ろう。

が、ソファーで飛竜を狩っていた中禅寺が、俺の本に興味を持ち始めてしまう。

「ライトノベルって何？　どんなの？　見せて？」

くそ、最悪じゃねーか。でも逃げ道はない。どうせキモがられるんだろうと覚悟してラノベを差し出す。が、中禅寺《ちゅうぜんじ》はソファーから立ち上がり、俺の手からそのラノベを受け取ると、「おおー」とか邪気のない笑顔で、カバーイラストや口絵イラストを眺め始める。

「これあれでしょ⁉　萌《も》えってやつだ！」

「萌えってやつって……」

「あたしも『あの日シベリアで数えた木の本数を、僕達はまだ知らない』観て超泣いたっ！　それと『秒速五キロメートル』も超鳥肌立った！　あの雪の中の駅って栃木にあるんでしょ⁉」

お、おや……？

「いや、どっちもラノベ原作のアニメじゃねーっすよ？　しかも厳密には萌えでもねーぞ？　いや、俺も好きだけど。『秒速五キロメートル』なんて聖地巡礼までしたけど」

「聖地巡礼？　なにそれ？」

「舞台になった場所まで実際に行くんだよ。あれの場合、電車乗り継いで栃木県栃木市の岩舟駅まで」

「へー、いいね！　あの田舎っぽい駅、あたしも行ってみたい！」

「でも今は自動改札の無人駅になってて待合所もストーブもなかったぞ？」

「なんだ。残念」

「……あと、わざわざ雪の日に行ったのに、俺を待っててくれる女の子もいなかった」

「あはは っ、そりゃそーだ！　白根《しらね》超キモい！」

　お、おお。「超キモい」とか言われたが、まったく嫌な気分にならなかった。人に『キモい』と笑われるのにも、大きく二パターンあるのかもしれん。好意的なものを含む笑われ方と、嫌悪感を抱かれている時の笑われ方。「お前キモいなー」と「あいつキモいよなー」は、天と地ほどの差があるようだ。ちなみに、俺が今まで受けてきたであろう仕打ちは後者で、今の中禅寺は前者だ。

「い、意外だ。なんか、ギャルとオタクは相性がいい、みたいな都市伝説をネットで見たけど本当なの？　なんか、その、ちょっと勘違いしちゃいそうなんであんま俺の趣味に理解を示さないで？

　さらに、中禅寺は俺のラノベをパラパラとめくり、本文無視でイラストだけ眺め始める。う、うん、そういう楽しみ方もアリだと思うよ。否定しないよ。でも絵が良ければ売れるってのは幻想。

　そして彼女は俺に尋ねてくる。

「ねー、白根、マンガとか持ってないの？」

「そりゃ、持ってるけど？」

「『進撃の虚人』とか、あと『ワンチャンピース』とか持ってない？」

「なんか、その、すっげーメジャーなリクエストだな。いやどっちも持ってるけど」

「ホント？　じゃ、ここ持ってきてくれない？」

「お、おう、まあ、いいよ？」

「やった！　ありがとね！」

中禅寺《ちゅうぜんじ》はにっこりと俺に微笑む。なんつーか、毎日心から楽しく過ごしてる人間特有の、お互い気持ち良くなるような（この表現エロい）太陽の笑顔だ。でもそういう陽の感情を受け慣れてない俺はその太陽光に焼かれてしなびちゃいそうなのでわずかに目を逸らす。俺、光合成とかできないんで……。それに、下手するとマジで勘違いしちゃいそうなんで。

そんなことを考えていると、黒羽《くろは》が俺たち二人のやりとりを睨《にら》んでいるのに気付いた。あ、めっちゃ不機嫌だ。なんか、ムスーっとしてんもん。

「……悪い、うるさかったか？」

そう尋ねると、黒羽はなぜかピクッと驚き、そして慌てた様子で『資本論』のページに視線を戻した。え？　何？「図書館でうるさくしないで」的な意味で怒ってたんじゃないの？　そして、彼女はどことなく躊躇《ためら》いがちに言う。変な表現だが、まるで中禅寺に張り合おうとしているように。

「そ、その……私は、『ベルサイユの薔薇《ばら》戦争』を、読んでみたいのだけれど……持ってないかしら？」

……も、持ってますけど。黒羽さん、マンガまで、革命趣味なんですね。フランス革命は『ブルジョア革命』であって『プロレタリア革命』じゃねーけど、いいの？

それにしても、普通の女子が「『ベルばら』読みたい」とか言い出すのはすごく健全で普通な感じなのに、黒羽が「『ベルばら』読みたい」とか言い出すのはなんか怖い。こいつに『革命』とかそういうテーマの作品を読ませるのはマズい。影響されてどういう方向に突っ走るか分かったもんじゃねーもん。

とまあ、俺が「悪い『ベルばら』は持ってねーや。ってか出版業が衰退すると俺の趣味が減って困るんだからお前ら出版物は人から借りずに新刊で買えよいや新刊で買ってくださいマジお願いします」と土下座の一発でも入れるべきか迷ってると……。

コンコン、とドアがノックされた。

「失礼するよ」

そして、落ち着いた、それでいて力強さの感じられる、低めの女子の声とともにドアが開く。悠然とした足取りで部室に入ってきたのは身長高めでショートカットの女子生徒。上履きのラインの色を見る。二年生。先輩だ。

その女子の先輩は、これまた独特な雰囲気を纏《まと》っていた。

確実に中禅寺のようなイマドキ女子高生ではない。

どちらかと言えば黒羽《くろは》に似た凜《りん》とした雰囲気なのだが、根本的なところで違いがある。

彼女はもっと心に余裕のある、『泰然』というか、変な言い方をすれば古風な武人めいた、そんな見る者を圧倒するオーラを放っているのだ。

制服も正しく着ているが、俺よりちょっと低いくらいの彼女の長身と相まって、黒羽よりも中性的で力強い印象を受ける。顔立ちにも精悍《せいかん》さのようなものが感じられる。

「あ、五色《ごしき》、センパイ……」

ソファーに寝っ転がっていた中禅寺《ちゅうぜんじ》はそう呟《つぶや》き、ちょっと慌てた様子で起き上がった。

「ん？　中禅寺、君もここの部員なのか？」

「は、はい……」

「ふむ……まあ君に何か言いにきたわけじゃない。用があるのは……」

その先輩女子はフッと微笑み、そして黒羽に視線を向けて……

「やあ。久しぶりだな、コミュニスト君。少し時間をもらえるか？」

……えっと、今この人、黒羽のことを共産主義者《コミュニスト》って呼んだの？

「いやよ。私はあなたに用なんてないわ。ファシストさん、今すぐ出て行って」

そして、黒羽瑞穂《みずほ》さんも堂々とタメ語で即答。

こ、この二人、のっけからとんでもねぇ言葉の応酬をおっぱじめやがった……。何？　何なの？　この学校では友達に対して共産主義者《コミュニスト》とか全体主義者《ファシスト》とか凄まじくデリケートなあだ名付け合うのでも流行ってんの？　引くわー。マジ引くわー。入る高校間違えちゃったわー。

……いやもちろん違うな。この二人、ガチでお互いに『レッテル貼り』してやがる。

だって黒羽、完全に敵意むき出しでその先輩を睨《にら》んでるもん。

でも不思議なことに、純度百パーセントの敵意で燃える黒羽の瞳だが、そこに『憎悪』の色はない。対するその先輩も、どこか余裕のある不敵な微笑みで敵意をさらりと受け流している。こちらの方も、黒羽に負けず劣らず独特な方のようだ。

「黒羽瑞穂。相変わらずだな。誰彼構わず敵に回すその態度には脱帽するよ」

「独裁者をやってるなんてあなたも相変わらずね。その権力欲には呆《あき》れるわ」

黒羽さんあんた何言ってんの？　高校に独裁者とかいませんよ？

ってかこの二人、完璧に敵対関係みたいだけど知り合いなの？　このちょっと生真面目で厳しそうな先輩も俺のことが眼中に入ってないご様子なので、俺はそーっと椅子を動かし、どういうわけかソファーの上でちょっと固くなってる中禅寺に尋ねる。

「なあ？　この先輩、誰？」

「え、えっと、その、五色葵《あおい》センパイ。ここの生徒会長さん。……で、あたしも瑞穂も、昔からの知り合い」

ほ、ほほう。生徒会長さんと来たか。ってことはこの人、黒羽の『宿敵』だな。

しかもラノベっぽい『悪辣生徒会長』VS『謎部活』みたいな構図じゃない。むしろこ

っちが悪者だ。だって黒羽《くろは》、下手したら『武力による政府（生徒会）転覆しかないわ』とか言い出しかねない側の思想抱いてるんだもん。

するとどういうわけか、中禅寺《ちゅうぜんじ》は睨《にら》み合《あ》いを続ける黒羽と五色《ごしき》先輩とやらに気付かれないように、そーっと部屋からの脱出を試み始めている。おいおいどうしたんだ中禅寺さん？　あんただって黒羽ほどじゃないが肝が据わってるタイプだろ？　何ビビってんだ？

しかもそれに気付いた五色先輩は中禅寺を見てすっと目を細め、言う。

「中禅寺、こんなことあまり言いたくはないが、その髪色や服装はなんとかならんのか？」

生徒会長直々の服装注意に対し、中禅寺はピクッと肩を震わせ、そして曖昧に笑う。

「あ、あははっ、その、すみません……」

お、おお……。どうやら中禅寺にとってもこの五色先輩は苦手な存在のようだ。『別にいーじゃないですかセンセも何も言わないしー』くらいに受け流すのかと思ってた。

そして中禅寺は「あたし、ちょっと用があるんで」とかあからさまな嘘《うそ》をついて完璧に逃げ出すように部屋を出て行ってしまう。……あ、しまった。勢いに乗って俺も逃げ出せば良かった。タイミング逃した。

そして五色先輩とかいう生徒会長さんは黒羽に向き直る（ちなみに黒羽は中禅寺がそそくさと出て行ったことを気にも留めず無言でずーっと五色《ごしき》先輩を睨《にら》んでいた）。

「君は本当に危険な要注意人物だよ」

「お褒めに預かり光栄よ。でも私は校則に反するようなことはしていないわ」

「残念ながらその通りだ。『ハンガーストライキを禁ずる』なんてわざわざ生徒手帳に書くわけがないからな。しかも先生方は成績『だけ』は優等生の君を失うのが怖くて、あっさり廃部を取り消してしまった。一生徒のハンストに学校が屈したとかいう前例を作られると、私はとても困るのだがね」

「当然でしょう？　図書部は、やましいことをする部活ではないもの」

……黒羽《くろは》にとって『革命』はやましいことではないらしい。すると五色先輩はフッと微笑み答える。

「まあ、去年までここはちゃんとした部だったよ。『読書会』だけでなく、図書委員の業務手伝いや、街の清掃ボランティアなどをやってくれる真面目な先輩方の部活だった」

へー、そうだったのか。ここのルーツは大昔の学生運動だろうが、去年までは健全で穏健にリベラルな部活だったらしい。今年、黒羽が思いっきり左側に振り戻しちゃったけど。

そんな黒羽は五色先輩に言い返す。

「私だって、図書委員の手伝いやらボランティアはするつもりよ。だから――」

「君がその程度で満足して大人しくしているわけがないだろう？」

「……」

「何事も急激な変化は、混乱を引き起こすだけだ。見過ごすわけにはいかないな」

あ、この生徒会長さん、黒羽を『共産主義者《コミュニスト》』呼ばわりするだけあってその革命的思想をちゃんと分かってらっしゃるんだ。そりゃ警戒して当然だ。というより高田《たかだ》先生を始め先生方の危機感が薄すぎだな。

「こちらも立場上、秩序や風紀を乱されたくないのでね。馬鹿なことは考えないでほしい。高校生の部活らしい健全な活動をしてくれ」

「あなたに文句を付けられるようなことは――」

「本当か？　では念のため、この部室の書籍をすべてあらためさせてもらう。書類も、そのパソコンのデータも全部だ。それから定期的な活動報告義務も課そう」

「…………」

あ、黒羽さん、目を逸らしちゃった。そりゃまずいよね、『腹腹時計』とかテロのマニュアルあるし、遺書もあったし、パソコンにもなんか危険なファイル入ってんのか。

しかし、ちょっと勝ち誇った感じで微笑む五色先輩は続ける。

「でもまあ、私が何かするまでもないようだ。中禅寺《ちゅうぜんじ》がここの部員で、それから……」

そこで、五色先輩は俺に視線を向けた。

「君、名前は？」

あれ？　俺のこと眼中に入ってなかったわけじゃないんだ。ちょっと慌てて頭を下げる。だって黒羽《くろは》に「白根《しらね》君は私の同志よ」とか言われたら社会的にたまったもんじゃねーもん。

「えっと、俺、一年の白根与一《よいち》です。でも俺は――」

「白根君は私の同志よ」

ちょっと黒羽瑞穂《みずほ》サン⁉　お前、マジで、なんつーこと……

「ふむ、白根与一君、か。覚えておこう」

いやお願いだから覚えないでください生徒会長サン⁉

く、くそ、高田先生《ヤンキー》に監視役としてこき使われ、黒羽《コミュニスト》には勝手に同志扱いされ、生徒会長《ファシスト》に目をつけられるとか結構ヤバくね？　全方位から圧力かけられちまってるじゃねーか！

が、どうもこの五色《ごしき》先輩も黒羽に比べればかなり常識的な方のようで（じゃなきゃ生徒会長なんてやれないよな常識的に考えて）、俺に静かに言う。

「このコミュニスト君が馬鹿なことを考えても、中禅寺《ちゅうぜんじ》と君がいるならまあ、そこまで危険ではないか。くれぐれも節度を守ってくれ」

良かった。黒羽と志を共にする仲間だとは思われなかったようだ。

ん？　もしかしてこの人、俺が高田《たかだ》先生に言われてここに潜り込んでるスパイだってことに気付いてんのか？　そして黒羽は「裏切りは許さないわよ？」的にキッと俺を睨《にら》んでるから板挟み状態。なので俺は「ははっ……」と曖昧に笑って五色生徒会長から目を逸らす。ほら、日本人、イエスでもないノーでもない返答に定評ある民族だから。

そして五色先輩は「君がやらかすなら、こちらも相応に対処するつもりだ。忘れないように」と黒羽に釘《くぎ》を刺し、部屋から出ていった。

そして黒羽は五色先輩の出て行ったドアを睨みつけ、本当に悔しげに唇を噛《か》んでブツブツと呪詛《じゅそ》の言葉を吐いている。

「ファシスト、権威主義者、反革命分子、『公共の敵』……」

ね、ねぇ、そういうアレげな用語、連発すんのやめよ？　な？

「なぁお前、あの生徒会長さんともともと知り合いなんだろ？　中学が一緒とか？」

「……ええ。中学でも、生徒会長——独裁者だったわ」

そう忌々しげに答える黒羽だが……やはりあの生徒会長さんに『敵意』はあっても『憎悪』とかそういうドス黒い感情は抱いていないみたいだ。

なんか、俺が昔、バスケの練習試合とかで敵チームのエースと対峙《たいじ》した時の感覚に近い気がする。敵だけど別に憎悪の対象ではない、良きライバル関係的な？

それに黒羽は反権力主義の、ぶっちゃければ意地だけであの生徒会長さんを敵視してるみたいだが……俺から見れば二人は同じような属性のキャラだ。俺の見立てだとあの人、スクールカースト的にはカースト外、ソロ充の人間だもん。独特なのに堂々としてたし。生徒会長ってことは成績も良いはずだ。もしかして黒羽《くろは》、同族嫌悪してるだけじゃね？

それにしても、リアルな生徒会長さんってもっと大人しい優等生って感じだと思ってたんだが、中禅寺《ギャル》の服装や髪色を面と向かって注意したり、黒羽が危険人物だと見抜いて警告したりとちゃんとやってる人もいるんだな。

とか思ってると、黒羽は食塩の小瓶をバッグから取り出した。こいつなんで塩とか常備してんの？　……そういやハンスト中、水と塩は飲んでるとか言ってたな。それでか。

「お前が何するつもりなのか大体分かっちゃうけど一応確認。その塩どうするつもりだ？」

「ドアの外にまくに決まってるでしょう。ファシストに穢《けが》されたから」

……良きライバル関係というのは言い過ぎだったか。こいつの反権力主義はガチだ。とりあえず俺は、「革命家がそういう伝統的かつ保守的な迷信に惑わされちゃダメだろ？」とか適当な理由を付けて、黒羽の塩まきを止めたのだった。

■

本当に教室というのは非人道的な場所だ。趣味も嗜好《しこう》も何もかもが違う数十人が、ただ同じ年齢というだけの理由でこんな狭い部屋にすし詰めにされているのだから。

そもそも俺はなぜ、このクラスの連中と同じ部屋で、一日の三分の一を過ごしているのだ？　俺は金をもらっているわけではなく、むしろ学校にお金を払ってるお客様のはずだ。

金払って不快な思いするとか学校って本質的にSMクラブに近いんじゃね？

そして残念ながら俺はMには目覚めていないので、何がいいのかまるで分からん。

まあ、授業はいい。集中してるからな。

でも休み時間とか自由時間は、自分の席でただ不快さに耐えなければならない。あの、全然休めないし、自由もないんですけど？

そして今はホームルーム終了直後。広義の意味での自由時間。俺は図書部部長の命令により、さらに自由を制約されてしまっている。

『階級の敵』の中禅寺《ちゅうぜんじ》に居座られ革命を妨害されフラストレーションが溜《た》まっていた黒羽のところに、『公共の敵』五色《ごしき》生徒会長がやって来て警告されてしまったわけだが、逆にその妨害が黒羽の反骨精神に火をつけてしまったらしい。……さすがに生徒会室に火を放ったり火炎瓶を作ったりはしなかったが、昨日中禅寺と五色先輩がいなくなった後、黒羽とこんな会話をしたのだ。

「……こ、このままでは、まずいわ。せっかく部室《アジト》を守り抜いたのに、あのファシストが圧力をかけてくるなんて」

「ファシストとか言うなよ。あの人、多分マトモな人だぞ？　ぶっちゃけお前――」

「権力機関のトップという時点で悪なのよ!!」

「わ、悪かったよ！　そんな怒んなって……」

　ぶっちゃけお前よりマトモだぜ？　って全部言わなくて良かった。危うく殺されるところだった。そのくらいの怒りを感じた。そして黒羽《くろは》は唇を噛《か》む。

「もうっ！　さくらにも居座られることになるなんて。次から次へと邪魔が……」

「何がまずいんだよ？　中禅寺《ちゅうぜんじ》とお前、結構仲良い――」

「さくらは階級の敵、ブルジョアよ。彼女がここにいたら、支持者《シンパ》になってくれるはずの人に、私たちまで敵と思われてしまうじゃない」

「友達を敵呼ばわりすんなよ。あとさらっと支持者《シンパ》とかいう単語使うな」

「友達でも階級の敵なのよ。革命の遂行の邪魔にしかならない」

「……あ、あの？　やっぱ俺、革命とか興味な――」

「こうなったらとにかく行動よ。誰でもいいわ。強者に虐げられている人を見つけて助けてオルグして染めて支持者《シンパ》にする。一人でも多く――」

「ずいぶんナチュラルにオルグするとか染めるとかいう単語使うんだなお前？」

「とにかく、上位者によって困らされている人を探してきて」

「……聞いてねぇし。ったく、具体的にどんな人だよ？」

「そうね……例えば、いじめられている人、とかいればいいのだけれど」

「いいとか言うな。よくねーよ」

「とにかく、いじめられている人を見つけたら、ここに連れてきて」

　まあ、そんな感じだ。なので一応、俺は席から動かず、黒羽の求める要救助者を探している。……が、ここは一応進学校。しかも高田《たかだ》先生のように力で生徒を押さえつける優れた人材まで揃《そろ》ってる。あからさまないじめなんてない。殴る蹴る金や物を奪う。そういうハードパワーにモノを言わせた犯罪行為はまず発生しない。発生したら高田先生を始め生活指導に定評のある教師が容赦なく鎮圧するだろうしな。

　なので俺は捜索を打ち切ってバッグに教科書類をしまい始め――

　……でも、ソフトパワーによるいじめ。そういうのは、あるのかもしれない。

　いや、どこからがいじめでどこまでがいじめではないという明確な基準は知らん。もしシカトとか空気扱いとか、その程度をいじめだと見なしたら、俺はほぼ生徒全員にいじめられていることになっちまうしな。

　それでも、なんとなく、分かってしまった。

バッシュケースを持つ、二人の女子バスケ部員が雑談しながら教室から出ていったのだ。同じようにバッシュケースを持った女子が一人、まだ教室に残っているのに。

取り残された女子は、同じ部活の女子二人が教室を出て行ったのを少しおっかなびっくり確認してから、席から立ち上がる。肩までのボブカットの髪。少し地味な印象の顔立ち。

　制服の着こなしは正しいが、黒羽《くろは》やあの生徒会長さんのようにきっちり似合っているというより、どうも野暮ったく見えてしまう。さらにだいぶ暖かくなってきたのに、ブラウスの下にはロングTシャツを着ている。俺も人のファッションにケチをつけられるような人間じゃないが、ずいぶん地味で色気のない制服の着こなしする子だな。

　そして、同じクラスに同じ部活の奴がいるのに、そいつらと一緒に練習に行けない。

　こりゃ間違いなくバスケ部で浮いてるな。お、ちょっと親近感抱いちゃうぞ？　かつての俺みたいな感じで嫌われてんのかな？

　……いや違う。

　あの子はただ単に気が弱くて引っ込み思案であんまプレーが上手くないからハブられてるパターンだ。

　うん、その、実は俺も昔、ああいうタイプの部員を嫌ってた。いや嫌いではなかったけど『足ひっぱんなよ』とかそういうカッコ悪いこと言っちゃってたかもしれん。そんな、かつての俺みたいな奴のせいで、あの子は今、辛い目に遭ってるのか。

なんか、罪悪感のようなものを覚える。せめてもの償いをしたくなってくる。

しかもあの子、クラスでも浮き気味だ。まだ教室には半分以上の生徒が残ってるのに誰にも挨拶せず一人で教室出て行っちゃったし。

こりゃ、黒羽の求める要救助者ってことで間違いないな。

……ま、だからと言って「ちょっと来てくれ」とか声かけて、黒羽のいる図書部室に連れてったりしないんだけれどね。

だって俺、あの子の友達じゃないもん。


さて、図書部室に向かい黒羽にさっき見た子のことを報告すると、彼女は若干顔を引きつらせながら俺に尋ねてくる。

「よくやったわ。でも、どうして、その人をここに連れてこなかったの？」

「無理だ。いきなり話しかけたらキモがられるじゃん」

カースト下位の男子は女子に声をかけたりしてはならない……いやできないのだ。特に教室など公の場所では。この気持ち、分かってくれる男子諸君は多いよな？

ところが黒羽は、けっこうマジ気味に俺に失望した様子でため息をつく。

「あの時は、そんなふうでは、なかったのに……」

「なんか言ったか？」

「……いえ。その人は、私が連れてくるわ」

そして彼女はスッと椅子から立ち上がるので、俺は止める。

「待てよ。クラスが別で会ったこともないお前がいきなり行っても警戒されるだけだろ？」

「無理矢理、強引に、連れてきてしまえばいいでしょう？」

真顔でそう言い放つ黒羽《くろは》に、今度は俺がドン引く。

「拉致はやめろ。お前のような思想の奴が拉致に類する行動取ると国際問題的に洒落《しゃれ》にならんから。ついでにもっと警戒されるじゃねーか？」

「あなたがここに連れてこないのがいけないのよ」

「まあ、俺の力不足で声はかけられなかったが、ちゃんとここに連れてくる算段はある」

「……？　その算段とは？」

「中禅寺《ちゅうぜんじ》に連れてきてもらう。あいつもバスケ部だろ？」

ドヤ顔で俺がそう言い放った時の、完全に呆《あき》れ切った黒羽の表情は、多分一生忘れない。

そして黒羽は目を閉じてこめかみを押さえ、呻《うめ》くように言う。

「あ、あなたには、誇りとか、意地とか、そういうものは、ないの？」

「ない。そんなもんでメシは食えんからいらん」

「ここまで、ねじ曲がってしまっているとは……」

「なんだよ？」

「……いえ。少し、人を見る目に自信が無くなっただけよ。いずれにせよその案は却下。やはり私が連れてくるわ」

「やめとけって。ってかどうして中禅寺に頼んじゃダメなんだよ？　中禅寺は何やっても許される特権階級の女王様だろうし、チームメイトをハブるタイプでもないだろ？」

「それは、そうだけど……、い、い、いえ、どうしてもダメなのよ」

が、ちょうどその時、部室のドアが開いて、当の中禅寺が入ってきた。

「ちーっす、おっつかれー。外練はすぐ終わっていいねー。ん？　二人ともどした？」

「なんでもないわ」

そう言いながら黒羽は入れ替わるように部室から出て行こうとしている。あ、マジであの子のこと拉致しに行く気だ。だから俺は先手を打ち中禅寺に尋ねる。

「なー、中禅寺。女バスにうちのクラスの奴、いるだろ？」

黒羽が不満そうにキッと俺を睨《にら》んできたが無視だ無視。

それでも、カースト上位者の手を借りたくないという謎のプライドを守っているらしい黒羽《くろは》は一人で部室を出て行ってしまう。あーあ、卑劣な犯罪、『拉致』を防げなかった。

……なのだが、俺の質問に対し、中禅寺《ちゅうぜんじ》は首を傾げている。

「ん？　白根《しらね》のクラスって言われても、誰のこと？」

そう聞き返されて気付く。

俺、あの子の名前、知らないじゃん。

ってか黒羽さん、あんた顔も名前も知らない相手を拉致しに行ったのか？　さすがにそれは無理だろ……。

拉致は未然に防がれたようなので、俺は安堵《あんど》して中禅寺に例の少女の情報を伝える。髪はボブカットで、地味な感じで、それからまだ席替えしてなくてあいうえお順の席の右端、前のほうだったから、多分あ行で始まる苗字の名前。

とまあ、そんな感じの特徴を伝えると、中禅寺は答える。

「五組だと……由香里《ゆかり》かな？　足尾《あしお》由香里」

「いや、その子がそんな名前かどうか知らん。ちょっと待ってろ、確認する」

そして俺が、入学最初に配られたクラス名簿（初めてちゃんと目を通す）をバッグから取り出すと、中禅寺が若干俺に引いている。

「クラスメイトの名前聞いたら『あ、その子だ』ってなるくらいには知っとくもんっしょ？」

ふーん、そういうものなのか。でも知らんものは知らん。そう素直に認められるのは美徳だ。俺は、知らないことを知っている。無知の知。ソクラテス並みに謙虚なんです。

まあ実際、その子は中禅寺が挙げた名前だった。足尾由香里という名前らしい。

それにしても、中禅寺がこんな感じだとすると……あの足尾という子が女バスでハブられているというのは俺の早とちりか？

「なー、お前この子と仲良いの？」

「ほとんど話したことないかな？　由香里、大人しいし、練習終わるとすぐ帰っちゃうし」

「ね、ねえ？　ほとんど話したことない相手を、ファーストネームで呼ぶの？」

「そだよ。そりゃ、今はあんまり話したことなくても、どうせそのうち話すようになるし」

カルチャーショックです。

そしてリア充の方々の文化は、俺には死ぬまで理解できそうにありません。

「由香里のこと連れてきたよー。で、なんで呼んだの？」

そして俺が頼んだ通り、中禅寺はあの足尾という子を部室に連れてきてくれた。なぜか、ほとんど話したことない相手の携帯電話番号を中禅寺は知っていたのだ。つくづくリア充という生物は謎だ。……ちなみに顔も名前も知らない相手を拉致しようと試みて手ぶらで戻ってきた黒羽《くろは》（意外と抜けてるよな）は、俺がカースト上位者である中禅寺《ちゅうぜんじ》の手を借りたことでご機嫌ななめだ。しかし、椅子に座ってムスーっとしていた黒羽だが、中禅寺が連れてきた足尾《あしお》を見て一瞬顔を伏せた後、少し沈んだ声で呟《つぶや》く。

「足尾由香里《ゆかり》さん。たしか、中学二年の時、クラスが一緒だったわね」

あ。この子、黒羽ともともと友達だったのか。同じ中学の友達とか面倒くさそうだなー、羨ましくなんてねーよ本当に。

しかし、足尾という少女は、黒羽の顔を見てビクッと肩を震わせた。

「く、黒羽さん……!?」

この子、完璧に、黒羽にビビってる。おいおい黒羽、中学の時一体何やったんだよ？

もしかして、昔から何かに抗議してハンストしたり遺書書いたりしてたの？　だからあの五色《ごしき》先輩とかいう生徒会長さんに目をつけられたのか？　しかもどういうわけか中禅寺まで「あ、由香里、瑞穂《みずほ》と一緒の中学なんだ……」とか気まずげに呟いた。

なんだ？　どうしたんだこの空気？

しかし、黒羽はすぐに普段通りの表情に戻り、きっぱりと言う。

「足尾さん。久しぶりね。いえ、話したことはないから初めまして、が正しいのかしら？」

黒羽は「話したことはない」、つまり友達ではなかったとバッサリ言った。う、うん、なんか……すごいな。

「は、はい。……あの、私……」

逆に、こっちの足尾という子は黒羽にビビりすぎだ。そして彼女はなぜか俺を見て驚く。

「あ。白根《しらね》、君？」

え？　なんであんた俺のこと知ってんの？

「その、同じ、クラス、ですよね……？」

「あ、ああ。そうだったな」

そっか、中禅寺が言う通り、クラスメイトの名前くらい知っとくのが普通なのか。

いや？　もしかして休み時間一人で洋楽聴いて本読んでるから逆に悪目立ちしてんのか？　うわやだなー。目立ちたくねーんだけどなー。

ま、まあ、本で視覚塞いでるし、イヤフォンで聴覚塞いでるから大丈夫か。

無防備だろう。笑い物にされていたとしてもこちらはそれを把握できないのだから。

しかしこの無防備こそが最強の装備。俺にとってはノーガード戦法。

シュレディンガーの猫も、突き詰めれば、箱の中の猫が生きてるのか死んでるのか分からないというだけの話だ。つまり、陰口なんて聞かなければいい。分からなければいい。

知らなければいい。そうすれば陰口など存在しない。日光東照宮の三猿ばりに『見ざる、聞かざる、喋《しゃべ》らざる』を実践すれば人付き合いにおいて傷つくことはないのである。孤独少年《ローンボーイ》は傷つかない。うっわ何そのラノベ全然売れなそう。

とまあ、俺がそんなくだらないことを考えていると、黒羽《くろは》は首を傾げる。

「そういえば足尾《あしお》さん。あなた、中学時代もバスケ部だったわね？」

「は、はい……」

弱々しい返答。この子、バスケに限らずスポーツやってるイメージ湧かねーわ。もっとハッキリしゃべろう？　怒らないからさ？

「でも、ここの高校では部活仲間と仲良くできていないのね？　というより疎まれている」

……こいつの場合はハッキリ言い過ぎだ。

そして、先ほど「瑞穂《みずほ》と一緒の中学なんだ……」とか呟《つぶや》いて何か考え込んでいた中禅寺《ちゅうぜんじ》が黒羽のセリフにハッと驚きの声をあげる。

「え⁉　由香里《ゆかり》、そうなの⁉」

どうやら彼女はバスケ部でそんな空気を感じていなかったらしい。

中禅寺は「あいつウザくない？」とか言い出さないタイプの明るい女王様なんだろうが、だからこそ、そういうドロドロとした空気には疎いのかもしれない。

「い、いえ……」

そして足尾は中禅寺にまでビビり始めてしまう。目が言っている。「中禅寺さんに、知られたくない」。

う、うん。俺の配慮が足りなかったようだ。バスケ部でも確実に人気者であろう中禅寺がいる前で「バスケ部でハブられてます」とかまともな神経してたら言えねーよな。

ちょっと反省してると、俺と同じことを考えたらしい黒羽が中禅寺に言い放つ。

「さくら。今日は帰ってくれないかしら？」

しかし、さすがにこの発言は中禅寺の機嫌を損ねたようだ。

「……どうして？」

そりゃ、俺が頼んで足尾のこと連れてきてもらったのに、いきなり外野扱いされたらムカつくだろ。しかし、黒羽はやっぱりズバッと言ってしまう。

「どうしても。早く出て行って」

「あたしは頼まれて由香里をここに連れてきたのに、いきなり除け者？　しかもバスケ部の話っしょこれ？　それに、中学って――」

「昔のことは関係ないわ。だからとにかく出て行って」

「出てかない。心配だもん」

「……ハッキリ言うわ。あなた、邪魔なのよ」

お、おいおい、黒羽《くろは》さん、なんでそんな、ハッキリと――

「…………ねえ、なんでそこまで言われなきゃなんないの？」

結構マジ気味にイラッとしたらしい中禅寺《ちゅうぜんじ》の冷たい声。

足尾《あしお》はさらにビビる。ぶっちゃけ俺もビビった。

怖っ！　中禅寺さん怖っ！　この人こういう負の怒り方しなそうだから油断してたけどやっぱ女王様だ！　ヤンキーがちょっといいことしただけで「あのヤンキー、実はいい人なんじゃね？」とか思っちゃうやつの逆パターンでカリスマ保ってるんだきっと！

そして、黒羽はやんわりと人を誘導できない奴だ。このままだと口論に発展しかねない。

だから焦りつつも、俺がやんわりと黒羽と中禅寺の間に入る。だって中禅寺に足尾のこと連れてきてもらうように頼んじゃったの、俺だもん。

「な、なあ、中禅寺。お前、バスケ上手そうだし、先輩と仲良かったりすんだろ？」

すると、俺がそれとなーく持ち上げたのが功を奏したのか、幾分かは苛立ちを収めてくれた中禅寺が俺のほうを向き、答える。

「まあ、センパイともそれなりに仲良いけど……？」

「だったら、この足尾さんは、お前に監視されてるように感じちまうじゃねーか？」

「あ、あたしはそんなつもりじゃ――」

「分かってる。分かってるって。でも、やっぱ仲良くない相手のほうが話しやすいこともあるんだ。だから森鷗外《もりおうがい》はベルリンでエリスを落とせた」

「……？　いや、その例えは意味分かんないけど――」

「とにかく頼むって」

なのに黒羽は中禅寺を軽く睨《にら》む。

「白根《しらね》君の言った通りよ。足尾さんが心配なら、あなたは出て行って」

本当に、黒羽はいちいち言い方がキツすぎる。悪意なく人を傷つけるタイプだ。

しかし中禅寺は黒羽の瞳に真剣なものを感じたのか、折れた。

「……………分かったよ」

そして彼女はスマホを取り出し、画面をタッチする。俺にはちらっとその画面が見えた。ＬＩＮＥのメッセージがアホみたいな量で届いているようだ。……なんか、すげーな。

「じゃ、あたしは帰るから」

多分、いろんな友達から遊びとかに誘われまくってるんだろう。きっと彼女には、誰と遊ぼうとかじゃなくて、誰の誘いを受けようかという選択肢があるのだ。疲れそう。

そして、中禅寺が部室を出て行き、室内には俺と、黒羽と、足尾の三人。

空気の悪さが若干解消されたので俺は心の中でほっと安堵《あんど》のため息をつく。

しかし足尾《あしお》は、なぜここに連れてこられたのか分かってない。しかも彼女は、どうやら中禅寺《ちゅうぜんじ》ではなく、黒羽《くろは》に対して怯《おび》えてる。なんでだ？　そんな足尾に黒羽は言う。

「足尾さん、そこに座って」

「は、はい……」

足尾はおどおどしながらだが、黒羽の言葉に従い、俺の隣、空いている椅子に座った。

「足尾さん。大きなお世話かもしれないけれど、私はあなたの力になりたいと思ってるわ」

「……？」

「確認するけれど。あなたはバスケ部で孤立しているのね？」

容赦のない黒羽の確認。おどおどしながらも足尾は必死に否定する。

「い、いえ！　そんなことないです！」

確実に嘘《うそ》だ。でも、そう答えるしかないか。

学校という場所では、本当に助けが必要な弱者に限って、自ら助けを求めたりしてはいけないのだ。逆にカースト上位の強者こそ恥ずることもなく徒党を組みすぐ人の助けを求める。「ノート見せて？」「宿題写させて？」「次の授業で指されるからこの問題教えて？」「あいつウザいよな。ハブ《ノバ》らね？」……うん最後のはちょっと違うか。

が、それでも、黒羽は真剣な声で足尾に言う。

「心配しないで。あなたが『孤立している』と言っても、私はそれを誰かに言いふらしたりしないわ。もちろん、さくらにも。約束する」

「……」

足尾は無言だったが、目に、わずかな迷いが生じた。本当は、藁《わら》にもすがりたいのかもしれない。

「私を信じて」

「は、い……」

弱々しい肯定のセリフ。黒羽はほんのすこし微笑み、言う。

「あなた、バスケ部で孤立しているのね？」

数秒間、足尾は黙っていたが、ついに認める。

「はい……」

やっぱな。でもさ、そんな問題、完全部外者の黒羽になんとかできんの？　無理だろ。

そして、黒羽は足尾に尋ねる。

「バスケ部を辞めるつもりはないの？」

あ、その手があるじゃん。名案を閃《ひらめ》いた俺はつい口を挟んでしまう。

「お前が女バス辞めるのと同時に中禅寺にあることないこと吹き込んで情報操作するのはどうだ？　上手くやりゃ女バスの人間関係ぶち壊して仕返ししてやれるぞ？」

自分で言うのもなんだがこれ天才的発想だわ。さすがは俺様です。略して『さすおれ』。

が、黒羽《くろは》が口を半開きにして俺の言葉にドン引いてる。ついでに足尾《あしお》も硬直してる。

……や、やっぱダメっすよねそういうドス黒い考え。てへっ。

でもさぁ『内部崩壊を狙った情報操作』はやりすぎとして、無理してまで部活とかグループとかに所属する必要はねぇってマジで。

なのだが、黒羽は「あなたは黙ってなさい」的に俺を一瞥《いちべつ》し、今度は足尾に尋ねる。

「足尾さん、白根《しらね》君の今のふざけた言葉は忘れて。バスケ部を辞めるつもりはないの？」

黒羽はそう足尾に問いかけた。しばらく、足尾は視線を彷徨《さまよ》わせていたが……

「その、どうしても、バスケを、辞めたく、ないんです」

弱々しい声でだが、はっきりと、足尾はそう宣言した。う、うん。こういう奴も、やっぱいるんだな。ただそのスポーツが好きで、どうしても続けたいとか、純粋なことを考えてる奴も。俺には無理でしたけれど。そして黒羽は満足げに微笑み、頷《うなず》く。

「足尾さん。よく言ったわ。では明日の土曜、空いているかしら？」

「あの、明日は、部活の、練習が……」

「練習はサボりなさい」

「で、でも、サボると、その、怒られ、て……」

「大丈夫よ。おそらく今の女子バスケ部の大多数が、あなたが練習に来ないことを望んでるから。もちろん、サボったことについては陰口を叩《たた》かれるだろうけど」

だからハッキリ言い過ぎだろ。……しかし残酷ながら、それが現実。

足尾が練習に行けば『なんであいつ来んのよウザっ』でサボれば『なんであいつサボってんのよウザっ』とかなりそう。もう詰んでんじゃん。やっぱ退部するしかねーよ。

もともと俯《うつむ》き気味だった足尾が、黒羽の言葉でさらに俯いた。そしてか細い声で認める。

「……はい。かも、しれません」

彼女の目にはうっすらと涙が浮かんでいた。対する黒羽はふっと表情を柔らかくする。

「大丈夫、心配しないで。私がなんとかするから」

しかも黒羽は嬉《うれ》しそうだ。目が輝いているもん。なぜそんなに嬉し……あ、なるほど。

足尾は、強者に搾取されている弱者。プロレタリア。この子を助けてオルグして染めてしまおう。それに、やっと革命への第一歩を踏み出せる。そんなこと考えてやがるのか。

「では明日土曜、私に付き合ってもらうわ。あなたの場合、バスケの練習よりも、まず革命的精神が必要だもの」

い、いや、
しかも物騒な単語口走っちゃった。危険を察知した俺は即座に予防線を張る。中禅寺《ちゅうぜんじ》や高田《たかだ》先生やあの生徒会長さんがいない場所で黒羽が大人しくしてるとは思えない。あと休日まで付き合えない。高田先生から受けた監視任務に休日のことは含まれないはずだ。

「あー俺、週末は家族と旅行行くから付き合えねー。悪いな」

それを聞いた黒羽《くろは》は俺に明らかに疑いの眼差しを向けていたが、何も言わなかった。

結局、そのまま、黒羽は待ち合わせ場所と時間と持ってくる荷物を足尾《あしお》に指示し、この日はそのまま解散となった。

■

土曜日。俺は土日が好きだ。なぜなら学校がないから。普通の高校生は「授業ねーぜやっほー」なのだろうが、俺の場合は「学校ねーぜやっほー」だ。この差は小さいようで大きい。当たり前か。

窓の外の天気は快晴。雲ひとつない青空が広がっている。気温は春らしく適度に暖かい。

そんな最高の天気なので、俺は本屋に行って新刊でも買うことにした。もちろんその後はすぐ帰って家で読む。きっとバスケ部は今、この日の光の届かない体育館で走り回っているのだろうし、屋外の運動部は太陽の光の下で汗を流しているのだろうし、黒羽と足尾は太陽に焼かれながら何かしているのだろう。みんな最高の天気を無駄遣いしてる。

しかし、ちょうど家を出ようとしたその瞬間、訪問者を知らせるベルの音が響いた。

宅配便かな？　仕方ない、俺が応対しようとそのまま玄関のドアを開ける。

……最悪だった。

ドアの外には、学校指定ジャージ姿の図書部部長様がいらっしゃったのだ。その後ろには私物のジャージ姿でおどおどとしている足尾の姿。

くそ、どうやってここが……そーいや入部届に住所書いたっけ。

その部長――黒羽瑞穂《みずほ》はニコリともせず、俺に挨拶してくる。

「おはようございます。白根《しらね》君」

「おはよう……」

「ところで、ご家族と旅行に行くのではなかったの？」

「……出発は昼過ぎだ」

「では上がってもいいかしら？」

「なんで……？」

「図書部長としてあなたのご両親に挨拶したいわ。旅行先や宿泊先についてもお話を――」

「旅行の予定なんてありません嘘《うそ》ついてましたすいませんせん」

「これに懲りたら今後、嘘はやめて。それから一分以内に運動のできる格好に着替えてきてちょうだい」

「……旅行は嘘《うそ》だが、お前らに付き合うとは――」

「五秒経過したわ」

く、くそ、容赦がねぇ。断固として突っぱねることもできるだろうが、ここに居座られて黒羽《くろは》とうちの親を接触させたくない。こいつが自分の思想を語りだしたら放任主義丸出しのうちの両親にもさすがに心配される。俺が。

なので止むを得ず、俺は急いで自室に戻りジャージに着替え、そして玄関に戻る。

「一分十五秒。罰としてダッシュ十本追加するわ」

……やっぱ容赦がねぇ。というか、俺も特訓みたいなことすんのかよ。

木々が多く、大きな噴水や池があり、隣接して小さな博物館まである広々とした市民公園。

しかも今日は天気のいい休日。公園には子供連れ、カップル、おじいちゃんおばあちゃんが大勢いる。おそらくここは宇都宮市内で一番美しく平和な公園ではないだろうか？仲睦まじく手をつないで歩いているカップルには爆《は》ぜてほしいけどね。

俺と足尾《あしお》はその公園内を一周する遊歩道を数周、総距離五キロ程走らされた。しかも俺はサボろうとした罰としてきっちりダッシュ十本追加され息を切らしてる。

本気で意外だったのは、黒羽がかなり速めのペースで俺たちのランニングを先導したことだ。インドアさんかと思って舐《な》めてたのだがかなり体力があるようだ。フォームも綺麗《きれい》だったし、ランニングの終わった今も息ひとつ乱さず涼しい顔してやがるし。

黒羽は運動神経まで優れてやがる。こいつ文武両道だったのかよ。逆にぜぇぜぇ肩で息をしている足尾はまず体力作りからやり直さないとバスケはキツいだろうな。

とはいえ、黒羽も多少は体が熱くなったのか、学校指定ジャージの上を脱ぎ黒い無地Tシャツ姿になる。半袖姿の彼女は初めて見た。真っ白な二の腕が太陽光を反射して目に眩《まぶ》しい。ちょっとドキッとしてしまう。……あ、あれだよ、俺もランニングとダッシュで体が熱くなっただけだって。だから俺も黒羽に倣いジャージの上着を脱ぐ。

が、汗だくで両腕を両膝について息を切らしてる足尾だけは上着を脱ごうとしない。

俺は怪訝《けげん》に思い、尋ねる。

「なあ暑くねーの？　上着脱がないと汗冷えて風邪引くぞ？」

するとビクッと足尾が硬直した。表情も強張ってる。……え？　別に裸になれって言ったわけじゃねーぞ？　な、なんか誤解してね？　しかも足尾は俺に視線を合わせず、怯《おび》えるような、震える声で答える。

「い、いえ。大丈夫、です……」

「？」

そして、黒羽はすっと目を細め足尾の奇妙な振る舞いを見つめていた。睨《にら》んでいるわけではない。じっと観察するような、何かを確信したかのような表情。な、なんだ？　俺は黒羽《くろは》に説明を求めようとしたのだが、彼女は涼しげな声で俺たちに告げる。

「ウォーミングアップは終わりよ」

う、うん、やっぱこれから、なんかやるつもりなのね。

冷静に考えればおかしいのだ。ここまでは普通すぎる。この黒羽が、ただ足尾《あしお》にロードワークさせただけで済ませるわけがない。こいつ何する気だ？

そして黒羽はランニングのスタート地点、噴水広場に俺と足尾を連れてきた。ここは平和な市民の憩いの場。しかも休日だから人が多い。……なんつーか、嫌ーな予感がする。

黒羽は、文武両道の完璧超人でも、何やらかすか分からないという点では危険人物以外の何物でもないのだ。そんな要注意人物の黒羽は広場の噴水を指差す。

「足尾さん。あの噴水の縁の上に立って」

「え？　で、でも――」

「早く」

強く促され、足尾は慌てて高さ約一メートルの噴水の縁に登った。嫌な予感が倍増する。

「よろしい。足尾さん、この場で自己批判しなさい」

あーもうっ！　やっぱな！　『自己批判』とかやばい単語が出てきちゃった！

自己批判。字面だけ見れば『反省』くらいの意味っぽく思えるが、実態はまったく別物だ。

　公の場で強制的に自らの過ちを告白させられ、晒《さら》し者にされ、自己嫌悪に追い込まれ、自我を萎縮させられる。社会的な処刑、そしてマインドコントロールの手法だ。

　さすがに俺は黒羽を止めにかかる。

「お、おい黒羽、そういうアレげなのはやめ――」

「嘘《うそ》までついてサボるつもりだったあなたは黙っていて。なんならあなたにも怠慢を自己批判してもらうわよ？」

　絶対に嫌だ！

　ちなみに、晒し台（噴水の縁）に立たされた足尾はあうあう言いながら黒羽に尋ねる。

「く、黒羽さん？　あ、あの、自己批判？　って、なんですか？」

「自分の悪い部分を、この場で大声で告白して」

「…………え？」

「早くしなさい」

「で、でも、人が、見て……」

「早くしなさいと言っているのよ！」

「は、はいっ！」

　そして足尾は、顔を真っ赤にして、目に涙をいっぱいに溜《た》め、ボソボソと何かを呟《つぶや》く。

当然、「何を言っているのか聞こえないわ！　もっと大きな声で！」と黒羽《くろは》に叱られる。

広場中の人たちが足尾《あしお》に注目し、そして何人かは携帯電話を取り出しカメラを足尾に向け始めた。ヤバい。撮影は阻止しないと足尾の黒歴史がネットに永遠に残りかねない。

俺は焦りながらカメラを向けている人たちに、「あの撮影禁止なんで、ご協力お願いします……」とか言って回る。何やってんだ俺は。プロデューサーさんかよ。アイドルはスマホの中でプロデュースして踊らせてるから十分間に合ってるっつーの。

まあ、黒羽は見てくれだけはアイドルばりだし、足尾だってもう少し笑顔で明るく振舞うことができれば、十分に可愛らしい少女なのだが。

とにかく俺がカメラを向ける人に頭を下げて撮影はやめてくれとお願いしていると……

「君、ちょっといい？」

突然、背後から何者かに声をかけられた。振り返る。

そこには青い制服姿の、拳銃と警棒で武装した若い男が一人。つまり警察官。

国家権力キター！　マジで最悪の展開じゃねーか！

「あの女の子二人は？　君の友達、かな？」

俺はしどろもどろにその警官の職務質問に答える。

「……と、友達ではないっすけど、えっと、知り合いっす」

「わ、私、小さいころから……」（足尾）

「声が小さいっ！　あなた本当に総括する気あるの⁉」（黒羽）

『総括』とは、まあ、自己批判とほぼ同義の用語と考えておけばいい。

しかし大昔の陰惨な事件の影響でとても犯罪の香りが強い単語でもある。

そして俺の目の前には犯罪を取り締まるお巡りさん。ヤバい。

「……で、その知り合いはあそこで何してるの？　いじめ？」

「い、いえ、あれは、その……演劇の練習っす！」

咄嗟《とっさ》に言い訳する俺の背後で、足尾の自己批判は続いている。

「私は、臆病でっ、すぐに泣く……」（足尾、やや涙声）

「今も泣いてるじゃない！　本気で自己批判しなさいと言っているのよ！」（黒羽）

「…………」

ブラック企業の新人研修みたいなノリの二人を見てお巡りさんはドン引いてる。ちなみに俺もドン引いてます。そして警官は俺に尋ねる。

「君たち、高校生だよね？　その、高校生の演劇にしては、ずいぶん迫真の演技だね？噴水に立ってる子、泣いちゃってるし」

「いやあれも台本通りの練習っすよ⁉　あの二人、もう『ガラスの仮面』ばりに役に入れ込んじゃうタイプなんで！」

「私は昔から、ぐすっ、臆病で、何かあると、泣く、弱い人間で……」

「頑張りなさい！　この場で自分を殺して革命戦士に生まれ変わるのよ！」

もはやいじめを通り越してコントだ。

警官は唾を飲み込み、俺に重ねて質問してくる。

「……君たち、本当に演劇部？」

いいえ。図書部とバスケ部です。ってかうちの学校に演劇部ってあんの？

「そ、その、部活ではなくて、演劇サークル的な？　まあそんな感じの活動っす……」

しどろもどろに言い訳していると、俺が警官の職質を受けているのに気付いた黒羽《くろは》がツカツカとこちらに近づいてきた。これはマジで最悪の展開だ。

そして黒羽は警官の目の前に立ち、彼の目を半ば睨《にら》むようにスッと見つめる。お、おい、警察相手に何言うつもりだ？

「私たちは法を犯すようなことはやっていません」

「そう、かい？」

お、おや？　意外と普通だ。しかもちゃんと敬語使ってる。俺の杞憂《きゆう》だったか。

そうだよな黒羽、お前はかなりリベラル（むっちゃ婉曲《えんきょく》表現）だが、ルールはきちんと守る子だもんな。まさか警官にケンカ売ったりしな――

「ええ。ですから、国家権力の犬の恫喝《どうかつ》には屈しないわ」

このアマ……今、お巡りさんに、なんてこと、言いやがった……？

ガチで戦慄する俺を尻目に黒羽は踵《きびす》を返し、そして改めて足尾《あしお》に命じる。

「足尾さん。あの公安の圧力に負けず自己批判を続けて」

いや、この人、公安部の方じゃなくて普通のお巡りさんですけど……？

そして黒羽に『国家権力の犬』とか言われちゃった公安、もとい普通の警官は黒羽の背中を凝視してしばらく固まっていた。そして、彼は俺に核心的なことを聞いてくる。

「そ、その……お巡りさんも全盛期を見てきたわけじゃないけど、ああいうの、あれだよね？　学生運動とか、過激派とか、そういうやつ――」

「いやあれも演技っすよ⁉　あの髪長くてぶっ飛んでる……ように見えるほうは一度役作りすると完璧にその役になりきっちゃう演技の鬼なだけなんで！　火炎瓶とかそういうブツは持ってない……はずですから！　あれが荷物っす！　確認してください！」

俺は黒羽と足尾のバッグの置いてあるベンチを指差し、そこに警官を連れていく。

二つのバッグのジッパーを開けると着替え用らしき下着やシャツが入っていたが気にする余裕はない。（主に俺と足尾の）身の潔白を証明するためだ。……ちなみに黒羽は黒で、足尾は白だった。うん、黒羽はクロで足尾はシロだから合ってるな。いや黒羽はアカか。

「あっ！　わ、わたしの荷物、見ないでっ……」

「よそ見しない！　集中しなさい！」

警官はちょっとためらいがちにだが、下着を含む着替えの入ったバッグの検査を始める。ぶっちゃけかなり不安だったが、黒羽《くろは》のバッグから法に触れる類いの物が出てくることはなかった。良かった。

……が、荷物をチェックし終えた警官は、俺ににこっと微笑む。

「えっと、本当に念のためなんだけど、君の住所、氏名、学校名を教えてくれる？」

……『俺の』っすか？　くそっ！　だから休日に黒羽と付き合うなんて嫌だったんだよ！

こうしてめでたく、俺は生まれて初めて警察に個人情報を控えられたのだった。そして警官は「拡声器とかは使わないでね。迷惑行為になっちゃうから」と念を押し、自転車に乗って去っていった。変なリストに俺の名が載らないことと学校や親に連絡が行かないことを祈るばかりだ。さらに、俺以上の被害者である足尾《あしお》はというと……

「私は昔からすぐに泣く、気弱な臆病者でしたッ！　でも本日、この時をもって、立派な革命戦士として生まれ変わることができましたッ！　指導者である、黒羽さんのおかげです！　これから頑張ります！」

恍惚《こうこつ》の表情で涙を流しながら、そんなことを叫んでいた。

お、おいおい……。もう完璧に洗脳がキマっちまってるじゃねーか。

すると黒羽は一度満足げに頷《うなず》くと、自分も噴水の縁に登り、洗脳状態に陥った足尾《あしお》をガシッと力強く抱きしめる。

「よく頑張ったわ。でも、足尾《あしお》さん、あなたが生まれ変われたのは私の力ではなく、あなた自身が勇気を持ったからよ。あなたはもう、気弱な臆病者なんかじゃない。だから涙を拭きなさい」

「はい……！　ぐすっ、ありがとう、ございますっ……！」

黒羽《くろは》に抱きしめられた足尾は、嬉《うれ》し涙をジャージの袖で拭っている。

うららかな休日。市民公園の噴水広場で、噴水池の縁に登ったジャージ姿の黒羽が、同じくジャージ姿で泣く足尾を抱きしめている。異様な光景だった。

でもなぜか、それを見てドン引きしていたはずの人たちが、ポツポツと拍手し始める。

そして、その拍手はどんどん大きくなる。足尾に賞賛の言葉をかける人まで出てきた。

「よく頑張ったぞお嬢ちゃん！」「お前はもう臆病者なんかじゃない！」「良かったねぇ……ぐすっ、お嬢さん、良かったねぇ……」

なんか、最後のおばちゃんなんて、喜びのあまり自分が泣いちゃってるし。

でも、俺はこう思う。……おかしいだろこの空気。

バスケ独特のキュッ、キュッというバッシュの音が体育館に響いている。懐かしい音だ。

俺はバスケは好きではないが、別に嫌いになったわけじゃない。チームプレーは嫌いだけど。いや、チームが、具体的には中学時代のチームメイトが嫌いだけど。

隣のコートでは男子バスケ部も練習している。そこでは、かつて俺と同じ中学で、同じコートで練習していた奴の姿もある。だから、俺があそこでプレーすることは、ない。

あの『自己批判』の翌週、月曜日の放課後。俺と黒羽はコソコソと隠れるように体育館二階の観戦席に忍び込み、女子バスケ部の練習を観察していた。

女バスは一対一の練習中だった。そして足尾は、もう気弱な少女ではなかった。

足尾の相手は中禅寺《ちゅうぜんじ》。カースト的に格上かつ技術的にも格上の相手だった。やはりというか、中禅寺も運動神経がいい。男子の俺から見ても相当動きのいいプレーヤーだ。なんだろうね黒羽といい中禅寺といいこいつらのハイスペック加減は。

しかし、そんな中禅寺に対しても、足尾は気後れしていない。

スティールされたルーズボールも必死に追い、抜かれたりすると本気で悔しそうにしている。スポーツにおいてそういう負けず嫌いの精神は何より重要だ。俺にはないけど。

それ以上に、中禅寺の取り巻きっぽい華やか系女子の、「あいつ、何調子に乗ってんの？」的な視線も、彼女はまるで気にしていない。

黒羽《くろは》にやらされた、あの自己批判と洗脳の影響がいい方向に転がった、のか？

今すぐに、足尾《あしお》にとってバスケ部が居心地の良い場所に変わるわけではないだろうが、下手ながらもアグレッシブにプレーできるようになったのだからいつかは変わるだろう。

黒羽も俺と同感なのか、ほっとした様子で言う。

「あの様子なら大丈夫ね。戻りましょう」

「ああ」

こうして、俺と黒羽は体育館を抜け出し部室に戻った。もしかすると、俺も、この図書部室が居心地の良い場所に……いや、それは危険思想に染まると同義な気がするので遠慮しておこう。染まるな危険。アカ信号は止まれのサイン。

そういえば、黒羽と二人でこの部室にいるのは初日以来かもしれない。

中禅寺《ちゅうぜんじ》のいない隙を狙って俺のオルグ（洗脳工作）を再開したり、また遺書でも書かされそうになるのかと警戒していたのだが、黒羽は一冊、本棚から本を手に取り、それを読み始めただけだった。なので俺もまだ読んでなかったラノベを読み始める。

……まあ、色に染まりたくはないが、会話もなく視線も気にせず読書できるのは気楽でいいな、とか思ってしまった。

そんな時、コンコン、と控えめなノックの音が響いた。おそらく足尾だな。

すると黒羽は本を閉じ、一度深呼吸した。緊張している、というか、何かを決意している、というか、そんな様子。

「どうぞ」

その声も冷たい。俺がここに最初に来た時（敵側の人間だと思われていた）以上に。

足尾がドアを開け、入ってくる。

黒羽の冷たいオーラに気付けていない足尾は、控え目にだが微笑む。

「し、失礼します。あの、黒羽さん。本当に、ありがとうございました。なんだか、今日の練習は、いつもと違って――」

「足尾さん。服を脱いで」

黒羽は足尾のお礼の言葉を遮り、冷たい声で無茶苦茶なことを命じた。固まる足尾。

「お、おい黒羽、いきなり何を――」

「あなたは黙ってて」

ピシリと俺を黙らせると、黒羽は足尾を睨《にら》む。対する足尾は完璧に混乱した様子で、あうあう震えている。そして黒羽は足尾を冷たく睨んでいる。そして足尾はチラッと俺に視線を向けた。「助けて」という意味だろう。だから俺は、もともと変だが完璧に変になってしまった部長を止めにかかる。いきなり足尾に脱がれても俺が困るしな。

「黒羽、お前、いきなり何言い出して――」

「私は足尾さんと話してるのよ。あなたは黙ってなさい。裸を見るのが気まずいなら後ろでも向いていればいいでしょう？」

今まで聞いた中で、一番恐ろしく、冷たい黒羽《くろは》の声だった。

さっきまで心配しながら部活での足尾《あしお》の様子を見ていた女とは思えない。

その豹変《ひょうへん》ぶりに気圧されてしまい、俺は呆然《ぼうぜん》としていることしかできなかった。

「さて、足尾さん。白根《しらね》君はあなたを助けてくれないわ。もちろん私は、あなたの服を脱がすつもりよ。無理矢理にでも」

部室の空気が凍りつく。……しかし、足尾は震えながら、答える。

「……や、です」

「何？　聞こえないわ？」

すると、震えながらも、足尾はキッと黒羽を睨《にら》んだ。

「いやです」

その視線と強い拒否の言葉を受け……なぜか黒羽は冷たい表情を柔らかくした。

「いいのよ、それで」

「え……？」

唐突な展開に首を傾げる足尾に、黒羽はいくぶんか柔らかな語調で言う。

「あなたは、抵抗する勇気を持った。でも、次は戦う勇気を持つ時よ。だから、お願いだから私を信じて。もう一度言うわ。服を脱いでちょうだい」

足尾は、視線を落とし、俯《うつむ》き、震えている。

そして。

何かを決意したらしい足尾は、自らのブラウスのタイをシュッと抜いた。ほ、本当に脱ぎ始めやがった。意味が分からないが俺は慌てて椅子を動かして後ろを向く。ボタンが外される音に続き、衣擦れの音が部屋に響く。さらに、足尾はブラウスの下に着ていたTシャツも脱いだらしい。その瞬間、黒羽が深ーいため息をついた。

「予想してたけど、やはり、頭にくるわね」

「……その、ごめん、なさい」

「あなたが私に謝ることではないでしょう？　自分が悪いことをしたわけでもないのに謝る癖は直しなさい。敵がつけ上がるだけよ」

黒羽の、静かに、だが本気で怒っている声。さすがに何が起こっているのか気になって、俺は振り返ってしまった。もちろん、すぐにまた背を向けるつもりで。

しかし、それができなかった。ブラウスとTシャツを脱ぎ、ブラジャー姿の足尾の上半身に視線が釘付《くぎづ》けになってしまったのだ。綺麗《きれい》だったとか、可愛かったとか、エロかったとかではない。Tシャツの下に隠れていた背中には赤黒い痣《あざ》や、腕には肉が黒く焦げたような小さな火傷《やけど》の痕が無数にあったのだ。間違ってもバスケでできる傷ではない。ここの女バスやクラスで、火のついたタバコを背中に押し付けるような過激ないじめ――いや傷

害事件が発生している、のか？

自分の着ていた服を両腕でぎゅっと抱きしめ、涙目で俯《うつむ》き震えている足尾《あしお》に対し、黒羽《くろは》が質問する。

「それは、ご、ご家族にや、や、やられた怪我ね？」

俺は、心の中で「嘘《うそ》だろ？」と呟《つぶや》いてしまった。そんなこと、本当にあんの？

しかし、数秒後、足尾は頷《うなず》く。

「……家族、ではないんです。でも、私、父がいなくて、その、母の、恋人に」

黒羽はため息をつく。

「もういいわ。服を着て」

一度涙を拭いて、足尾はTシャツを着始めた。妙な話だが、足尾が服を着る段階でやっと失礼なことをしていることに気付き、俺は慌てて目を逸らした。

そして、ブラウスを着る足尾に黒羽がきっぱりと言い放つ。

「あなたは、強者にいいように虐げられている弱者よ」

「……はい」

「でも大丈夫。革命戦士に生まれ変わったあなたなら、自分を搾取する強者と戦えるわ」

ブラウスを着終えた足尾がハッと顔を上げた。黒羽は続ける。

「今すぐ、担任の高田《たかだ》先生に相談しなさい。部外者が首を突っ込むと話がこじれそうだから、私は付いて行かないけれど、一人でも闘えるわね？」

数秒間、足尾《あしお》は何も言わなかった。おそらく足尾は、反抗の意志さえ奪われ、ただ搾取され続けていたのだろう。それを、黒羽《くろは》に自己批判をやらされただけで、打ち消すことができるとは……足尾がぎゅっと目を閉じた。涙が溢《あふ》れ、頬《ほお》を伝う。

しかし、それでも彼女は、目を開き、泣きながら微笑んだ。

「はい……。闘えます。ありがとう、ございます」

黒羽も、そんな足尾に対し優しく微笑む。立ち上がると、足尾のそばに行き、彼女の肩に手を置いた。

「もし一人で何とかならなかったら、またここに来て。いつでも力になるわ」


足尾が部室から出て行った後、俺は黒羽に尋ねる。

「……どうして足尾の、あれ、分かったんだ？」

「ブラウスの下に長袖Tシャツを着る女子高生なんて、あまりいないわ」

「それだけで？」

まあ、俺もちょっとだけ気になっていた。決して、足尾はブラ透けしないなとか思ってじっくり観察したわけではない。ちなみに、黒羽は意外なことにエロさの感じられる黒系統の下着を身につけていることが多く、中禅寺《ちゅうぜんじ》はピンクとか水色とかのみずみずしい印象のパステルカラーの場合が多くて……まあそのことはいい。

「それに、特訓の時も、ずっと長袖だったでしょう?」

「あー、ランニング終わっても上着脱がなかったな……」

「それにあの後、一緒にお風呂に入ろうと少し強引に誘ったのだけれど断られたのよ。自己批判で生まれ変われたはずなのに、私に裸を見られたくない様子だった」

一緒にお風呂、ということは、黒羽の家の風呂だろうか? こいつなんだかんだ言ってお嬢様っぽいし家に広い風呂でもあんだろうな。まあそれはそうと……

「お前、最初から気付いてたのか? あの特訓も、自己批判をやらせるだけが目的じゃなかった。着替えを持ってこさせて、走らせて、汗かかせた。風呂に誘うために」

「ええ。疑っていたわ。高校でバスケをやりたいと思うのだから、昔から頑張っていたのでしょう。なのにあんなに引っ込み思案で気弱な人格になるとしたら――」

「家庭に問題あり、か。……足尾、大丈夫かな?」

「今は高田《たかだ》先生に任せましょう。それでもダメだったら、私の停学くらいは覚悟の上で、なんとかする方法も考えるけれど……」

黒羽はさらっとすごいことを言った。停学覚悟で何するつもりだよこいつ? それに、大して付き合いの深くない相手にどうしてそこまで思えるのか、俺には理解できない。

「なんで、足尾のために、そこまでするんだ? 中学の時は話したこともなかったんだろ?」

「痛かったから」

「……はい?」

答えがイミフすぎて首を傾げた俺に、黒羽《くろは》は真っ直ぐな視線を向けてくる。

「革命家は、誰かが痛い思いをしている時、自分も本気で痛いと思える人間でなければならないわ。あなたも、誰かが殴られていたら自分も殴られているのだと思いなさい」

革命家になりたいとは一切思わない。しかし今の黒羽の言葉は、俺が誰かから聞いた言葉の中で一番透き通っていた。ある意味危険なほどに。……というか、間違っても高一の女の子が吐くセリフではない。引いてしまう。だが、不覚にも、感動もしてしまった。

「どうしたの？　私は何かおかしなことを言ったのかしら?」

「い、いや……」

そう答えたが、もちろん黒羽はおかしなことを言った。正しすぎて、おかしなことを。

俺は、黒羽のことを、少し舐《な》めていたのかもしれない。なぜかあっち側の思想に染まってしまっただけの残念美少女くらいに思っていた。

しかし違った。彼女は正しいのだ。小学校の道徳の教科書のような意味で。

誰だって……そう、下手したら小学生だって、道徳の教科書に載る話なんて現実味のない、ただのおとぎ話だとちゃんと分かっている。現実では数々の不正が起こる。そして誰しも些細《ささい》な不正は黙認し、自分が知らないところで起こる不正からは目を逸らす。

なのに黒羽は、不正を黙認していないし、目を逸らしてもいない。

多分、そんな人間に、俺は生まれて初めて出会った。

俺が感動とも恐怖ともつかない感情を抱いていると、黒羽は続ける。

「とにかく、いったんこの件は忘れましょう。足尾《あしお》さんだって、さくらや、ほかの人たちに、こんなことを知られたくはないでしょうから」

「……そう、だな」

そういうところは常識的なんだな。確実に空気は読めない黒羽だが、弱者の気持ちや痛みは、ちゃんと分かってやれるのか。……なのだが、黒羽は視線を落とし、なんか本音っぽいことをブツブツ呟《つぶや》き始める。

「……でも残念ね。足尾さんなら簡単にオルグできそうだったのに。あんな状況の人を同志として迎え入れるわけには……でも、支持者《シンパ》くらいにはできるのかしら？　そうね、ご家庭の問題が解決したタイミングを見計らって……」

俺の感動を返してくれ。

三章

放課後、クラスの何人かと一緒に（ただし少し離れて）当番の掃除のため階段に向かう。なんとなく俺はぼんやりしていた。昨日、色々とショッキングなものを見ちゃったせいだな。一応黒羽《くろは》と、いったん忘れるってことにしたけれど、どうしても気になってしまう。

今日、足尾《あしお》は欠席していた。やっぱ、色々大変なのか。

そんな感じで掃除場所の階段にやってきたが、俺の前を歩く連中が盛り上がり始める。

「めんどくせーよな、掃除当番」「つーかどうせ帰りに通って汚れるし、やらなくて良くね？」「そういや女子校の弓道部が合同練習に来てるらしいぜ！」「マジで？　見に行こうぜ！」

そして、俺がぼんやりとしているうちに、彼らはいなくなった。

う、うん、注意して「あいつうっぜーな。何マジになってんだよ」「マジメ君かよ」とか言われたくないし、かといって俺もサボって高田《たかだ》先生に怒られたくもないので、俺は苛立ちながらも階段の一番下の掃除用具入れから箒《ほうき》を取り出した。

連中はムカつく。本当にムカつく。

でも強くは責められない。別にあいつらは「お前一人で掃除しろよ」的ないじめをやってるわけじゃない。むしろ「お前もサボればいいじゃん」くらいに軽ーく考えてるのだ。

だから俺はこういう時、ある特殊能力を発動する。

《精神勝利法》だ。

俺は、掃除をサボって他校女子をアホみたいに追いかけ回すバカどもより、ずっと優れてる。勝ってる。たとえ成績で負けていても、青春具合で負けていても、人間性においては俺の勝ちだ。かわいそうな敗者に、俺が勝者の寛容を見せるのも、悪くはないだろう。

そんな自己暗示を終え、俺は箒を手に、最上階まで登り始める。適当にゴミ掃くだけで、水拭きとかしなくてもいいか。一人だし。そう思いながら、階段を登っていると……

「白根《しらね》君、今日は掃除当番？」

三階で、一番見られたくないところを、一番見られたくない人物に見られてしまった。

「……まあ、な」

黒羽に目を合わせず、そう答える。

「あなた一人しかいないように見えるのだけれど。班の人はどこに？」

答えたくないが、仕方なく俺は答える。

「全員、サボったな」

「……なぜ注意しないの？」

俺は目を逸らしながら、言う。

「お前の理想は、生徒間の階級のないみんな平等な学校だろ？　お互い平等なはずの生徒が生徒を注意するっておかしくね？」

「平等だからこそ注意しなければならないでしょう？　情けないわね……」

そう吐き捨てた黒羽《くろは》は、本気で呆《あき》れた様子で階段を降りていく。俺のあまりの小物っぷりに幻滅してしまったか。まあいい、一人で掃除しなきゃならないとはいえ、足尾《あしお》に比べりゃ大した迫害を受けてるわけじゃないしな。でもやっぱムカつくので次からは俺一人で最初からサボろう。いやそうすると俺が高田《たかだ》先生にチクられるのか？

……多数決ってクソだな。群れてる連中が得するだけの制度じゃん。

まあ、このままだと議会制民主主義の否定にまで繋《つな》がってしまいそうなので、俺はもう一度、特殊能力《精神勝利法》を発動しようと——

雑巾とバケツを持った黒羽が、階段を上ってきた。思わず暗示を中断し、尋ねる。

「お前、何、やってんの？」

「早く掃いて。水拭きができないわ」

どうやら、掃除を手伝ってくれる、ということらしい。

労力という点では黒羽の手伝いは助かる。でも、最高に屈辱的だった。それから罪悪感に襲われる。俺が、あの馬鹿どもに「サボんなよ」と一言言えれば、黒羽が雑巾掛けすることになど、ならなかったのに。

だから全速で下まで掃き終え、そして俺も掃除用具入れから雑巾を取り、水道まで走り雑巾を絞り、階段の下から雑巾がけする。焦っていた。急いでいた。一段でも、黒羽が掃除する段数を少なくしたかった。

そして二階と三階の中間の踊り場で、上から拭き掃除を済ませてきた黒羽とかち合う。

彼女は俺に対して文句も嫌味も何ひとつ言わず、黙々と階段を水拭きしていた。

「……ここまでは拭いた。もう大丈夫だ」

「そう」

黒羽は立ち上がり、バケツの上で雑巾を絞る。

「その、助かった。ありがとな……」

そう言葉では感謝したが、本当は、手伝ってほしくなかった。黒羽の助力を得てしまったら《精神勝利法》ではカバーしきれない。この能力は、効果対象が自分一人なのだ。

「私への礼はいいから、これからはサボる人を注意しなさい」

「……サボるの語源ってサボタージュだろ？　お前の好きそうな単語じゃね？」

「サボタージュは本来、破壊行為という意味よ」

んなこと分かってるよ。くそ、呆れてくれれば、少しは気が楽になったのに。

「くだらないことを言った罰よ。掃除用具はあなたが片付けなさい」

んなの当たり前だ。一人で掃除するつもりだったんだし一人で片付けるっての。

バケツを持ち、階段を降りながら俺は思う。生徒に階段——階級はある。そして俺はその一番下。自分で望んでそこにいるはずなのに、隣を歩く少女のせいで、自分が屈辱的な階級にいると思い知らされて——

突然、黒羽《くろは》が足を止めた。彼女の視線の先には、華やかな感じの女子連中を引き連れ、楽しそうにおしゃべりしながら廊下を歩くギャル、中禅寺《ちゅうぜんじ》さくらの姿。

「さくら、最近付き合い悪くなーい？」「色々忙しくてさー」「今日、バスケ部の練習ないでしょ？　パルコ行こうよパルコ！」「ごめん、今日もダメなんだ」「えー、欲しい服あったのにー」「あたし抜きで行ってくりゃいいじゃん？」「さくらと一緒に行かないとなんかテンション下がるー」

すっげー。

何がすっげーって、五人くらいのグループの会話なのに、一人ずつ中禅寺に話しかけ、それに対して中禅寺が答えるという、中禅寺を中心としたハブアンドスポーク型の言葉のキャッチボールが行われていることがすっげーよ。

まさに、女王蜂《クイーンビー》と、その取り巻き《サイドキックス》。

それでも、そのいびつなキャッチボールの周囲の空気は、キラキラ輝いていた。

輝いている、カーストトップの華やか女子グループ。どこの学校にもいる存在だろう。

しかし、その集団を、黒羽は失望、幻滅、そして憎悪が入り混じったような、とにかく複雑な表情で睨《にら》んでいた。黒羽の、中禅寺グループに対する、厳然たる敵意。しかもそこにははっきりと憎悪の色が混じっている。『公共の敵』、あの五色《ごしき》生徒会長さんに対しても、こんなドス黒い感情は向けなかったのに。

本気でビビってしまう。黒羽と中禅寺の二人は、絶対に、仲の良い間柄なのに、なぜこんな……？　得体の知れない恐怖で俺は硬直し、唾を飲み込んでしまった。

「私は先に部室に行っているわ」

黒羽はそうとだけ呟《つぶや》き、中禅寺がこちらに気付く前にその場から去ってしまった。

……ちなみに俺は普通にしてたんだけど中禅寺さんに気付かれませんでした。

一人で掃除用具をロッカーに片付け、部室棟に向かい、図書部室のドアを開ける。

先に来ていた黒羽は古びたピアノの上に積まれている本をテーブルに移して整理しているところだった。さっき俺が掃除手伝わせちまったせいで、ついでに部室も少し整理しようという感覚になったのか？　だから俺は咳払《せきばら》いしてから言う。

「……なあ、整理なら、手伝うぞ？」

「結構よ。このピアノがちゃんと鳴るのか気になっただけだから」

そしてある程度片付けが終わると、彼女は鍵盤蓋を開けて椅子に座る。

ピアノ、弾けんのか。なんとなく、黒羽はお嬢さんっぽいからそのことについては意外には思わなかったが、椅子に座る時スカートが皺《しわ》にならないようにすっと尻を撫《な》でる仕草って品がいいくせになんか色っぽくていいなとは思い――

黒羽《くろは》は、いきなり、その白くて細い指を鍵盤に叩きつけた。

高音から低音へと一気に走り下りる、凄まじい速弾きのイントロ。

演奏の激しさに衝撃のようなものを受けて、背筋がゾクッとした。

故郷を失った音楽家の怒りと悲しみ。それを体現するようなうねるように激しい旋律。

ショパンの『革命』だ。

ピアノなんかロクに触ったことのない俺でも、とんでもなく難しい曲だと分かる。左手が『どうやったらそんなに動くの？』ってレベルで鍵盤の上を走り回ってるもん。

あと、選曲も黒羽らしい。主にタイトルが。革命だもんね。……それにしても、こんなに上手くピアノを弾けるとは。やっぱ、なんだかんだ言って黒羽はお嬢様なんだな。

その時、バタンとドアが開く。入ってきたのは中禅寺《ちゅうぜんじ》だ。この高校の女子バスケ部は週二、三回の練習とかで、試合もほとんどやらないらしい。バレーとかバドミントンとかが強いから、そっちにコート使用権を取られるのだそうだ。中禅寺自身はそこまでガチな部活を望んでないらしく、好都合なようだが。

「ちーっす！　おっつかれー！　いや友達に捕まっちゃってさー」

あー、それさっき廊下で見たよ。本当に友達に捕まってたな。

包囲されて「あたしと一緒にいて！　あたしがナンバー2になれないじゃん！」「いや、あたしと一緒にいて！　さくらと一緒だと色々とおトクだもん！」みたいな感じ。男子はスクールカースト上位の中であからさまな権力争いはしないし、明確にナンバー1が決まってない場合も多いが、女子の場合、誰がナンバー1なのかが完璧に決まるみたいなんだよな。恐ろしい。

でもそーいうの、本当に友達なん？　……が、中禅寺はそーいうのも友達だと思ってるようで、迷惑には思っていないようだ。そして彼女はピアノ演奏中の黒羽を見て呟《つぶや》く。

「ん？　『革命』かー……」

い、意外だ。こんなギャルが、有名曲とはいえクラシック曲を知っているとは。てっきりアルバム通して『会いたい～♪』だけをbotのように連呼するJポップばっか聴いてんのかと思ってた。

しかし、黒羽は中禅寺に対して何も答えず、演奏を続けている。

どうも自分の演奏に納得がいかないのか、思うように音が鳴らないのか、時たまわずかに首を傾げている。上手すぎて何が悪いのか俺には分からんが。

中禅寺はうっすらと微笑み、もはや定位置らしいソファーに向かうとうつ伏せに寝て、目を閉じて黒羽の演奏に聴き入り始める。その振る舞いはお抱えの音楽家に演奏させてる女王様。まあ、スクールカースト最高峰、女王蜂《クイーンビー》だしな。

そして、黒羽《くろは》が演奏を終えると中禅寺《ちゅうぜんじ》はパチパチと拍手する。

「瑞穂《みずほ》、なんかほかの曲も弾いてよ。そーだなー、ドビュッシーとか、そのへんの——」

が、黒羽はそのアンコールに応えず、顔をしかめてピアノの蓋を閉じてしまう。

「このピアノ、少し調律がおかしいでしょう？　弾いてると気持ち悪くなるわ」

この黒羽のセリフに対し、中禅寺は数秒間口を半開きにして、それから、どことなく寂しげに微笑む。

「そ、そう？　あたしの耳だと、全然分からなかったけど……」

うん。俺も同感。全然違和感なかったもん。何それ？　絶対音感とかそういうやつ？

黒羽は椅子から立ち上がり、ピアノを見つめてこめかみを押さえる。調律のおかしい（らしい）ピアノを弾いて、本当に気分が悪くなったらしい。

「ね、それなら、あたしが、弾いても——」

「このピアノはもともと学校の物みたいだから返してしまいましょう。雑音しか鳴らないし、本棚がもう一つあったほうがずっといいわ」

何か言いかけた中禅寺のセリフを遮って、黒羽がそう決定した。

彼女は本当にピアノを手放すつもりらしく、ピアノの上にまだ積まれていた本や書類などを本棚に移して整理する作業に戻ってしまう。

遺書まで書いて一週間もハンストし部活と部室を守ったのに、高価であろう備品のピアノは学校にあっさり返還するという。自分がこれだけ上手くピアノ弾けるってのに。

やはり黒羽は、天才肌の、変人だ。そういう人間は価値観がズレてて物欲みたいなものに乏しいらしいが、実際にそんな感じの奴は初めて見た。

「……」

そして中禅寺は、ソファーにうつ伏せに寝そべりながら、そんな黒羽に羨望のような色を交えた視線を向けていた。「いいなー」。そんな顔だ。この反応はちょっと意外だったが、まあ中禅寺は学校の女王様とはいえ庶民派っぽいし、お嬢様っぽい黒羽に憧れのようなものを抱いてもおかしくはないか。

そして中禅寺は曖昧な、諦観のような色を含めた微笑みを浮かべ、そして自分のバッグからDSを取り出した。彼女はさらにイヤフォンを装着してゲームの電源を入れる。

しかし今度は黒羽が、不機嫌さマックスの表情でゲームを始めた中禅寺を軽く睨《にら》んだ。

そして彼女はピアノの上に積まれていた本を片付け終えると俺に言う。

「ところで白根《しらね》君、あなたがここに持ち込んだライトノベルなのだけれど」

「ん？　ああ……」

この前「マンガ持ってこいや」とかパシられてしまったため、俺は自宅の本棚に入りきらないラノベとマンガをここにかなり持ち込んでいた。それがお気に召さなかったか？

「……景観を損ねるとか、邪魔だとか言うなら、持ち帰るけど？」

「いえ。今までライトノベルを読んだことが無かったから、興味深く読ませてもらったわ」

意外な言葉にビビりながら、俺は聞く。

「……そ、そっか。で、感想は？」

「面白かったわ。革命への熱意には欠けると思ったけれど」

「そういう感想が出てくる時点でおかしいんだよ……」

ダメだこりゃ。ライトノベルにプロレタリア文学の要素を求めんなよ。

それでも黒羽《くろは》は続ける。

「そこで私は思いついたのよ。流行に乗じてサブカルチャーの世界から青少年を革命の色に染め――、いえ、青少年に問題意識を持ってもらえばいいのでは？　と」

「お、おう……？　今、『青少年を革命の色に染める』とか言いかけたよな？」

「そんなわけで、ライトノベルを書いてみたわ。読んでくれないかしら？」

予想外のことを言いながら、黒羽はクリップ留めされたＡ４用紙の束をバッグから取り出す。

「……お前が？　ラノベ？　書いたの？」

「ええ」

あっさりと頷《うなず》く黒羽。しかし……

消したつもりでも『過去』というものは、人間の真の平和をがんじがらめにする。『過去』は、バラバラにしてやっても石の下から、ミミズのようにはい出てくる。

……たった今、黒羽は俺の心の黒歴史フォルダをハッキングしやがったのだ。

中学時代の授業中、よく俺は痛々しい中二ラノベ風設定を練ったりしていた。みんなやるよね？　やらない？

しかしある日の掃除中、その冒瀆的《ぼうとくてき》で禍々しい設定メモが俺の机の中から落ちてしまったらしい。俺が担当のトイレ掃除から教室に戻ると、黒板に『落とし物でーす。このメモ誰の？（笑）』とでかでかと書かれ、設定メモが貼り出されていたのだ。

回収すれば自分の物だと認めることになる。しかし回収しないと設定が晒《さら》され続ける。ネタバレ防止のため仕方なく取りに行ったよ。『これ以上視られるのは危険だ。俺の秘密を……！』と自分に言い聞かせながらな。クスクス笑われたけど。

俺のメモだって知りながら黒板に貼りやがったあいつ、マジで許さねぇ。トラウマになってラノベ書く以前に設定練ることすらできなくなっちゃったじゃねーか。

あと、生まれて初めて書いた俺のラブレターをご丁寧に掲示板に公開してくれた女子の方もいらっしゃったよな。あなたのおかげで俺は二度と恋などしないと決意しました。俺を振ったんだし俺よりいい男見つけて幸せな家庭築けよ？　末代まで祟《たた》ってやるから。

ドロッドロにソウルジェムを濁らせていると、珍しく黒羽が動揺している。

「し、白根君《しらね》？　その、泣きながら笑ってるような気持ち悪い顔は何？」

「俺って、ほんとバカ。ねえグリーフシードある？　このままだと、俺、魔女になります」

「……あなた何を言っているの？」

いいかんいかん、危うく色々なモノが混ざり合って色々と崩壊しちゃうところだった。

人の成長は、未熟な『過去』に打ち勝つことだ。ディアボロ様そう言ってた。

だから一度頭を振ってトラウマを追い出し黒羽《くろは》にアドバイス。

「うん、その、若いうちにラノベ書くのはやめとけって。それにお前、俺がここに持ち込んだやつってことは、稲妻マークが入ってるようなラノベしか読んでないんだろ？」

「ええ、そうだけれど？」

「ちっ。しかもメジャー作しか読んでないにわかの女子供ときた」

反射的に口走ってしまった俺の悪態を聞き、黒羽はすっと目を細める。

「……サブカルチャーに限らずだけれど、なぜ特定の分野に詳しい人は、その分野で人気のある作品やコンテンツにケチを付けたがるの？」

「売れてるクリエーターさんが妬ましいからだっ！」

俺が心の底からの本音を叫ぶと、黒羽は一度ため息をつき、小さな声でつぶやく。

「本当に、どうして、こんなふうに、なってしまったのかしら……」

「ん？」

「なんでもないわ。そうね、白根君の卑屈でねじ曲がった性根は、そのうち徹底的に自己批判させて矯正するとして――」

「いやさらっと自己批判の予定立てんな俺は絶対やらないぞ？」

「とにかく、その原稿は新人賞に応募するつもりだから客観的な評価をもらいたいのよ。読んで、感想を聞かせて」

「……はいはい」

渋々、俺は黒羽作のラノベの原稿を読み始める。いや、渋々ではないな。黒羽がどんなものを書いたのかめちゃくちゃ興味はあった。……ガチの中二モノとか、ラブコメだったりしたら、その、どうリアクションすりゃいいのか困りそうだが。

が、冒頭を読んだ瞬間、そんな心配は杞憂《きゆう》だったと思い知る。

『薄汚れた窓の外で、思想省広報部が朝の起床メッセージを流している。今週はチョコレートの配給が二枚に増量されるらしい。先週は三枚だった気がするが今週は二枚に「増量」された。何かおかしい気がする』

うん、もう、アレだ。ラノベじゃない。逆に安心したよ。原稿から視線を逸らすと、黒羽は俺に渡したのと同じ原稿を、ソファーに寝てゲームしている中禅寺《ちゅうぜんじ》に手渡している。

「さくら、あなたも」

中禅寺《ちゅうぜんじ》はゲームの音で俺と黒羽《くろは》のやり取りを聞いてなかったらしい。彼女はイヤフォンを外し、答えている。

「え？　ごめん、聞いてなかった。……その紙、何？」

「小説を書いてみたから、読んで」

「しょ、小説？　……えっと、その、読みたいけど、あたし本読むのマジ苦手で――」

「あなたにこそ、読んでほしいのよ」

「……しゃーないなー、読み切れるかどうか分かんないから期待しないでよ？」

本を読み切れない人とかいるんだな。自転車と一緒で一度読み方覚えちまえば簡単なはずなのに。あー、その最初ができないのか？

それでも中禅寺はソファーから起き上がり、そして俺の隣の椅子に座って手渡された原稿を読み始める。彼女が着席した瞬間、ふわっとフローラルな香りとともに、バラのような、上品な香水の香りが俺の鼻腔《びこう》をくすぐった。うん、フローラルな甘い香りはシャンプーとかコンディショナーの匂いで、バラの上品な香りは香水だな。

てっきり、中禅寺はギャルっぽいから（失礼ながら）芳香剤のような安っぽい香水使ってるのかと思っていたのだが、ずいぶん品のいい香りがしたものでちょっと驚いてしまう。

……い、いかんいかん、何考えてんだ俺。女の色香になど心を惑わされてはならない。読書に集中しなくては。黒羽作のラノベ原稿に視線を戻し続きを読む。

どうやら、黒羽をにわかと舐《な》めていたことを反省しなければならない。

黒羽のラノベを読みながら、要約してみようか。

主人公は言論と思想の自由すらない独裁国家の孤児院（この国で家庭を持てるのは特権階級だけ）出身の少年で、教育も受けられず、両親の顔も世界がどうなっているのかも知らず、国家から娯楽として配給される質の悪いポルノ文学だけを楽しみに製紙工場で働いている。しかし彼はある日、工場廃棄物のクズ紙をこっそり拾い集め、自分が考えた物語を書くという重犯罪に手を染めてしまう。そして彼は違法な地下文芸サークルを立ち上げた。主人公には文才があった。主人公の地下出版小説に感銘を受けた人々が続々とサークルに集まってくる。その中には、主人公と同じような下層階級の女の子だけでなく、主人公たちを搾取する側の特権階級の娘までいた。本来なら出会うことすらないヒロイン二人だが、主人公のサークルで心を通じ合わせる。

しかし、主人公は仲間に裏切られ、国家反逆者として強制収容所にぶち込まれる。それでも、言論と思想の自由を正義と信じる主人公は屈服しなかった。リーダーシップを発揮し収容者をオルグ、反乱を起こし、さらには革命を企てるのだ。

でもまあなんやかんやで革命は失敗し、主人公は捕らえられるが最期まで屈しない。拷問され「お前は口先だけで何も変えられなかった男」と嘲笑され侮辱されても「自分が死ぬことで、何かが変わる」と毅然《きぜん》と言い返すのだ。そして彼は処刑される。ヒロイン二人は逃亡するが、下層階級の少女は特権階級の娘をかばい殺されてしまう。

生き残った人々は失意のどん底にいた。が、特権階級の娘が主人公と死んだ少女の想いを継ぎ、打ちひしがれた人々を叱咤激励《しったげきれい》し奮い立たせる。そして、虐げる側だった彼女が虐げられた人々のリーダーとなり、再び革命のため立ち上がるところで物語は終わる。

読み終えた俺はしばらく硬直してしまっていた。主人公とヒロイン1が死ぬ描写とか鳥肌が立つほど凄まじく、エンディングではヒロイン2が下層階級の人々を必死に叱咤激励して希望を取り戻させる描写とか、油断してたら涙が出そうになるほど美しくて。

でも、やっぱ、俺の知ってるラノベとは、違う。重すぎる。

時計を見るとまだ一時間しか経っていなかった。それだけ完成度が高かったのだが、こんな作品を書き上げてしまう女子高生は、怖い。俺は唾を飲み込み、原稿を黒羽《くろは》に返す。

「……読み終わった」

自作小説を読ませているというのに、自分はプラトンの『国家』を読むのに没頭していた黒羽が原稿を受け取りながら、意外そうな視線を俺に向けた。

「あら？　ずいぶん早いのね？」

「数少ない特技の一つだからな。で、感想だが……その、良かったと思う。お前、すごいな。でも――」

ヘヴィすぎて全然ライトじゃない。やんわりとそう伝えようとしていると――

「そ、そう。ではこのまま送るわ」

黒羽はほんの少しだけ嬉《うれ》しそうに、しかしあっさりとそう言い、バッグからレターパックの封筒を取り出し俺が返した原稿をその中に収めてしまう。若干呆然《ぼうぜん》としたまま、白く細い指先で丁寧に封をする黒羽を見つめる。すると、渡された原稿を数ページしか読めていない中禅寺《ちゅうぜんじ》がくいっ、くいっ、と俺の服の袖を引っ張り、耳に口元を寄せてきた。

「……ねえ、白根《しらね》。やっぱすごいのこれ？　あたし読書苦手でさ、多分全部読めなくて」

……いや俺そういうの全然気にしないけどやっぱいい匂いすんな。

「あ、ああ。文才は、すごいと思う」

俺にも意味の分からない単語とかかなり出てきたけど、その意味が分からなくてもストーリーは追えるし、前後の文脈から大体の意味は把握できる。文章力とか、そういう部分は文句の付けようがない。おそらく黒羽がラノベどころか最近のエンタメ小説をあまり知らないから、全体的に古く、しかも重い作品になってしまっただけだ。

「……そっか」

すると中禅寺《ちゅうぜんじ》はどことなく寂しげに微笑んだ。少し意外で俺は尋ねてしまう。

「どうした？」

「ん……？　いや、なんでもないよ」

が、中禅寺と顔を寄せ合ってそんなやり取りをしていると……部屋の隅から凄まじい負のオーラを感じた。本能的な恐怖を感じた俺は、恐る恐る、そちらを振り向く。

……いつの間にか席を立ち、隅に積まれていた段ボール箱を両手で抱えた黒羽《くろは》が、ムスーっとした様子で俺と中禅寺を睨んでいた。やべ。ヒソヒソ話されるとムカつくよな。俺もクラスでそういう奴見ると「俺のことネタにして笑ってやがる」とか思っちゃうし。

が、俺と目が合った瞬間、黒羽はなぜかハッと俺から視線を逸らした。あ、それも経験ある。「目が合っちゃった。クスクス」とかやる女子供《じょしども》、いるからね。先制攻撃仕掛けてんの向こうなのに、思わずこっちが目を逸らしちゃうんだよな。

ほ、ほら、『直視の魔眼』で殺しちゃうかもしれないから。……やっぱ教室では視線を固定しておける本は必需品だ。無差別殺人とかやりたくないし――

「ごめん。あたし、今日は帰るよ」

突然、中禅寺はそんなことを言って、自分に渡された原稿を自分のバッグに収めた。

この言葉に黒羽は一瞬、口を半開きにして、そして慌てた様子で何かを言いかける。

「待っ――」

「じゃーね」

が、中禅寺には聞こえなかったらしく、彼女は椅子から立ち上がると、部室から出て行ってしまった。なんか今日は珍しく、中禅寺に元気が無かった気がする。黒羽がピアノを弾いていた時くらいからか？　なぜだろう？　いつもは黒羽が苛立っちゃうくらい色々ちょっかい出すのに。

「……」

　そしてなぜか黒羽も、段ボール箱を抱えたまま、どことなく悔しそうな表情で、中禅寺の出て行ったドアを見つめている。自作小説を読んでもらえなくて腹が立ったのか？　それとも、俺と中禅寺のヒソヒソ話で割とマジでイラっときちゃったのか？　黒羽は一度ため息をつくと、抱えていた段ボール箱をズン、とテーブルに置いた。俺は尋ねる。

「……ちなみに、それは？」

「ハンスト中、頭が回らなくて読むのに集中できなかったから、書くほうが楽なのかと思って何作か書いたのよ。ついでにこれも送ってしまうわ。ここにゴミを溜《た》めても仕方ないから」

　俺はその段ボールを開けながら、黒羽の『宅配テロ』をやんわり阻止しようと試みる。

「ゴミなら送るなよ。編集さんが迷惑――」

　ツッコミ続けることが、できなかった。箱の中にはクリップ留めされたＡ４用紙の原稿がぎっしり。一束、その原稿を手に取る。数ページ分パラパラと斜め読む限りだが、さっきの小説と同レベルのクオリティーはありそう。

正直、背筋に薄ら寒いものさえ感じた。何この子？　何でもできちゃうの？

しかし黒羽《くろは》は段ボールごと出版社に原稿を送るつもりなのか、引っ越しよろしくガムテープで段ボールを梱包《こんぽう》し始める。

「たしか、宅配便ってコンビニで頼めるわよね？」

「あ、ああ……」

そう答えながら俺は思う。本当にこいつは、とんでもない女のようだ。ショパンの『革命』を見事に弾きつつ「ピアノは邪魔」と言い出し、そして自分の書いた大量の小説（クオリティー高し）を「ゴミ」と呼びまるで捨てるような感覚で出版社に送るという。

そんなトンデモ少女は、んっ、と細い両腕でその梱包済み段ボールを抱え上げている。表情は涼しげだが、その細い腕が千切れちゃいそうだ。

これ、俺が持つべき流れだよな。普通の女子なら「男子が持ってよー」とか自分から言いそうなものだが。ちなみに俺はそういう男女差別を一切認めていない。完全なる男女平等主義者なのだ。でも、ほら、鍵持ってるの黒羽だけだから施錠できなくなるし、それに今日、階段掃除、手伝ってもらっちまったし……

恩は返して、お互い平等のほうが、いいよな？

だから俺は自分のバッグを肩に掛け、黒羽に言う。

「なあ。下っ端の俺がお持ちしますよ。図書部部長殿」

しかし、その俺のセリフに対し黒羽はガチで不機嫌そうに俺を睨《にら》んだ。

「私を独裁者扱いするのはやめて。確かに私はあなたの指導者だけれど、それ以前にあなたと対等な人間なのよ？」

め、めんどくせー。こいつ、めんどくせー。

この女、俺以上の男女平等主義者じゃねーか。

俺は軽く咳払《せきばら》いして、答える。

「今日、階段掃除手伝ってもらっただろ？　借りは早めに返さないと俺の気がすまない」

そう言って、半ば強引に段ボール箱を黒羽の手から奪う。……やっぱ重いじゃん。

すると黒羽は気まずそうにわずかに目を逸らした。

「そ、その……お礼は、言わないわ」

「……別に礼を言ってほしいわけじゃねーよ」

俺はそのまま受け取った段ボールを持って先に部室の外に出る。黒羽も自分の荷物を持ち、外に出て部屋の鍵を閉めた。昇降口に向かい、靴を履き替え、学校の近くのコンビニまで黒羽と一緒に歩く。すると黒羽がかなり不満げな声で、呟《つぶや》く。

「……本当は、さくらにこそ、読んでほしかったわ」

「趣味が違うんだろ？　娯楽なんてほかにもありふれてんだ。お前の小説の質が悪いわけじゃ――」

「そういうことではなくて。あの小説は、私とさくらの、、、、……」

「ん？」

「……いえ、なんでもないわ」

珍しく歯切れの悪い、黒羽《くろは》の返答。なんだろうか？

今日の階段掃除の時に中禅寺《ちゅうぜんじ》グループを見た時、黒羽の、中禅寺に対する愛憎入り混じりの複雑な感情を感じた。羨望と失望、好意と敵意。そんな、なんとも形容しがたい思いを、黒羽は抱いている。

対する中禅寺も黒羽のピアノ演奏を聴いた時や、黒羽の自作小説を「すごい」と俺が評した時、寂しげに笑った。中禅寺は中禅寺で、黒羽に何か思うところがあるのかもしれない。もしかすると劣等感？

確かに、ちょっと引くくらい、黒羽は多才だ。しかも彼女は革命だの階級闘争だの俺や足尾《あしお》のオルグだの自作ラノベ（ライトではないか）を書いて応募だの、何らかの目標を次々に見つけ熱中している。ピアノだって熱中したはずだ。並大抵の努力じゃショパンの『革命』なんて弾けるようにならないだろうし。

正直、黒羽を見ていると、俺も恐怖のようなものを抱いてしまう。彼女に比べたら、俺には才能どころか好きなものが……熱中できることが、何もない。

友達やバスケを失ってから始めた読書については、それなりに熱中していると思っていた。黒歴史のトラウマさえ克服できればラノベ作家でも目指そうとか思ったこともある。が、さっきの黒羽の小説を読んで思い知った。間違いなく、俺にそんな文才は無い。両手で抱えている段ボール箱。その中に入っている黒羽の原稿が、もう持っていられないほど重く感じる。もしかして、俺はこのまま、何にも熱中できないまま、薄っぺらい人間のまま……

「白根《しらね》君、どうかしたの？」

隣を歩く黒羽が、俺の顔を覗《のぞ》いて訝《いぶか》しんでいた。慌ててマイナス側への思考を中断する。

特殊能力《精神勝利法》発動。黒羽の文才には驚いたが、大丈夫、この小説はさすがにカテエラで落とされる。俺でもラノベとかの分野ならなんとか勝てる。勝ってる。

そう暗示を終え、答える。

「いや。ちょっとボーっとしてただけだ」

思考を巻き戻す。最初に考えていたのは、黒羽と中禅寺の関係について。

黒羽は変人のお嬢様。中禅寺は明朗快活なギャル。もうその時点で二人は完璧に相容れなそうだが、お互いその個性をどうこう思っているというわけではなさそうだ。

そういや、黒羽《くろは》は中禅寺《ちゅうぜんじ》と小学校の同級生だとか言っていた。つまり中学校は別だったってことか？　それに、黒羽と同じ中学の五色《ごしき》先輩は黒羽を無茶苦茶警戒してたし（まあ当然だが）、足尾《あしお》も最初、黒羽に対して異様なほどビビってたな。

「なあ。お前、中学の時、どんな感じだった？」

「あなたはどうなの？」

「え？」

「中学校時代はバスケ部だったのでしょう？　男子の場合、多少運動さえできればカースト上位にいれるものではないの？　なぜわざわざ、自分から下に？」

そんなこと、したくなかった。

自慢じゃないが、俺は中学の前半くらいまでは多分、カーストの上のほうにいた。まあ中学は高校ほどカースト制が厳格ではなかったからだろうけどな。

でも、上位者には上位者の、嫌ーな『文化』があるのだ。

例えば、クラスのオタクグループを見下して笑い物にしなければならない。好きでもない流行りのファッションやら音楽やら映画やらドラマに詳しくならなければならない。半分いじめに近い『○○いじり』にも加担しなければならない。でないと『裏切り者』扱いされてしまう。

そういうノリに付いていけなくて、だんだんと俺はクラスで浮いた。すると今度は『白《しら》根《ね》いじり』みたいな空気ができ上がり、中二設定メモやラブレターを貼り出されたりした。

それでも、俺には部活の『仲間』がいるから大丈夫。あいつらなら俺のことを分かってくれる。……そう信じてたのに、バスケ部のチームメイトにまで陰口叩《たた》かれ笑い物にされてた。今考えてみると、クラスでの俺の悪評が、部活にまで伝染しただけなのだろう。

本当に学校は残酷な場所だ。どこかのグループで一度でも「あいつはウザい」「あいつはキモオタ」みたいなネガキャンが行われると、それが全校に広がってしまうのだから。

……中高生が学校で作る『友達』とか『仲間』なんてその程度だ。ならば、俺はそんな友達や仲間なんていらない。最下層で孤独でいい。才能がなくて黒羽のようなソロ充になれなくても、いい。

ぶっちゃけ、この『図書部』だって信用できない。黒羽はあっち側の理想主義的な思想に影響されて最下層の俺を認めたのだろうが、いつか俺の小物っぷりに完全に失望する。

中禅寺の場合、俺の中学時代の黒歴史を知ったら――いやそれ以前に俺がクラスで孤立している最下層カーストの人間だと知れば引くだろうし、哀れむだろうし、俺をイジり始めるかもしれない。……いや普通に嫌われるのか？

とにかくそんな関係だ。すぐに壊れてしまう。だから、俺は曖昧に答える。

「まあ、中学の時、色々あったんだ」

「私も、中学の時、色々あ、っ、た、わ、」

俺の背筋に鳥肌が立った。黒羽《くろは》の声色が、あまりにも静かで、深くて、哀しくて。

確信する。彼女には何か凄絶な——それこそ、俺の黒歴史なんかとは比べものにならない凄惨な過去がある。触れてはいけない。直感的にそう思った。

ちょうどコンビニに着く。俺は真っ直ぐレジに行き、カウンターに段ボール箱を置いた。

黒羽は淡々と宅配便の手配を済ませる。

そしてお互い無言のまま、一緒に校門まで戻る。……誰にだって、知られたくない過去はある。俺だって黒羽に『中二設定メモ公開事件』や『ラブレター掲示事件』を知られたくはない。だから黒羽の過去を詮索するのはよそうと心に決めた。

……そういや、駐輪場がこっちだからなんとなく一緒に歩いてるが、俺は黒羽がどの辺に住んでて、自転車通学なのか電車通学なのかバス通学なのかまだ知らない。なんとなくお嬢様っぽいし、もしかして高級車の送迎とか受けてるのか？

すると校門のところに、先に帰ったはずの中禅寺《ちゅうぜんじ》が立っていた。

時たま、友達らしきリア充系男子や女子に軽く手を振って挨拶してるが、彼ら彼女らと一緒には帰らないらしい。

不思議だ。カースト上位者は一人で帰宅するという行為を恥とする人種のはずだ。

黒羽が歩みを止め、スマホをいじっている中禅寺に少し不満そうな視線を向ける。小説読んでくれなかったのに暇そうにしてるからイラっときちゃったか。

「さくら、帰ったのではなかったの？」

「み、瑞穂《みずほ》？　あー、いや、ほら、今日パーティーがあって呼び出されちゃってて」

……え？　パーティーって何？　も、もしかして、ギャルっぽい乱交パーティーとか危険ドラッグパーティー？　俺が恐怖していると、なんかやたらとエンジン音が静かな黒い高級車が、校門から少し離れたところにすーっと停まった。

するとそれを認めた中禅寺が黒羽に言う。

「そだ。瑞穂も乗ってく？　家までなら送ってもらうよ？」

「……いえ。私はまだ用事があるから、遠慮しておくわ」

「そっか。じゃ、瑞穂、白根《しらね》、またねー」

明るく挨拶し、中禅寺はすたすたとその車に向かう。するときっちりとしたスーツを着た運転手が車からわざわざ降りて中禅寺に頭を下げて、後部座席のドアを開けた。「ドアくらい自分で開けられるって。ってか、小娘相手にお辞儀なんてしなくていーよ」「いえ。そういうわけには……」中禅寺は運転手とそんな会話をしながら、車の後部座席に乗り込む。そして、運転手も運転席に戻った。……そのまま遠ざかって行く、やったらテカテカと黒光りする高級車の後ろを見つめながら、俺はつぶやくように尋ねる。

「えっと、なにあれ？」

「さくらの迎えでしょう？」

「……確認だけど、怪しげなパーティーに拉致られたわけじゃ、ないよな？」

ほ、ほら中禅寺《ちゅうぜんじ》、派手な見た目してっから、黒塗り高級車乗り回す人に目をつけられて連れてかれてもおかしくなさそうだし……。

「ちゃんとしたパーティーでしょう？　中禅寺家は資本家《ブルジョア》だもの」

俺は数秒間硬直し、ただただ彼女の言葉の真偽を確認する。

「……マジで？」

「ええ」

「も、もしかして、中禅寺って、お嬢様？」

「ニッチ分野で世界シェアを誇る精密部品メーカーの社長令嬢よ」

おいおい嘘《うそ》だろ？　ここは中禅寺が庶民派で黒羽《くろは》がお金持ちの流れだろキャラ的に！

んだよ、どっちもお金持ちかよ。俺、中禅寺に失礼なことしてないよな？　うんブラ透け確認したり色々しちゃった気がするけど家に黒服が来たりしないよね？　黒羽にも同じくらい失礼なことしてるから許してほしいな。

「く、くそ。お金持ちのお嬢様同士だったのかよお前ら……」

「あなたは何を言ってるの？」

「え？」

「私の家は貧乏よ」

もう一度、数秒間、硬直。う、ウソだろ？　衝撃の事実二度目だこれは。

「で、でもお前、今日、ショパンのあんなムズい曲ピアノで弾いてたじゃん？　あれ――」

「レッスンを受けたことはないけれど、小学校で楽譜の読み方は教わるし、ピアノくらいどの学校にも置いてあるでしょう？」

え？　小学校の音楽の授業だけで、ショパンとか弾けるようになんの？

「こ、この前、足尾《あしお》と一緒に風呂に入ろうとしたとか言ってたのは？　家に広い風呂があるとかじゃ……？」

「まさか。銭湯に連れて行こうとしただけよ」

「……もしかしてだけど、中禅寺のことを階級の敵とか言ってたのは、その、スクールカーストのトップだからじゃ、なくて？」

「それもあるけど、私の家がプロレタリア階級で、さくらの家がブルジョア階級だからよ」

「そういう重い意味だったのかよ……」

俺が二重三重にショックを受けていると、黒羽は呆《あき》れたような表情を浮かべる。

「妙な勘違いをしていたようだけれど、私は時間だからアルバイトに行くわ。さようなら」

「お、おう。……ん？　バイト？　お前が？　何やってんの？」

接客とか？　うっわ想像つかねぇ。全然そんなイメージ……

「工場労働よ。飲料の検品作業をしてるわ」

黒羽《くろは》は誇らしげにそう言って、俺に背を向けスタスタと歩き去ってしまう。

う、うん。作業着姿で、ラインに乗って流れてくるペットボトルや缶が破損していないか黙々とチェックしてる黒羽の姿がはっきりイメージできちゃったよ。

■

小さな神社の境内。遊具のある公園のような場所で、小さな女の子が、同じくらいの歳の男子数名に取り囲まれていた。どことなく垢《あか》抜けない服装の少女だ。長い髪も乱れている。男子たちは、その子の物らしい本をバスケットボールのようにしてパスし、必死に取り返そうとする女の子をからかって遊んでいた。時たま投げられた本が地面に落ち、女の子は声にならない悲鳴をあげる。

子供らしく無邪気で、そして陰湿ないじめ。少年はそれを見て、子供らしい純粋な怒りを覚えた。違う小学校の奴らだから、ここでしゃしゃり出たとしても、学校で自分が何かされたりしないだろうという現実的な打算が働いたのかもしれない。それでも少年は少女が受けている不正に怒りを覚えた。大勢で一人の女の子を囲んで攻撃など、許されていいことではない。

義憤にかられた少年は、その連中に飛びかかっていた。

「誰だテメー⁉」「やっちまえ！」「死ね！」

しかし多勢に無勢。もちろん、少年は惨敗した。

顔を殴られ、腹を蹴られ、地面に倒れる。さらに袋叩《ふくろだた》きにされそうになっていると……

「ちょっと！　あんたたち何してんの⁉　ぶっ殺すよ⁉」

元気そうな女の子の、怒りの声が響いた。

「やべっ」「あいつだ！」「逃げろ！」

いじめっ子たちは、その元気な子の警告だけで一目散に逃げ始めた。ハードカバーの本は投げ捨てられ、地面に転がる。

「二人とも大丈夫⁉　ったくあいつらガキなんだからもうっ！」

その元気な女の子は、いじめられていた子とずいぶん印象が違った。質の良さそうな生地の上品な服を着て、髪も髪留めでおしゃれにまとめている。

しかし、いじめられていた髪の長い女の子は、自分を助けてくれた少女に対して何も答えず、地面に落ちていた本によろよろと向かい、拾い上げた。その子は古いハードカバーの本——非情にも、ボロボロになっていた——を拾い上げギュッと抱きしめ、そして、ぐすっ、ぐすっ、と泣き始める。それほど、大切な物だったらしい。

「な、泣くなっての。……ほら、何なら、あたしが新しいの買ってあげっからさ？」

「……」

しかし泣く女の子は、無言で首を横に振る。今抱きしめている本に、特別な思い入れがあるらしい。元気な女の子は、呆《あき》れたように、それでも優しく微笑んで、泣く女の子の頭を撫《な》でて慰める。そして、しばらくすると、その女の子は泣き止んだ。

するると、元気な女の子が、少年を見て言う。

「よし。泣いてちょっとはすっきりしたろ？　そっちのヒーローくんにお礼言って」

ヒーローくん、という言葉がこっぱずかしくて、少年は目を逸らしてしまった。ヒーローどころか、一瞬でボコボコにされたのだから。しかし、髪の長い女の子は少年に歩み寄り、少年の目を真っ直ぐに見つめて、言う。

「ありがとう」

「……いや」

「血が、出てるわ。大丈夫？」

そう小さく呟《つぶや》いて、髪の長い女の子は少年の唇の端の血を、指で拭ってくれた。

女の子にこんなふうに顔を触られるのは初めてで、少年は顔を真っ赤にしてしまった。

俺は、誰かに口の端を触れられた気がして、目を覚ます。

ビビった。

横に立つ黒羽《くろは》が、俺の唇の端——居眠りしていて、涎《よだれ》を垂らしかけていた——を、その白くて細い指の甲で拭っていたのだ。

え、えっと？　何やってんの、こいつ？

普通嫌だろそんなことすんの⁉　俺でも俺の涎とか汚くて触りたくないぞ⁉

「……その本に涎を垂らしたら、許さないわ」

言われて気付く。俺の目の前の机には読みかけの本。『図書部』シールの貼られていない、黒羽の私物本。

あー、そうだった。今日は部屋の鍵が開いてるのに部室に誰もいなかったから、俺は勝手に黒羽の本を読んでいた。そしたらいつの間にか寝落ちしてしまったらしい。

そして寝ている間に黒羽が戻ってきて、自分の本を汚されそうになってるのを発見、俺の涎を指で拭った。……ど、どんだけ本が大切なんだよ。

黒羽は自分の席に戻ると、顔色ひとつ変えずポケットティッシュを取り出し、俺の涎で汚れた人差し指を拭いている。男の涎に素手で触れたというのに、水に触ったくらいの様

子。気にしていない。こっちはむちゃくちゃ気にしちゃうけど。

指をティッシュで拭いながら、黒羽《くろは》は言う。

「もし私の本を涎《よだれ》で汚したら総括を要求するわ。覚悟しておいて」

「ここは山岳ベースかよ……頼むから俺を総括援助《リンチ》すんなよ？」

ドン引きの声を演技して黒羽流の冗談にそう突っ込みを入れたが、涎を拭われたショックで心臓が高鳴っていた。顔も少し熱い。確実に赤くなっている。くそ、情けねぇ。

黒羽に気付かれないように深呼吸して心を落ち着かせる。

それにしても……懐かしい夢を見た。

たしか、まだ小四くらいのころだったか？　どっか別の小学校の学区で、女の子をいじめてた奴らに飛びかかった。あれが俺の人生で一番のハイライトだった。その程度がハイライトになるってロクでもない人生送ってるよな俺。しかも、あの時は返り討ちにされただけ。事態を収拾したのはその子の友達だったし。

寝落ちする直前の内容が頭に入ってないので、俺は今度また最初から読み直そうと、本を黒羽の私物本の棚に戻す。すると黒羽はふと、部室のドアに視線をやる。

「今日はさくらが来ないわね。練習かしら？」

「電話で聞きゃいいじゃねーか？」

ちなみに俺は未だに黒羽の連絡先も中禅寺《ちゅうぜんじ》の連絡先も知らない。こっちから聞いて

「え、やだな……」みたいな顔されるとへこむから、向こうから教えてこない限り聞かないのが俺のスタンスなのだ。ちなみにそのスタンスを守り始めてからというもの、連絡先は一件も増えていない。むしろ減っている。

しかし、黒羽《くろは》は淡々と答える。

「携帯電話なんて持ってないわ」

「そ、そっか……」

今時、携帯電話を持っていない高校生がいるとは……。もしかして昨日「私の家は貧乏よ」とか言ってたけど、だからか？　まあそんなことは聞けないので、軽く咳払《せきばら》いして尋ねる。

「中禅寺《ちゆうぜんじ》に来てほしいのか？」

なんだかんだで仲良しだもんなー、あんたら。

それでも黒羽は強がるような、迷うような声で答える。

「……来て、ほしくないわ。さくらが来ると革命を遂行できない」

「革命とか、もういいんじゃねーの？　お前、中禅寺と遊んで、あとは本読んで小説でも書いてたほうが――」

「足尾《あしお》さんのような人を見てもまだそんなことが言えるの？　ああいう人を一人でも多く――いえ、一人残らず助けるのが革命家としての使命よ」

「ありゃ、ご家庭の問題だろ？　スクールカーストとかもう関係ねーじゃん？　しかも本来の目的はオルグだったんだろ？」

「オルグがついでよ。本来の目的は虐げられている人を助けること。人間が人間を不当に搾取するなんて、あってはならないわ」

「ね、ねえ、今まで怖くて聞かなかったけど、お前本気で世界を変えようと……ぶっちゃけて言えば世界同時革命的なこと、考えちゃってるクチだったり？」

「私は誰かが苦しんでいるのを見過ごせないだけ。そして私は足尾さんの痛みを知って、なんとかしたいと思った。私が痛かったから」

足尾は未だ欠席中だ。そして高田《たかだ》先生も当然、状況を教えてなどくれない。

黒羽もさすがに自重しているのか、足尾のことをあれこれ詮索したり家に押しかけたりはしていない。だから俺も足尾の件について触れないようにしていた。なので話を戻す。

「なー、スクールカーストとか、そんなもの、どうしてお前がこだわるんだ？」

「『そんなもの』？　同じ学校で同じ年齢の生徒間に『上』と『下』の関係があるのよ？しかも、当人たちもはっきりそれを自覚しつつ、なぜかそれを当然のことと思ってる。『そんなもの』は、理不尽な階級問題以外の何物でもないでしょう？　ローマの奴隷たちが『鎖』に縛られていたように、私たちは『空気』に縛られてる。断ち切らないと」

黒羽の言葉は、『共産党宣言』を引用したりしていちいち過激な方向に行くが、確かに学校は、『空気』が支配する場所だ。

スクールカーストという暗黙の了解で成り立つ階級制度の中で、下位の連中は上から目をつけられないよう、地味に、大人しく生きている。それが当たり前なのだ。下手に目立てば笑い物にされ、場合によってはいじめられてしまうから。

でも、俺はどうしてもこう思ってしまう。黒羽《くろは》は、自覚してないようだが、確実に『上』の存在だ。恵まれた容姿。学年一位の成績。優れた運動神経。学校の勉強では得られない知識の量。先天的な音楽の素質や文才。

こいつは、なろうと思えば簡単に『上』になれる。そして一生『上』でいられる。

でも、それをこの場で口にするのはやめておいた。自分勝手なのは分かってるが、最初にオルグを仕掛けられた時、『上』なのに自分のことを『上』と思っていない黒羽の精神を、心を、俺は美しいと感じてしまったのだから。

……あー、そういや『上』の分際で『上』だとはっきり自覚してなさそうな奴が、もう一人、いるな。

「お前の友達で『上』のトップの中禅寺《ちゅうぜんじ》は、弱者を搾取したりしないだろ？　ほら、あいつなら足尾《あしお》にも優しくすんじゃね？　そうなりゃ、足尾も楽しく――」

「そうはならないわ。というよりそれが最悪の展開よ」

「最悪の展開？　なんでだよ？」

「さくらの取り巻きは、さくらに自分たち『だけ』が気にかけられていたい。だから、さくらが足尾さんに親しくしたら、足尾さんがさくらの取り巻きにいじめられてしまうわ」

「い、いくらなんでも、そこまでは、しないんじゃ――」

「するのよ。女子グループというのはそういう集団よ」

黒羽は断言した。あの、できればそういう話、知りたくなかったんですけど……

「お前、中禅寺に足尾をここに連れてきてもらうって俺の算段に反対したよな。あれ――」

「ええ。さくらには、あまり足尾さんと仲良くしてほしくないわ。足尾さんがさくらの取り巻きに目をつけられかねないから」

だ、だからそういう話は怖ぇんだよ。……でも、やっぱ、そういうものなんだろうな。

「……中禅寺は、専制君主国の女王様じゃなくて、立憲君主国の女王様なのか」

実権はその取り巻きというか、別の政治家たちが握ってる。君臨してるけれど統治してないのか。

「そうね。だから、さくらの取り巻きたちは、女王様の目の届かないところでは徹底的に『下』を見下して、搾取しているわ。私はそういう連中が一番嫌いよ」

憎悪の色を隠そうともしない黒羽の声。

まただ。どうも黒羽の憎悪は、中禅寺の周囲、女王様の取り巻きたちに向いている。なぜ、そこまで——

すると黒羽《くろは》はわずかにハッとして、自分が真っ黒なセリフを吐いてしまったことを少し後悔したのか、「こほん」と軽く咳払《せきばら》いして本日の活動終了を宣言する。

「……今日はもう帰りましょう。またあなたに居眠りされて本を汚されたくないわ」

いつもより、かなり早めの部活終了だった。

どうも、黒羽のことが分からない。いや、人間なんてもともとよく分からない生き物だが、黒羽瑞穂《みずほ》という少女は本当に分からない。チョコパフェとかイケメンとかマジに夢中になれるお年頃に、なぜマルクス主義とかゲバラとかにマジに夢中になってしまったのか。あんなまともでリア充でギャルでお嬢様な親友までいんのに。

まあそんなことを考えながら自転車をこぎ、帰宅する途中、大通り沿いの総合病院の前で地味な私服姿の少女が視界に入った。肩までのボブカットの髪が揺れる。

足尾由香里《あしおゆかり》だ。

さてさて、友達ではないクラスメイトの女子と街で出会った時、迷ってしまうのはカースト下位男子の宿命だろう。話しかければ「うわ、声かけられちゃった」無視すれば「うわ、シカトされちゃった」だもん。正解のない選択肢問題は反則だと思う。

それでも普通だったら絶対に声を掛けないのだが、足尾はほら、この前、アレな怪我してたし、この病院も皮膚科とか整形外科とか入ってる総合病院だし。

「あ。白根《しらね》、君」

……迷っていると、向こうから俺に声をかけてきてくれた。うん、ぶっちゃけ助かった。

自転車を停めて、答える。

「……よう。学校休んでるみたいだけど、なんか、その、大丈夫か？」

「は、はい。その、大丈夫でした。お母さんも、その、それで初めて私の怪我のこと知ったから、あの人、逮捕されて……」

た、逮捕ね……。刑事事件かよ。大事《おおごと》じゃん。それにやっぱ、怪我の痕を消すために通院してるんだな。もちろんそんなこと聞けないが。

「そっか。まあ、良かったな」

「はい。あ、あの、黒羽さんに、お礼を伝えてくれませんか？」

「いーけど、自分で言ったほうがいいんじゃねーの？」

「そ、その、まだ学校、行けないので……」

「お、おう、そーか。伝えとく」

そして、足尾はわずかに視線を落とす。

「それに、少し、怖くて……」

「……あー、怖いよな、あいつ」

何しでかすか分かんないし、遺書用意してたし、俺にも遺書書かせようとしたし、警官や生徒会長にケンカ売るし、足尾《あしお》も自己批判させられたし、マルクス主義者だし。

しかし、足尾の恐怖の理由は違ったらしい。

「その、中学の時、いじめられてて……」

「ん？　もしかして、お前が、黒羽《くろは》にか？」

意外………でもないか。あの女、悪意なく精神的に人をいじめたりはしそう。「遺書を書いて」とか言い出したり、自己批判させたり――

「い、いえ、違います！　その、黒羽さんが、い、い、いじめ、ら、れ、て、た、ん、で、す」

……足尾のセリフの意味を理解するのに、俺には数秒間が必要だった。

「は？　おいおい嘘《うそ》だろ？　あいつが？　いじめられる？」

いやいや、あの黒羽をいじめる奴なんているの？　返り討ちにされるだろ死ぬ気か？

「その、黒羽さん、中学一年のころは、もっと無口というか、大人しい、人でしたから」

「い、いじめって？　女子グループっぽくシカトされたりとか？」

今のあいつはシカトされても気にしない、『女子グループ』なんて入りたくもないとか本気で思っていそうだが、昔は違ったのか……？

「いえ……机の中にミミズとか、そういうのを入れられたり、教科書ボロボロにされたり、トイレでバケツの水かけられたり、そういうこと、されてて」

「そこまでやられてたのかよ……」

衝撃だ。しかし思い出す。昨日、黒羽作のラノベ（？）を応募するためコンビニに行った時、彼女には何か凄絶な過去があると俺は確信した。それは『いじめられていた』過去だったのか。かつての黒羽は、変人だが大人しい少女だった。いじめられやすいタイプ、かもしれない。

「で、でも、それならなんで黒羽が怖いんだ？　中禅寺《ちゅうぜんじ》とかのほうがよっぽど怖くね？」

「え、えっと……あっ！　別に中禅寺さんが怖いわけじゃないです！」

ちょっと冗談を入れて空気を和まそうとしただけなのに、焦られてしまっただけだった。

「お、おう。……で、どうして黒羽が怖いんだ？」

足尾はわずかに目を逸らし、迷いながらも、答える。

「その……二年の時、黒羽さん、髪を切られそうになって、相手を椅子で殴って大怪我させちゃったんです。髪を切られるのだけは、どうしても嫌だったみたいで。それ以来、黒羽さん、誰とも話さずにずっと本を読んでました。私も黒羽さんが怖くて、話しかけたり、できなくて……」

「なにそれ？　ドラマかよ？」

「その後も、別の人がいじめられてた時、いじめてた人を黒羽さんが怪我させたり……」

「それもう完璧に黒羽《くろは》が不良化しちまってるじゃねーか」

マジで、意外すぎる。二度目の衝撃だ。

俺の知る限り、黒羽は真面目な少女だ。真面目すぎて思考と思想が変な方向に行っちゃってる感はあるけどな。そんな黒羽が昔は『キレる中学生』だったとは……。

足尾《あしお》が部室に連れてこられた時、黒羽にあれだけビビってたのはそれが原因だったのか。

あとあの五色《ごしき》生徒会長さんが黒羽を無茶苦茶警戒してたのも絶対そのせいだ。

「で、でも、ただ怖いだけの人じゃなかったです！」

「……いや、ただ怖いだけの人だぞ？　なんか、俺も怖くなってきたぞ？」

何かの拍子に黒羽がキレて総括援助《リンチ》されちゃったりすんのか俺？　やっぱあいつ危険人物だな。うん、高田《たかだ》先生にあいつの情報をタレこんで、それから俺もあの五色先輩の体制側についたほうが（社会的に）良さそう——

が、足尾はそれでも黒羽の弁護を続ける。

「中学の時、クラスに、みんなに嫌われてる体の弱い男の子がいて、その子が吐いて倒れた時があったんです。教室にいたみんながその子にひどいこと言ってた時、黒羽さんだけはその子に駆け寄って、髪とか制服が汚れるのも全然気にしないで、保健室まで連れて行ってあげたり……そんな、怖くて、でも優しい、不思議な人で、その、昔から……」

「……なるほど、な」

そう答える。今、ほんの少しだけ、黒羽のことが、分かった気がした。

黒羽は良くも悪くも、中学時代に変わったのだ。

人間、結構簡単に変わっちまうもんだ。特に俺らみたいに多感な年齢はデリケートだから。俺だって小学校くらいまでは、それなりに友達いた気がするもん。

で、黒羽の場合、自分が最下層で虐げられていた中学時代に目覚めてしまった。プロレタリア革命やら階級闘争やら唯物史観やら何やら、まあとにかく『下』は『上』にガンガン歯向かっていくべきだという感じの思想に。

そして、暴力で暴力《いじめ》を撃退はしたが、結果的に完璧に孤立してしまったのか。

……たかが十五、六のガキでも色々な人生があるんだな。黒羽といい足尾といい大変そうだ。俺、結構恵まれてるほうなんじゃね？　友達いないけど。

そんなことを考えていると、足尾が少し焦りながらポケットから携帯電話を取り出した。誰かからメールが来ているようで、画面が光って振動していた。

「ご、ごめんなさい。その、お母さんが駐車場に迎えに来てくれてて……」

「ん？　ああ、じゃーな」

そして俺は踵《きびす》を返そうとしたのだが……

「白根《しらね》君！　あ、あの、ありがとうございました！」

いきなり礼を言われ、俺はビビってしまう。

「俺、何もしてねーけど……？」

最初に、足尾《あしお》の存在を黒羽《くろは》に報告して、そして中禅寺《ちゅうぜんじ》に部室に連れてきてもらうよう頼んだだけ。マジでそれ以外何もしてない。

「で、でも、あの時、写真撮ろうとした人たちを止めてくれて」

「あー。自己批判の時ね。あれ見てたのか。別にあれは――」

「あ、あと、警察の人、追い払ってくれ――」

「おいおい警官は追い払ったわけじゃねーぞ⁉　市民の義務だから住所氏名学校名教えて治安維持に協力したんだ！　誤解を招く言い方すんなって！」

「ご、ごめんなさいっ！　その、とにかく、ありがとうございましたっ！」

そう彼女は頭を下げて、駐車場の方へと小走りで去って行く。

そんな彼女の後ろ姿を見て、俺は、なんとも言えない、こう、気分の良さのようなものを感じてしまっていた。

黒羽の言葉を思い出す。

「誰かが殴られていたら自分も殴られているのだと思いなさい」

俺は、足尾の怪我を痛いと思える境地になど至っていない。

が、でも、彼女がこれ以上痛い思いをせずに済み、そして本人には感謝された。

なんつーか、心が晴れるような思いだった。

■

さて翌日。ホームルームの時間。

新入生用の進路希望調査票を配り終えられた。

教壇に立つ高田《たかだ》先生は、進学校の先生として正直すぎる命令を下す。

「これは現段階の意識調査みたいなもんだから、てめーらあんま深く考えずに書けよー。なあ、あたしの言いたいこと分かるよな？　お前らが進学するつもりがなくても『進学』とだけ書いて親御さんのハンコもらってこいってことだ」

あまりにも本音丸出しすぎて教師らしからぬ命令だったので、教室中に笑い声が響く。

といっても、大きな声で爆笑し、そして「じゃ、俺、『家業を継ぐ』って書いてきます！」とかボケて高田先生の命令に堂々と反逆するのも、カースト上位者のみなのだが。

高田先生は、家業を継ぐとか言ったカースト上位の男子生徒に「お前の親父さんはサラリーマンじゃねーかコネ入社でもすんのか？」とかツッコんだ。

やはり、爆笑するのは上位者のみ。下位者は小さく笑うだけ。

学校で大きな声を上げたり先生にボケたり先生にツッコんだりするのは、カースト上位者のみに許された特権なのだ。下位者がそんなことをして目立てば、自分自身が悪い意味で笑い物にされてしまうから。

……なんとなーく悶々《もんもん》としていると、六限終了後のショートホームルームが終わる。

そして、俺はさっさと教室を出ようとするが、高田《たかだ》先生に呼び止められてしまう。

「白根《しらね》、ちょっと顔貸せ」

「……あ、あれっすか？　体育館裏に連れてかれてシバかれる流れっすか？」

「てめ、教師をなんだと思ってんだ？」

そう言った高田先生の向かう先は職員室の方向。なんだ良かった。本当に体育館裏かと思っちゃったよ。先生が「顔貸せ」とか言うと「殴らせろ」としか聞こえないんですよ。

……が、違った。高田先生は職員室ではなく、その隣の応接室に俺を連れ込んだのだ。

マジかよ！　体育館裏よりよっぽど怖いとこじゃん！　取調室じゃねーか！

俺、ヤバいブツ持ってないよな？　『腹腹時計』とかの禁書とか……大丈夫、もちろん持ってない。……あ、やべ、百合姫コミックス、一冊持ってた。でも、全年齢対象だし許されるよね？　黒羽《くろは》と中禅寺《ちゅうぜんじ》にこれ見られるのはちょっとヤバいが……。

しかし応接室に入っても高田先生は所持品検査を行わず、俺をソファーに着席させただけだった。そして先生は俺に質問してくる。

「白根。正直に話せ。お前、足尾《あしお》のことどこまで知ってる？」

あ、その件か。良かった。人道的な事情聴取だ。俺は安堵《あんど》して答える。

「えっと、なんの話っすか？　俺、何も知らない――」

「足尾本人の口からお前と黒羽の名前が出てきたんだ！　嘘《うそ》つくんじゃねぇ殺すぞ!?」

「全然人道的じゃないっ!?　そ、その、アレっす。大体、知っちゃってます……」

高田先生は「ちっ」と舌打ちしてから、俺の口止め――いや脅迫にかかってくる。

「足尾のご家庭のこと、ベラベラ喋《しゃべ》ったら殺すからな？」

「喋らないっすけど、あの、先生が生徒を殺害予告って、色々マズくないっすか？」

「うるせー。あとお前ら、足尾に何かしたろ？」

「な、何もしてないっすよ……？」

「こちとらプロの教師なんだナメんな！」

「なんで俺が怒鳴られるのっ!?」

「足尾は入学当初から家庭に問題ありだと踏んで面談しても口割らなかった奴だぞ!?　それがなんで、お前らに相談して、そしてあたしんとこに来たんだ!?　知ってること全部吐け！」

「そういう、教師っつーより尋問のプロ的な感じが怖くて逆に話せなかったんじゃないっすか⁉　現に俺もむちゃくちゃ怖くて逃げたいですしっ！」

「……とにかくお前ら、足尾《あしお》に何かしたんじゃねーのか？」

うん。公園で晒《さら》し台に立たせて衆人環視で自己批判を強要、マインドコントロールした。警官にも職質された。そして図書部室で服脱がした。……ど、どれも話せるわけがねえ。

「な、悩みを聞いただけっすよ。……黒羽《くろは》が」

さらっと俺は無関係という意味を込めて黒羽の名前を最後にくっつけたが、すぐに背筋に嫌な汗が流れる。だって公園での足尾の自己批判の時、警官に住所氏名学校名控えられたの俺だもん。もしや、学校に警察から連絡が来て……

「とにかく、足尾のこと、誰にも話すなよ」

あのお巡りさん、黒羽のバカに『国家権力の犬』呼ばわりされたのに学校に連絡とかしなかったみたいだ。いい人だな。ビバ栃木県警！

ほー、っと俺はため息をつき、答える。

「大丈夫っすよ。俺、足尾のこと話す相手とかいないんで」

「んなこと知ってる。でも、黒羽が足尾のこと話そうとしたり、何かやらかそうとしたりしたら止めろ」

「さらっと俺はどうでもいいと言われるとは。くそ、黒羽が何かやらかそうとしても絶対

止めねぇ」

「その時は連帯責任、お前だけ殺す」

「なんで俺だけ⁉　全然連帯してないっすよ⁉」

しかも『連帯』とか黒羽《くろは》が好きそうな単語なのにっ！

「あいつはいなくなると困る成績一位の特待生。お前はいようがいまいがどーでもいい一般生徒。扱いに差が出んのは当たり前だろ？　お前バカか？」

これが教師の吐くセリフかよ……？

「く、くそ。こんなひでぇ差別がまかり通るとは。俺もいつかハンストで抗議して……」

「おー勝手にやれ。ギリギリ死にそうになったら病院ぶち込んでやる」

ヤンキー教師め……！

ヤンキー・ゴー・ホーム！

ちなみにこの言葉は時と場合によっては『ヤンキー先生母校に帰れ』の意ではなくなる。

とりわけ米軍基地付近でこれを叫ぶと素敵な活動《パーティー》の参加者と見なされおまわりさんにマークされたり、素敵な血祭り《パーティー》にご招待されてしまう可能性もあるので確固たる信念のある方々以外は軽々しく口にしてはならない。

だから俺も心の中で叫ぶだけにしておいた。……ボクには確固たる信念とかないんで。

「もういい。ほら、さっさと出てけ。もう二度と戻ってくんじゃねーぞ」

「先生が何の罪もない俺をここに連れてきたんじゃないっすか。……とりあえず、お世話になりました」

刑期満了して釈放される囚人と刑務官のような会話の後、俺は取り調べから解放された。こんなの絶対おかしいよ。先生こそどっかにぶち込まれてた過去があってもおかしくないタイプの人なのに。

それでも俺は安堵《あんど》して、そのまま連絡通路を渡り図書部室へ向かう。

しかし、安堵してしまうのも、どうもおかしい気がする。

最初は角材とかヘルメットとか火炎瓶とか爆弾とか出てこねーよな？　とか少しビビりながらこの部室に入ってたのに、今は教室に入る時の十倍くらいの気楽さで入れる。ドアを開ける時に感じるのも、教室の引き戸を開ける時の十分の一くらいの重さだ。

そして、ドアを開けると、いつも通り長い黒髪を首のあたりで一つにまとめた黒羽が自分の席に座っている。今日の黒羽は読書をしていなかった。彼女のクラスでも進路希望調査票が配られたらしく、自分の進路希望を書いていたのだ。

俺は特に挨拶もせず、自分の席、黒羽の正面に座る。

まあ人様の進路希望は勝手に見ていいもんじゃないが、見えちまったのは仕方ない。

第一希望・革命家
第二希望・司令官（コマンダンテ）
第三希望・医師

そしてその内容がこんな感じにイカれてたらツッコんでしまうのも仕方ない。

「お前ふざけてると怒られるぞ⁉」

「将来の夢を正直に書いただけよ」

「頼むから第三希望の『医師』だけ目指せよ……？」

「医師なんて、革命家にも司令官《コマンダンテ》にもなれなかった時の保険よ？」

医師免許を滑り止め扱いとはこの女、ノリノリである。『革命家になれなかった私は渋々医者になることを決意しました』かよ。……色々と舐《な》めすぎだろおい。

まああの人も、革命家であり、司令官《コマンダンテ》であり、医師だもんな。黒羽《くろは》のお気に入り本はもう大体読んじゃったから分かってしまうのが嫌だ。

「お前がチェ・ゲバラ司令官《コマンダンテ・チェ・ゲバラ》に心酔してるのはよーく分かった。でも現代日本で職業革命家目指してるのがバレると色々マズイから、とりあえず進学とだけ書いとけって」

　このマンモス私立高校は普通科だけでも公立校に比べ生徒数が多いので、入試成績などでクラスを分けるという結構シビアなことをやっている。だからクラスにもそれぞれ若干の『色』が存在する。

例えば、一組（中禅寺所属《ちゅうぜんじ》）は、中高一貫コースや推薦入試の生徒などが集められており温室的で垢抜《あかぬ》けた雰囲気。

そして、黒羽の二組は高校受験の成績優秀者や特待生が集まる『実力主義エリート養成所』。クラスの人間関係もドライで予備校のような空気。あと、若干ほかのクラスと隔離されてたりする。ちなみに俺は隔離されたドライな雰囲気のクラスというのに惹《ひ》かれてこの高校を受験したのだが二組には入れませんでした。

まあとにかく、黒羽の所属する一年二組は、この高校の一年生の中で最も頭の良い生徒が集められたクラスだ。噂《うわさ》（誰かが廊下で話してた）によると二組の生徒は「部活とか入らず勉強しろ」とか担任に言われるらしい。それでも図書部の部長となり、さらにハンストで廃部を阻止してしまうのが黒羽瑞穂《みずほ》という少女だ。

だから俺は何気なく黒羽に尋ねてみる。

「お前、医者に、なりたいのか？」

かなり間をおいて、黒羽は答える。

「…………………ええ。憧れは、あるわ」

めずらしくためらいがちな黒羽の返答、しかし黒羽の成績なら無理ではな――

「もちろん、医薬品か弾薬箱か、どちらかしか持っていけない状況に陥ったら、私は迷いながらも弾薬箱を手に取って――」

ダメだこりゃ。

「ゲバラの逸話はもういーから。弾薬箱とか現代日本にそうそう転がってねーから」

なるほどな。黒羽《くろは》は『ソロ充』でありながら澄んだ中二病も引きずってやがるのだ。

しかも元ネタが実在する人間や事件や思想だから、卒業が難しいのだろう。

とりあえず、俺は黒羽の澄んだ中二病を治癒してやろうと（俺もかつてはオーソドックスな中二病に罹患《りかん》してたからね）、現実的に提案する。

「『医学部進学』とか書けば、お前の担任とか、親御さんとか、喜ぶんじゃね？」

もちろん俺にそんな高尚な真似はできないが、明確な目標を立てて他人に晒《さら》し、自分にプレッシャーをかけていい結果につなげるとか、そういうやり方もあるだろう。

……が、黒羽はわずかに目を伏せ、小さな声で答えた。

「…………………この進路希望は、ちょっとした冗談よ」

沈んだ黒羽の声音。とても、冗談を言ったようには、聞こえなかった。

黒羽はバッグからもう一枚、白紙の進路希望調査票を取り出す。そして彼女はそこの第一希望欄に『進学』とだけ書いた。黒羽は少し哀しげに、自分で書いた『進学』の文字を見つめる。まるで、その『進学』が、叶《かな》わぬ夢であるかのように。

おかしい。黒羽は自分の成績を自慢したりしないが、入試成績一位、学費全額免除の特待生。よほど落ちぶれない限り、あとは（部）活動に熱を入れすぎて退学とか補導とか逮捕とか餓死とかにならない限り、進学が難しいはずがない。

なのに黒羽は、まるで進学できないかのような表情を……

俺は自分の失言に気付く。

黒羽は自分の家は貧乏だとか言っていた。

そして、大学の学費がいくらなのかとか詳しくは知らんが、医大がアホみたいな学費を取ることくらいは俺にも分かる。裕福でない家の子供が簡単に進学できるわけがない。国公立の医大とかそういうのもあるだろうが、もしかして、それすら、経済的に難しいのか……？

言葉に詰まってしまう。何か言わなければいけない気がする。でも、他人の家庭事情に下手に口を出すのはもっとマズい。

そんな時、ガチャっと部室のドアが開いた。

「ちーっす、おつかれおつかれー！」

中禅寺《ちゆうぜんじ》が、いつも通りの明るく元気な声で入ってきた。声と同様に明るい髪が揺れる。

こいつがお嬢様だとは未だに信じられない。でも正直、この空気の変化には救われた。

「おつかれ」

俺は中禅寺にそう答える。黒羽は中禅寺に軽く頭を下げた程度だったが、空気の変化には対応し、『進学』とだけ書いた進路希望調査票をバッグに仕舞った。そして彼女は席を立つと本棚に向かい、一冊の本を手にして戻ってくる。

ちなみに中禅寺《ちゅうぜんじ》は真っ先に定位置のソファーに向かい、バッグからＤＳを取り出すと仰向けに寝っ転がっている。その、仰向けでも形崩れないんだね。どこがとは言わんが。

それにこの二人はどーも無防備だ。黒羽《くろは》は本を読み始めると話しかけんのはばかられるくらい集中しちゃうし、中禅寺に至ってはすでに十回くらいスカートの中を覗《のぞ》くチャンスがあった。見てないけど。二人とも、自分の家にいるような感覚で過ごしてやがる。きっと完璧に俺が異性として意識されてないのだろう。

そういや黒羽は本棚から何を取ってきたんだ？　そんな興味から、彼女が手にした本の背表紙の文字を見て、俺はわずかに恐怖した。

黒羽の読んでいたのは、ドストエフスキーの『罪と罰』だったのだ。

そりゃ、俺だってあの本は何度も読んだ。

しかし今は、進路希望に『進学』とだけ書いた黒羽の哀しげな表情を見たばかり。

『罪と罰』の主人公ラスコーリニコフは、優秀だが貧乏で、学費を払えず大学を退学させられた青年。そして彼は、優秀な人間による反社会行為は許されるという独善的な信念から、金持ちで強欲な金貸しの女を殺し金を奪う。

が、犯行現場に偶然居合わせたその金持ちの妹まで殺したことで、罪の意識に苛まれるようになるのだが……

優秀だが貧乏な学生と、金持ちの女。

そして優秀な人間の反社会行為は許されるという、ラスコーリニコフの思想。

黒羽が、自らをラスコーリニコフに重ねているように思えてしまう。

金持ちの女——ギャルっぽいお嬢様は、ソファーでＤＳをいじり、スラッシュアックスを振り回して飛竜を狩ろうとしている。ゲーム機のスピーカーが発する斬撃効果音がやかましい。まるで、ラスコーリニコフが、凶器の斧《アックス》を、金持ち女の頭に振り下ろしている時の音のように思えてきてしまって——

黒羽が、視線を本のページから中禅寺に向けた。無茶苦茶苛立ってる表情。やっぱ、進路希望の件で虫の居所が悪くなってるのか？

そして彼女は中禅寺に対して文句らしきものを言い出す。

「さくら、……」

「ん、ちょっと後にしてくれない？　こいつのブレス、食らうと一撃死で——」

「さくらっ！」

珍しく黒羽が声を荒らげ、中禅寺を名前だけで叱責した。

この剣幕に中禅寺も驚いたらしく、少し慌ててＤＳの蓋を閉じる。

「わ、悪かったよ。ごめん。……で、なに？」

「ここは図書館や図書室と同じなのよ。その騒音を止めて」

「瑞穂《みずほ》だって白根《しらね》と話したりしてんじゃん？」

「電車の中での会話は容認されているわ。でも電話したりスピーカーから音楽を流すのは迷惑行為。なぜか分かるかしら？」

「さあ？　……そいや、なんでなの？」

「耳障りだからよ」

「もー、ここは図書館とか図書室とか言ってたのに、なんで電車の例が出てくんのさ？」

「最初に言ったはずよ？　ここは本を読んだりすると。なのにあなたは毎日毎日……本当に、ゲームの音はうるさいのよ」

「……今日はイヤフォン持ってないから、ちょっとくらい勘弁してよ」

真っ向から不機嫌をぶつけられて人が抱く感情は二つ。恐怖か、同じように不機嫌か。

そして今の中禅寺《ちゅうぜんじ》は後者だった。黒羽《くろは》の不機嫌さが伝染してしまっている。

俺も中学校時代、部活でミスる奴を見てよく不機嫌になってた。それがウザがられて、最終的に嫌われたみたいだけどな。

そんなわけで、早めに対処しないと面倒なことになると経験的に知っている俺はポケットから愛用のイヤフォンを取り出し中禅寺に投げて渡す。

あ、やべ、渡す前にイヤーピース拭くの忘れてた。耳垢《みみあか》とか付いててキモがられるんじゃね？　……と不安になってしまったのだが大丈夫だった。中禅寺はイヤフォンを受け取ると、不機嫌そうな表情から一転、俺ににっこりと明るい笑顔を向けた。

「白根《しらね》、気がきくじゃん。ありがとね」

「お、おう……」

本能的に目を逸らしてしまった。だから、そういう好意的な笑顔向けられんの慣れてないんだよ。女王様と同じ高さの目線で目を合わせるのとか、失礼だし……。

それにしてもこうもフランクで庶民的でギャルなお嬢様というのも、世の中にはいるんだな。なんか、中禅寺がカーストトップの女王蜂《クィーンビー》であることに納得がいった。恐怖支配を敷くような女王様は怖いしついでにガチで嫌うだろうけど、こういう女王様ならなんか、許せる。取り巻きの人たちは面倒くさそうだけど。

が、ＤＳでの飛竜狩りを再開されようとしている女王、中禅寺さくらお嬢様が、矮小《わいしょう》なる俺のイヤフォンを躊躇《ためら》わずに自分の耳に装着されようとしていると、いつの間にかソファーのそばにやってきていた黒羽がコードをひっつかんでそのイヤフォンを奪った。

「あ！　何すんのさ!?」

「ボタンの音もうるさいのよ」

イヤフォンを没収して自分の席に戻る黒羽の強硬な態度に対し、中禅寺は完璧にムスッとしてしまう。そして彼女はソファーから起き上がり、黒羽を睨《にら》んだ。

「……じゃーさ、由香里《ゆかり》のこと、教えてよ。この前からずっと学校休みだし、先生も教えてくんないし、ねえ、瑞穂《みずほ》も白根もなんかあたしに隠し事してるっしょ?」

別に中禅寺《ちゆうぜんじ》に隠し事をしたわけじゃない。でも、足尾《あしお》のことはベラベラ喋《しやべ》っていいことじゃない。高田《たかだ》先生にも殺される。だから俺がオブラートに二重三重に包んで足尾の件を説明し誤魔化そうと試みるが、権謀術数が苦手らしい黒羽《くろは》が堂々と答えてしまう。

「足尾さんのことは心配しないで大丈夫よ。でも、何があったかはあなたには話せない」

「……なんで?」

「私は、足尾さんの友人だから」

「いやあたしだって由香里《ゆかり》とバスケ部の仲間で、友達だし!」

「あなたが足尾さんの友達? よくもまあそんなことが言えるわね……」

「は? 何その言い方!?」

あ、まずい。これ口論になる流れだわ。だってこの二人、空気読めないいんだもん。

黒羽は人付き合いで空気を読むつもりなんてない。対する中禅寺は、大勢のイエスマン(イエスウーマン?)に囲まれ自分自身が空気になることに慣れてる。だから意外と空気が読めない。もしかすると、実は結構相性の悪い二人なのかもしれない。

それでもこの二人がそこまで激しく衝突しないのは、中禅寺が大らかで黒羽の強硬な態度にいちいち目くじらを立てないからだ。しかし、今は足尾という少女のことが絡み、彼女の部活仲間の中禅寺も譲れなくなってる。

なので俺は直ちに止めに入る。

「な、なあ、二人とも、あんま熱くなんなって――」

が、最下層民の意見、いや直訴など、熱くなった二人に突っぱねられてしまう。

「あなたは黙ってて！」「白根《しらね》は黙ってて！」

ひぃ、怖い！　なんで俺に怒りが向くんだよ！

そして黒羽は珍しく怒り気味の中禅寺に対しても臆したりしない。

「どうせあなたは足尾さんの存在自体、気にも留めていなかったのでしょう？」

「だからなんでそういう言い方されなきゃなんないの？　あんま話したことはなかったから、まだ仲良くはなってなかっただけで――」

「そう。現時点で足尾さんと仲良くないあなたが、彼女のことを知る権利なんてないわ」

「そーいう言い方カチンと来るんですけど！」

「とにかく、足尾さんのことを考えているなら、あなたは首を突っ込まないで」

「なんで？」

「あなたが足尾さんに親切にすれば、あなたのお友達が足尾さんを追い詰めるからよ」

「は？」

「あなたのお友達は、足尾さんを排除しようといじめるわ」

ちょ、黒羽さん、おま、待てって――

「なにそれ⁉　あたしの友達はそんなことしないっつーの！」

「そうね。言い方を間違えたわ。足尾《あしお》さんをいじめるのはあなたの友達ではなく、あなたに尻尾振って媚《こ》びを売ってる、あなたの取り巻きたちよ」

いくらなんでもズバッと言い過ぎだろ⁉

が、もう黒羽《くろは》が言ってしまった以上、俺が何を言おうと、遅い。言葉は、嘘《うそ》だろうと真だろうと、口にした瞬間に『本当』になる。そして容赦のない『本当』を突きつけられた中禅寺《ちゅうぜんじ》はガタンとソファーから立ち上がり、黒羽を思いっきり睨《にら》んで叫ぶ。

「人の友達のこと悪くゆーな‼」

俺の知る限り、いつも明るく気さくな中禅寺がここまで怒ったのは初めてだった。しかも、友情とかそういうのが壊れるラインを確実に超えるレベルで。

俺？　無理無理。もうここまで来たら止められるかよ。言葉のボール握ってガチボクシングする二人が怖くて一切口挟めねー。しかも、黒羽はそれでも引かない。

「さくら。あなたがいない時、どうせ、あなたの取り巻きたちはお互いを引きずり降ろそうと醜く争ってるわ」

この言葉に対し、ガン、と中禅寺はテーブルを叩《たた》いた。

「話したこともないくせに人の友達に文句つけんなっての‼」

「……声を荒らげれば、私が大人しく引き下がるとでも思っているの？　舐《な》められたものね。私は、知性も品性も誇りもない、あなたの取り巻き連中とは違うわ」

「瑞穂《みずほ》相手でも本気で怒るよ⁉　人の悪口言うなっつーの‼」

中禅寺さくらお嬢さん、ついに激おこだ。

えっとなにこれ？　仲の良い女の子二人がこんなガチで口喧嘩《くちげんか》するもんなの？　女子らしくお互い陰口叩き合えよ。……いや撤回だ。それはもっとドロドロしてそうでやだ。黒羽から中禅寺の陰口聞かされて中禅寺から黒羽の陰口聞かされた日にゃ、俺は多分一生涯女性不信に陥る。もうすでに人間不信には陥ってるんだから勘弁してほしい。

でも、できれば、ガチな口論も今すぐやめてほしいです。

が、今度は黒羽が椅子から立ち上がった。そして彼女は怒りに燃える瞳で中禅寺を睨む。

「……ずいぶんと、お友達に、優しいのね？」

「……？」

そして黒羽は、中禅寺よりも激しくテーブルに右手を叩きつけた。普段の毅然《きぜん》とした態度は完全に失っている。そして、もうほとんど泣きそうな表情で叫ぶ。

「私のこ、こ、ことは見捨てたくせに、いっ‼」

部室の空気が凍った。黒羽の今の怒声は、純粋な音量も、含まれる感情の激しさも、最も凄まじかった。あの公園で自己批判する足尾を叱咤激励《しったげきれい》していた時の何十倍も何百倍も。

だが、黒羽《くろは》はすぐにハッとした表情で、テーブルに叩《たた》きつけた右手を引っ込め、気まずそうに中禅寺《ちゅうぜんじ》から目を逸らす。

「ご、ごめんなさい。……その、感情的に、なってしまったわ」

そして、とんでもない怒りの感情をぶつけられ硬直していた中禅寺も、申し訳なさそうに、黒羽から目を逸らした。

「……あたしも、ごめん。ちょっと、言い過ぎた」

二人とも（俺の偏見かもしれないが）この歳の女の子にしては、人間ができてるな。こうも素直に自分の非を認められる女子は、ほかには知らない。月並みな表現だが『いい子』たちなのだろう。でも二人がお互い謝ったのは、あくまでヒステリックになった自分の態度についてのみ。根本的な意見の部分は撤回しない気だ。

黒羽は気を静めるためか一度深呼吸して、ゆっくりと椅子に座り、言う。

「さくら。あなたには、子供のころから、ずっと良くしてもらったわ。メイクも、髪の手入れも、全部あなたが教えてくれた。でも、私はもう子供じゃない。一人でできる」

「……うん。そりゃ、そうだよね」

「あなたは、私が心配だから、ここにいるのでしょう？」

「……そりゃ、そーだよ。だってあんた一人にすると、無茶苦茶なことやり出す――」

「ここには、白根君がいるわ。あなたが、私のお姉さんぶる必要なんてない」

「……」

そして黒羽は、切実な表情で、中禅寺の目を見つめた。睨《にら》んだわけではない。哀願するような、そんな表情。俺の位置からは、テーブル下で黒羽がギュッと拳を握りしめたのが見えた。そして、黒羽は中禅寺に言い放つ。

「あなたは、うるさくて、本当に邪魔なのよ。ここから出て行って」

冷たく、突き放した声ではなかった。なんとか声音に冷たさを含めようと必死に演技し、でも申し訳なく思っている色を隠しきれていないような、震える声。

対して中禅寺は、寂しげに、しかし、優しく微笑んだ。

「ん、分かったよ」

穏やかな声だった。中禅寺は、私物の本なんかここに持ち込んでない。荷物は自分のバッグだけ。彼女はそれを手に取り、ドアを開け、部室から出て行った。

黒羽は、深い、深ーいため息をつくと、テーブルに置いた『罪と罰』の本を手に取る。

俺はどうすべきか考え、やはりここは出て行った中禅寺を追うべきだろうと判断した。

……何かにつけ妥協できず（普通、親友をこんな理由で追い出したりしないだろ？）それでいて子供っぽいところがある黒羽と今の空気で一緒にいるより、意外と柔軟で大人な中禅寺と一緒にいたほうが気が楽だとか、そういうことを考えたわけじゃない。

とりあえず、俺は中禅寺を追いかけることにした。ドアから出た瞬間、緊迫から解放されてほんの少しホッとしてしまった自分が、いた。


中禅寺《ちゆうぜんじ》の容姿は目立つ。そして彼女が取り巻きに囲まれていると接触はまず不可能になるので人気《ひとけ》のないところで話したい。運良く、今は廊下にも階段にも誰もいなかった。

部室棟の階段を降りていく中禅寺に上から声をかける。

「なー、中禅寺。ちょっとだけ、話いいか？」

「ん？　白根《しらね》じゃん。何？　ナンパ？　告白？」

ナンパや告白をされ慣れてる上位者らしい反応。素早く予防線を張り、答える。

「ばっかじゃねーの。俺はな、自分ってのをよーく知ってんだ。そこいらの勘違い君と一緒にすんなよ？」

「どーいうこと？」

「非モテのモテ。俺は、自分がモテないことを知っている」

「……いや？　意味わっかんないし？」

「まあ、分かりやすく言うと、俺は自分が女子に好かれたりしないってちゃんと分かってる。だから、普通にモテない奴より俺は優れてる。ソクラテスから教わった」

しかし、そんな俺のセリフに対し中禅寺は、にひひっと小悪魔っぽく（死語？）微笑む。

「ふーん、そーなの？　あたしは白根のこと結構好きだよ？」

う、うろたえるんじゃあないッ！　トチギ男子はうろたえないッ！

俺はこれ以上ないほどうろたえながらも平静を装って階段を降りる。く、くそ、カースト下層男子からも絶大な人気を得る上層女子特有の必殺技、「あたしは〇〇のこと結構好きだよ？」。こーいうのホントやめてほしい。『非モテのモテ』に目覚めてない非モテは八割方、こういう攻撃でやられる。そして無謀にも勝てない戦いに挑み玉砕していくのだ。

落ち着いて考えれば分かる。

みんな白米ご飯好きだろ？　うどん好きだろ？　蕎麦《そば》好きだろ？　まあ大好物とまではいかなくとも、アレルギーでもない限り大嫌いな奴なんてまずはいないはずだ。

カースト上位女子のうち、下位男子にも気さくに話しかけてくるタイプが抱く『好き』も似たようなもの。つまり『嫌いじゃないから好き』。ただそれだけ。

俺は気付かれないよう深呼吸し気を静め、一階まで降りる。

「悪いな、俺は一度たりとも女子に好かれたことないし彼女がいたこともないんで、『好き』とか言われても信用できん。お前とは違うんだよ舐《な》めんな」

「……あたしだって彼氏とかいたことないっつーの」

「嘘《うそ》つくなよ」

あんた、下手したら毎日告白されてラブレターとかもらって彼氏の一人二人常備してる感じじゃねーの？　そんなあからさまな嘘《うそ》つかれるとさすがにちょっと怒っちゃうぞ？

が、嘘ではなかったらしい。わずかに沈んだ声で、中禅寺《ちゅうぜんじ》は答える。

「……ホントだって。家のこと言いたくないけど、あたし、そういう家の子供じゃん？　だからまあ、色々あるんだよ」

ちゅ、中禅寺さくらお嬢様は、こんなギャルっぽい容貌なのに、本物のブルジョアなんですね。家の体面のために恋愛しないってことでしょ？　もしかして婚約者いるとか？

た、大正時代かよ。中禅寺、そのうち嫌気がさして不良に恋しちゃったりすんのか？

まあ、今はそのことを詮索してる場合ではない。とりあえず俺は尋ねる。だってこのお嬢様、とにかく目立つんだもん。

「なあ、落ち着いて話せる場所とかない？　聞きたいことあるんだけど」

「ん、あるよ。こっちこっち」

そして、彼女は部室棟の中でも音楽系の部室とかのある区画に俺を連れてきた。その一室に中禅寺は入る。電子ピアノのある、レッスン室のような小さな部屋だった。この高校には音楽科というちょっと特殊な学科もあり、こういう部屋も多い。

「ここ、穴場なんだよねー。鍵開いてるし、誰もいないし」

そう言いながら、中禅寺はピアノの前の椅子に座る。やっぱ美人が楽器の前でスカートが皺《しわ》にならないよう尻をスッと撫《な》でる動作は上品かつエロい。素晴らしき二律背反。

とはいえ、中禅寺のギャルっぽいルックスとピアノという組み合わせは意外だったので、思わず俺は尋ねてしまう。

「ピアノ、弾けんの？」

「まーね。これでも結構やってたよ？」

中禅寺は電子ピアノの電源を入れ、鍵盤に指を置く。そしていきなりの速弾き。高音から低音へ一気に駆け下りるイントロ。そして、うねるような旋律が続く。

この前、黒羽《くろは》が弾いたのと一緒の曲。ショパンの『革命』だ。

テンポは黒羽の演奏よりも少し速い。当然、その分要求されるテクニックも高度だろう。

巧い。黒羽よりも。……が、どうも、違和感のようなものを抱いてしまった。

なんというか、この『革命』は、ずいぶんクリアであっさりしているのだ。

悪い表現をすれば、薄っぺらい。怒り、憤り、哀しみ。そういうものがない。

きっと黒羽の演奏を先に聴いてしまったせいだ。

黒羽の『革命』は、荒々しく、深く、そして悲しかった。

中禅寺の『革命』は、なめらかすぎて、起伏がなくて、ただ「黒羽より巧い」だけ。

クラシック音楽のことなど俺も詳しくは知らんが、そんな俺がそう感じるのだから、ちゃんとした耳を持つ人はもっと色々と具体的にダメ出しするだろう。多分『表現力』とか、そういう類いのものが、中禅寺《ちゅうぜんじ》には足りないのだ。

演奏が終わり、中禅寺は目を閉じて尋ねてくる。

「どう、感じた？」

「……巧かった。お前やっぱ、お嬢様なん――」

「そーゆーのいいから。ほら、この前、瑞穂《みずほ》が弾いた時と比べるとどうだった？」

「……黒羽《くろは》より、巧かった。でも、黒羽のほうが、すごかった」

「だよねー。あたしもそう思う」

「？」

「ちなみに白根《しらね》、小学校の卒業アルバムに将来の夢、なんて書いた？」

……この状況で、なんかかっこいいと思って『テロリスト』って書いたとは言えないな。

多分あれ見た奴らは口々に「こいつイタかったよな」と俺を笑ってる。実際イタイし。中二病って中学二年生だけが罹患《りかん》するものじゃない。しかも将来俺がなんかやらかしちゃったら、きっとお昼のワイドショーであの卒アルが公開されるんだろうな。犯罪者になっても黒歴史の呪縛から逃れられないってどういうこと？　とりあえずはぐらかして答える。

「なんて書いたっけな？　悪い、覚えてねー」

「あははっ、あたしも覚えてない。でも『音楽家』って書きたかったけど、恥ずかしくて書けなかったのだけは、覚えてる」

え？　いいじゃん『音楽家』夢があって。『テロリスト』より絶対いいぞ？　あと『革命家』よりもずっといい。だから尋ねる。

「なんで？」

「そりゃ、瑞穂のほうが、昔から『すごかった』からね」

「……俺は、クラシック音楽とかに関しては素人だぞ？」

「素人でも分かる才能の差があったってこと」

「いや、なんか――」

そんなの努力で埋まるって。それにお前のほうが胸大きいし常識人だし変な思想に染まってないしな。そう思ったのだが、まあそんなこと言えるわけないわな。それに、中禅寺は卑屈に振る舞って俺に慰めてほしいという感じでもないし。

そして、たははっ、と中禅寺はちょっと寂しげに笑う。

「だって瑞穂、ちゃんとしたレッスン受けたことないんだよ？　音楽の授業で楽譜の読み方知って、それから、あたしが本当にちょこっとだけ弾き方教えただけ。それなのにあんな上達されたら、諦めるのもしゃーないっしょ？」

そう笑う中禅寺の顔には、黒羽への嫉妬の色は一切ない。そして彼女は俺に尋ねてくる。

「白根《しらね》も、瑞穂《みずほ》の小説読んだ時、同じようなこと考えたんじゃない？」

「え？」

「『んだよ、こいつ、文才まであんのかよ』。そう顔に出てた」

「……マジで？」

実際、そう考えた。素直に感心する以上に、なんか、ちょっとだけ、悔しかった。

無意識のうちに《精神勝利法》を発動させてプライドを守ってたかもしれん。

「天才なんだよね、瑞穂は。頭いーし運動だって結構できるし。それにあたし、音楽が好きなわけでもなんでもなかったんだって思い知らされた。褒められて、チヤホヤされたいだけだった」

あ、俺もそれは一緒。バスケとかチヤホヤされたいって不純な理由で始めちゃったもん。ま、俺はまったくチヤホヤされず、中禅寺《ちゅうぜんじ》は音楽やろうがやるまいがチヤホヤされてるんですけどね。うん、ひでぇ階級社会だ。革命とか起きねぇかな？

「あたしさ、ここの中高一貫コースなんだよね」

「あー、そいやお前、一組だったよな。だから黒羽《くろは》と中学が違ったのか……」

「そう。瑞穂の入った中学、あんま評判いいところじゃなくてさ。ぶっちゃけ不良とか多くて。だからお父様――パパは心配して、あたしをここの中学に入らせたんだけど……」

通う中学校は住所で決まる。俺も小六の時に家が引っ越しして別学区の中学に入り、それまでの友達と疎遠になってしまった。入った中学も知り合いゼロの状態でスタート。上手くいきっこない。つまり俺が人生につまずいたのは親のせいだ。俺は悪くねぇっ！

「でさ、どうも、瑞穂はその中学で、いじめられたみたい」

「……あー、実は、そのこと、足尾《あしお》にちょっとだけ聞いた」

「そなんだ。まー、小学校のころから、変な子だったからね」

ふと、俺は思い出す。黒羽が『公共の敵』とまで呼んだあの生徒会長さんも、黒羽のいじめに噛《か》んでるのか？　なんかそれは嫌だな。だってあの人、変わってたけど真面目で公平で厳格そうに見えたもん。黒羽に似たタイプだとさえ思ったもん。そんな人がいじめに加担して高校でも生徒会長やってるとかなると、俺は本格的な社会不信に陥りそうだ。

「あの、五色《ごしき》先輩だっけ？　もしかしてあの人が黒羽をいじめてた、とか？」

「いやいやまさか。五色センパイはそんなことしないよ。むしろ、いじめとか絶対に許さないタイプの人だから。……でも、学年が違ったからね」

それを聞いて俺はちょっと安堵《あんど》した。学年が違ったら同じ部活だったりしない限り絡む機会はないか。やっぱ黒羽は生徒会長という肩書に対して敵意を抱いてるだけだな。

「ん？　じゃあお前はあの人とどういう繫《つな》がりなんだ？　中学校が違うんだろ？」

　すると、中禅寺は少し気まずそうに答える。

「え、えっと、小さいころ、五色《ごしき》センパイと習い事とかで一緒で………ま、まあ、その話は、今はいーじゃん？」

　なんか色々あるんだな。どうも中禅寺《ちゆうぜんじ》は五色先輩との関係について突っ込まれたくなさそうな様子なので、話を戻す。

「……さっき黒羽《くろは》が、お前に見捨てられたとかいうのは、お前が――」

「うん。あたしが、お父様――パパに言われた通り、ここの中等部に入ったこと。……瑞《みず》穂《ほ》を、見捨ててさ」

「別に見捨ててはしてねーだろ？　モガディシオの戦闘区域に置き去りにしたんじゃねーし」

「その例えは意味わっかんないけど……確かに見捨てたよ。こんなこと言うとアレだけど、あたしが瑞穂と同じ中学に入ってたら、瑞穂はいじめられなかったと思う。さっきは瑞穂の手前、勢いであー言っちゃったけど、やっぱ女子同士にはめんどくさいとこ、あるからね……。小学校で、あたしと瑞穂が一緒にいること、良く思ってない子もいたんだと思う。で、そいつらが中学で、瑞穂をいじめ始めたのかもしんない」

　嫌だなー、そういうの。女子のいじめって、なんか、陰湿なんだよ。グループ内でいきなり無視ゲーム始めたり。なら俺みたいに最初から無視されてたほうが良くね？

「……それに、実はあたし、瑞穂が怖かった」

「怖い？　黒羽が？」

足尾《あしお》と同じこと言うんだな。

しかし、足尾の「怖い」と、中禅寺の「怖い」は、ちょっと意味が違ったようだ。

「小学校の時はあたしもガキでさー、瑞穂に嫉妬してたんだ。あの子、ピアノも簡単に弾きこなしたし、頭いーし、運動もできるし。あと、あたしと違って大人しかったからね。瑞穂がウチに遊びに来た時、お母様――ママが瑞穂のことやたら気に入っちゃってさ。何から何まで負けてて、お父様とお母様を取られちゃうような気がした。今考えるとバカバカしーけど、本当に怖かった。だから、違う中学に行ってあんま会わなくなって、ちょっとだけホッとしたってのが本音。……あたし、性格悪いね」

別にお前の性格は悪くねーよ。性格悪いってのは俺みたいな奴のことを言うんだ。あんま俺のこと舐《な》めんなよ？　……それに、俺にも分かる。黒羽は、自己の才覚を自慢するようなことを絶対に口にしないし、自分は弱者の側だと本気で思ってるようだが……俺に言わせりゃ完璧に強者だ。きっと黒羽の何気ない一挙手一投足で、一言二言で、自信を打ち砕かれた人間は多い。中禅寺は音楽の才能の差を思い知らされ、俺も多分、黒羽の自作小説を読まされた時に思い知らされた。

もしかすると、黒羽が中学でいじめられたのも、彼女が弱かったからではなく、強かったから、いや、強者になれる素質があったから、嫉妬され、そして「予め潰しておこう」という先制攻撃の標的になってしまったのかもしれない。

スクールカーストは、ほとんど『空気』によって決まる。しかもその『空気』は明文化されてないのに、どんなバカでもその『空気』だけは絶対に読み間違えないのだ。

あいつは上の奴。こいつは中くらいの奴。そいつは下の奴。教室に一歩入れば、その『空気』が一日で分かってしまう。みんな同じデザインの制服着てるはずなのに。

きっと中学時代の黒羽《くろは》は、そういう『空気』の被害者になってしまったのだろう。

……あと、どーでもいーけど、中禅寺《ちゅうぜんじ》さくらお嬢様は両親を素では「お父様」「お母様」って呼ぶんだな。そして慌てて「パパ」「ママ」って言い直してる。そんな空気じゃないからツッコめねーけどよ。

「でも、中二の時かな？　瑞穂《みずほ》がいじめっ子を怪我させたとか、ほかの子をいじめてた奴にも怪我させたとか、そういう話、五色《ごしき》センパイから聞いたんだ」

「……あー、実はそのことも、足尾《あしお》に聞いた」

ってか、あの五色生徒会長さんが黒羽をむっちゃ警戒してるのは完璧にそれが原因だな。

「そっか。うん、あたしも休みの日、心配になって瑞穂に会いに行ったんだけど、どーも話が噛《か》み合わなくて。『カイキュウトウソウは社会……』なんたらとか、そんなこと言ってたっけ」

「……『階級闘争は社会発展の原動力』、か？」

「あ、そうそう、そんなこと言ってた。ね。どういう意味？」

「俺にもよく分からん。小難しい話だからな」

上手く説明する自信がないからそう答えたが……。やっぱな！　そのころ、黒羽はあっち側の思想に目覚めちまったんだ！　くそ、なんてことしてくれたんだよ黒羽をいじめてた連中。お前らとんでもねー化け物を生み出しちまったんだぞ？

俺が見知らぬいじめっ子たちを呪っていると、中禅寺は呟《つぶや》く。

「だから瑞穂がウチの高校に来てくれて嬉《うれ》しかったけど、ちょっと不安で。……でも、大丈夫だったね」

「……あいつが大丈夫？　廃部に抗議して遺書まで書いてハンストしたんだぞ？　お前の不安的中してね？」

あと革命や階級闘争を画策したり、俺にも遺書を書かせようとしたり、生徒会長や警察にケンカ売ったり、足尾を自己批判で洗脳したり。あれ、大丈夫って言えんの？

「そりゃ、多分これからも変なことばっかやるだろうけど、誰かを怪我させたりはしてないじゃん？　ま、だから、白根《しらね》がいれば大丈夫かなって」

「一応、俺は男なんだけど。そーいう心配はしねーの？」

「あははっ、心配するわけないじゃん。変なことして怪我すんのは白根だもん」

「……確かにな」

怖い。黒羽《くろは》は暴力やテロを否定していたが、正当防衛は絶対やる。前科あるんだもん。

そもそも俺はそんな肉体的にも社会的にも殺されかねない真似はしないけど！

すると中禅寺《ちゅうぜんじ》は、ハッと俺から目を逸らした。

「つーかあたし、なんで白根《しらね》にこんな話してんだろ⁉」

「いや俺に聞くなよ」

「あ、あははっ……なんでだろ？　ね、本当に、昔どっかで会ったこと、ない？」

「いや確実に、どっかで会ったことなんてねーぞ？」

お嬢様とはいえ、こんなギャルっぽい華やか美人、しかも下位の男子に親しく話してくれる女子がいたら絶対忘れない。そして昔の俺なら勘違いして恋しちゃってる。で、もちろん玉砕してる。さすがにこいつはラブレター掲示板に貼ったりしないだろうけどな。

するとと中禅寺は少しだけ寂しげに、でも優しく微笑む。

「うーん、あの瑞穂《みずほ》が、なぜか白根のことを気に入ってるから、かなぁ？」

そう呟《つぶや》き、中禅寺は電子ピアノの電源を落とし、椅子から立ち上がるとドアを開けた。

「瑞穂をよろしくね」

最後にそれだけ言って、俺の返答も待たず、中禅寺は部屋から出て行った。

図書部室に戻る。

ドアを開けると、黒羽はさっきと同じように、『罪と罰』を読んでいた。

ちょっとだけ苛立ちのようなものを覚えてしまう。中禅寺は、あれだけ黒羽のことを考え心配していたというのに、こいつは他人事のように本を読んでいるのだ。しかも身勝手な選民思想で金持ち女を殺した、優秀だが高慢なラスコーリニコフが主人公の物語を――

そのページが、全然進んでいないことに、気付く。

黒羽は、当たり前だが、異様なほど読書スピードが速い。なのにまったくページが進んでない。そしてよく見ればページをめくってすらいない。

いつも通りの読書を演じているが、内心は気もそぞろ、ということか。

苛立ちはすぐ消える。しかし、もやもやしたものは相変わらず俺の胸に残っていた。

黒羽は中禅寺を追い出す理由に、「白根君がいるから、あなたが私を心配する必要なんてない」とか言いやがった。そして中禅寺も「瑞穂をよろしくね」とか言い出した。

つまり、俺の存在が、黒羽と中禅寺の友人関係にヒビを入れてしまったわけだ。

俺のせいで。俺の存在のせいで。……俺、もう死んじゃったほうがいいの？

さすがにそれは嫌なので、俺は黒羽の対面の席に座る。

すると黒羽は一度深呼吸してからすっと視線を上げた。

「反革命分子のブルジョア階級の女王蜂《クイーンビー》は、この部から追い出したわ。これでやっと革命への一歩を踏み出せる。白根《しらね》君、革命家として気を引き締めて」

嘘《うそ》つくなよお前。いつもなら真っ直ぐ俺の目を見てくんのに、今は目を合わせたくないのか俺の口元を見てる。……嘘、下手だなこいつ。

「いいのか？　反革命分子のブルジョア階級の女王蜂《クイーンビー》はお前のことを嫌ってない。お前もどーせ、反革命分子の……あーめんどくせー中禅寺《ちゅうぜんじ》のこと嫌ってない。ところがお前は中禅寺とクラスが違うし、携帯持ってないから中禅寺と電話もできない。学校でばったり会っても中禅寺の周りにはいつもお前の大っ嫌いな取り巻きが群れてる。……別に羨ましくはねーけど、お前と中禅寺は昔っからの友達。なのにお前のよく分からん頑固さが今、その関係を壊しかけてる」

おっと、いかんいかん、こんな隙だらけの黒羽《くろは》を見るのは初めてなので、思わず皮肉たっぷりに責めてしまった。それでも黒羽はわずかに目を伏せ、弱々しく言い返してくる。

「か、革命家は、私利私欲に振り回されては、ならないわ。さもないと……」

「はいはい。私利私欲は――つまり、本当は友達失いたくないんだな？」

「…………」

今度は、黒羽も言い返してこなかった。よし、こんな様子なら簡単に丸め込めそうだ。

さて、『罪と罰』じゃないが、罪の告白だ。俺は覚悟を決め、黒羽に言い放つ。

「よーし、この際ぶっちゃけるが、俺は高田《たかだ》先生にお前のこと監視しろって言われてここに来たんだよ。お前何やらかすか分かんないからな。つまり俺は学校当局のスパイ。公安の人間。敵。なのに中禅寺を『白根君がいる』って追い出して反革命分子呼ばわりとかどんだけ危機管理能力低いんだよ。お前、頭いいくせに頭悪すぎ。革命家としても司令官《コマンダンテ》としても失格。ほら、俺だってお前と一緒になんていたくなかったから全部教えてやったぞ。だから中禅寺に謝って仲直りしろよ？」

ふー。徹底的に暴露しちまったぜ。それを受けた黒羽は完全に顔を伏せてしまう。

その表情は、悔しげで、悲しそうで……うん、なんか、罪悪感にやられそうだ。

でもまあ、これで一件落着。俺はここを追い出されるだろうが仕方ない。本来、俺はここにいていい人間じゃない。黒羽と中禅寺が、性格正反対なのに仲良い姉妹みたいな感じでじゃれあってるのがお似合いの部屋だ。

中禅寺なら、黒羽がなんかやらかそうとしたらちゃんと止めるだろうし、なんなら黒羽の思想をマイルドにして綺麗な中二病を治してやれる。ちょっと時間かかりそうだが。

黒羽は俺をどう罵倒するだろう？　「今すぐ出て行きなさいスターリン主義者《スターリニスト》」とか？　それとも「二度と私の前に現れないでトロツキスト」とか？

多分、その辺が黒羽にとっては『裏切り者』に対する最大級の罵倒語だ。しかしながら俺は一般的な感性をしているので「死ね」とか「キモい」とか「ウザい」とか言われるほうがよっぽど傷つく。……だから、なんとでも言えよ。

とまあ、ちょっと傷つくのを覚悟してたのに、黒羽《くろは》の反応は、予想外のものだった。

「そう……」

わずかに震える声で、黒羽は呟《つぶや》くように言っただけだった。

そして彼女は目の前に広げていた『罪と罰』の本をパタンと閉じ、手に取って立ち上がると、本棚の前へ歩き元の場所に戻した。

「そう」？　……なにが「そう」なんだ？

黒羽は本棚の前から動かない。えっと？　も、もしかして、アレか？　やっぱ黒羽はってもとっても過激な方で、俺は徹底的に総括援助《リンチ》されてしまう流れなのか？　あの本棚に隠されている何らかの武器で？

いやいやまさかそんな…………十分あり得るのが怖ぇ。

まず黒羽は中学時代、いじめへの反撃とはいえ、暴力事件を起こした過去がある。

そして彼女の尊敬する人物、高潔な革命家、チェ・ゲバラ。

彼は敵の負傷兵にも必ず治療を施すほど道義的だった。しかしそんなゲバラにも情け容赦なく処刑した相手がいる。強盗とか略奪をやらかした部下、それから内通者。そして俺はたった今、内通者だと堂々とカミングアウトした。これ結構マズいことのような気がする。

黒羽は本を戻したのに本棚に向かったままだ。右手はそっと棚に触れている。背中を向けられているので表情は読めない。そして、殺《や》られる前に殺《や》る勇気は俺にはない。

だから脱出経路を確認。大丈夫。逃げられる。黒羽が何か動きを見せた瞬間にドアに突っ込みノブを回して廊下に出る。黒羽は運動神経もいいがさすがに狭く入り組んだ屋内や人ごみの中のダッシュなら負けまい。バスケで鍛えられた動きとほとんど一緒だからな。バスケやってて良かったぜ。生まれて初めてそう思った。こんなことに活かされちゃうなんて悲しいな俺のスポーツ歴。とにかく廊下を走って階段を降り連絡通路を抜けて職員室に逃げ込み高田《たかだ》先生に助けを求める。それで助かる。よし完璧だ。

緊張で、手のひらにはじっとりと汗が浮かぶ。それでも黒羽の動きを注視。あいつが何らかの武器を取ったら即、飛び出そうと身構える。

彼女は、わずかに肩を震わせた。

そして。

……小さな、本当に小さな嗚咽《おえつ》の音が、部室に響いた……気がする。

黒羽は本棚に向かい、声を押し殺して、泣いている、のか？

なぜ、泣く？　これは、なんの、涙だ？

黒羽の思考をトレースオン。親友と決別する理由にあげるほど信頼した相手（俺）がスパイだった。すべての情報が学校当局に漏れた。もうおしまい。やぶれかぶれ。いっそのことすべて壊してしまおう。

スベテコワシテシマオウ。

……つ、つまりこれは、人間誰しも当たり前に抱いている自己愛、分かりやすく言えば、本能的な死への恐怖で泣いているのではなかろうか？

そこまで黒羽《くろは》の思考をトレースしてみて全身に冷や汗が吹き出た。

この部室には、日本に存在する最も危険な書物の一つ、『腹腹時計』が存在する。爆弾の作り方だけでなく、不審がられずに爆薬原料を大量入手する方法までを丁寧に解説した優れたマニュアルだ。テロ活動の。

そんなヤバい本を、学年一位の成績を誇り、無駄に知識と行動力があり、頑固で妥協を許さず、そして進路希望調査票の第一希望に『革命家』とか書く少女が参考にするため、おそらくは読了してしまっている。

その少女は口ではテロを否定してはいたが、そもそも俺には革命家とテロリストの厳密な違いが分からん。ぶっちゃけ、何かを変えようとする人間のことを肯定的に呼ぶ場合は『革命家』で、否定的に呼ぶ場合が『テロリスト』になるだけなんじゃや、ないのか？

そうなると、導き出される答えは一つ。

爆弾。

あの黒羽の目の前の本棚には、中のページがくり抜かれ、そこに爆薬がぎっしり詰まった本が《最後の手段《ラスト・リゾート》》として、仕込まれているのでは？

そして、黒羽はそれを起爆して、自分も俺も部室内《アジト》の証拠も、いや学校全体をすべて木っ端微塵《こっぱみじん》にして灰にするつもり、なのか……？

いや間違いない！　やる気だ！　ほむほむだって『腹腹時計』で爆弾作ってたしあんこだって友達を救うために自爆したじゃないか！

「よせ早まるな!!　お前はまだ若い!!　爆弾はやめろ!!」

もう叫んでいた。俺は椅子を蹴倒しながら黒羽に飛びかかり、彼女を羽交い締めに。

「！」

黒羽が驚き、ビクッと身を強張らせた。反射的に起爆されるのはまずい！

だから俺は全力で爆弾の仕込まれた本棚から黒羽を引き離す。勢い余って黒羽を羽交い締めにしたまま、俺は床に仰向けに倒れた。起爆は阻止した。だから俺は多少の落ち着きを取り戻す。背後から黒羽を抱きしめるような格好で、俺は床に倒れている。体の上には黒羽の細い体。受け身も取れないまま倒れ黒羽と床に思いっきり挟まれたというのにさほど苦しくはなかった。黒羽が軽くて。しかも柔らかくて。控えめだが清潔感のあるシャンプーのいい匂いが鼻腔《びこう》をくすぐる。おかげでもう一段階くらい冷静さを取り戻せた。

そして、俺の腕の中で黒羽はぐすっとわずかに鼻を鳴らす。

「あ、ああ、あなたは、なにを、言って、いえ、なにを、やっている、の……？」

珍しく黒羽がパニクってる。自爆を覚悟していたのだから当然か。

「あ、あのな……それはダメだ。テロに訴えるのは愚かで逆効果。本来味方になってくれるはずの人の支持まで失う。お前が、そう言ってた、ろ？」

「……は？」

いや、俺だってまだパニクってる。でもとにかく黒羽《くろは》を落ち着かせないと。

「さ、さっきの、俺が学校のスパイだとか、そーいうのは嘘《うそ》だ。だから落ち着け、な？」

まだ少しだけ鼻声のまま、黒羽は答える。

「そんなことは、最初から、分かってたわ。私が、高田《たかだ》先生なら、そうするから」

「……は？」

今度は俺が驚かされる番だった。そこにショックを受けていたんじゃ、ないのか？

待て、どれを嘘だったことにすればこの状況を切り抜けられる？

「え、えっと？　お前を、追い詰めたのは、一体……？」

思考がまとまらないままそんなことを尋ねると、黒羽に聞き返されてしまう。

「さっき、あなたは、嘘を、言ったの？」

「あ、ああ……」

「その、本当のこと……いえ、本当に嘘だった部分を、教えて、くれる？」

俺は何をカミングアウトしたかなど頭から吹っ飛んでしまっていた。物理的に吹っ飛ばされる寸前だったのだから仕方ない。いや、それでも、ほとんど本当のことしか言ってない。黒羽《くろは》にショックを与えるためかなり誇張したが、俺は高田《たかだ》先生に黒羽の監視を命じられたし、中禅寺《ちゅうぜんじ》より俺を選んだ黒羽は危機管理能力不足で革命家失格だと思ったし……でも、明らかに嘘だった部分は……

「そ、そうだな……お前と一緒になんていいたくなかったってのは、嘘、か？」

俺の腕の中で、黒羽がピクッと震えた。

「そ、そう。そう、だったのね……良かっ――いえ、何でもないわ。ところであなた、どうして私を後ろから抱いて床に転がっているの？」

「そ、そりゃお前が、自作爆弾を……」

「爆弾……？　さっきから、本当に、あなたは、何を言っているの？」

その時、ドサッと、爆薬の詰まった本が仕込まれているはずの本棚から一冊の本が床に落ち、ページが開いた。

その本の中はくり抜かれてなどいなかったし、爆薬など詰まってなかった。

「爆弾なんて、ここにあるわけが、ないでしょう？」

俺は数秒間、思考停止していた。つーか、当たり前だ。現代日本の高校の部室で爆弾作ってる奴がいてたまるか。

「も、もしかして……あなたは、その、私が、泣いていると思って、自爆しようとしているとか、考えたの？」

うん。やっぱ黒羽は頭がいいな。物分かりが良くて助かる。本当に助か……助からねえ！

で、でも、あの涙は一体？　いや、女子はよく分からんタイミングで泣く生き物だ。

多分黒羽は、中禅寺とあんな口論をしてしまい、泣きたいのを必死に我慢していた。そして俺に皮肉たっぷりに責められてついに泣いてしまったが、それでも涙を見せまいとしていた。ただそれだけ。うん、なんか、すごく健気で健全な女子高生だな。

ところが俺はそれを自爆テロ決行寸前の涙と思い込み、いきなり黒羽を羽交い締めにして本棚から引き離し床に倒れた。俺はアホだ。本物の、アホだ。

そして、黒羽は身体を震わせ（密着してるのでよく分かる）、笑い始める。

「……く、くくっ、まさか、私が爆弾を用意していて、こんなことで自爆テロに走ると思い込むなんて。私よりよっぽど過激じゃない。あなたこそ思考がテロリストよ」

床に倒れた俺の腕の中で、黒羽が容赦なく、それでも本当に無邪気に笑ってる。

対する俺は恥ずかしさで顔を真っ赤にしていた。こんな美少女を抱きしめているのにそれがどうこうじゃない。確かに感触は心地いいが、それ以外の理由で恥ずかしい。いや、もはや恥ずかしいとかじゃない。死にたい。なんか、その、死にたい。

そして、ひとしきり俺を笑った黒羽は、俺に命じる。

「白根君《しらねくん》。私は立ち上がりたいのだけれど、離してくれないかしら？」

……あ、腕に感じる妙に柔らかい部分は胸だったのか。ごめん、全然気にならなかった。

慌てて腕を離すと、黒羽《くろは》は立ち上がり、スカートの乱れを直し始める。

これ、総括を要求されても仕方ないよな。いきなり背後から密着、羽交い締め、床に引きずり倒し胸に触れながら長時間のホールド。アクシデントでパンチラとかそういうレベルじゃねーよ。完全に犯罪だよ。その、もう、総括援助《リンチ》していいよ？

が、残酷な図書部部長殿は俺を見下ろし、もう一度ふふっと邪気なく笑うだけだった。

あ、なんか、その笑顔、すっごく可愛い。だからすっごく恥ずかしい。

「あなたはスクールカースト最底辺で這《は》いずり回っているのだから、せめてここでは床を這いずり回っていないで立ち上がったらどう？」

俺はその命に従わず床を這い、中禅寺《ちゅうぜんじ》専用となっていたソファーにぐったりと顔を突っ伏す。中禅寺の華やかで甘い匂いが染み付いてて俺の精神に平穏をもたらしてくれないかと期待したのだが、残念ながら安っぽいツヤツヤした人工革は無臭だった。

人工革に顔を埋めたまま、呟《つぶや》く。

「……死にたい」

「あなた、あんな必死になって自分と私の命を助けたばかりじゃない？」

「……なあ殺して？」

「いやよ。そんなに命がいらないなら私がもらうわ。いざという時のハンスト要員になってもらう。いえ、抗議焼身でもしてもらおうかしら？」

「……ハンストに、抗議焼身か。餓死とか焼死は、苦しそうで嫌だな……」

俺はソファーに顔を突っ伏したままそう呟き、そして立ち上がる。

ほら笑えよ。俺は「学校にテロリストが乱入して俺を除く全員を道連れに自爆してくれねーかな」とかドス黒いことよく考えてたんだ。そういう思考が頭にこびりついてんだよ。悪いか？　……しかし、立ち上がった俺に対し、黒羽は本当に柔らかく、優しげに微笑む。

さっきの無邪気な笑いもそうだけど、こいつ、こういう歳相応の表情が、本当に似合うな。いつもの雰囲気は大人びてるのに、顔立ち自体はあどけないから。

「助けてもらったわね。実際はなんの危険もなかったのだけれど、気持ちだけ受け取っておくわ」

俺は気恥ずかしすぎて目を逸らし、不貞腐れた感じに吐き捨てる。

「ばっか、お前を助けたんじゃねーよ。お前に殺されそうになった自分を助けたんだ」

それでも、クスッと黒羽はもう一度、微笑む。

「白根《しらね》君、今日はもう、なんだか疲れたわ。死にかけたから。終わりにしましょう」

「あー、そうだな。帰って永遠に休みたいし」

「ところで、この後、時間はあるかしら？」

「まあ、あるにはあるけど……なんか、こう、気を静める時間に当てたい」

「それは後にして」

「なんで？　もしかして自己批判とかしなきゃなんないの？」

すると黒羽《くろは》はかなりためらいがちに、俺に言う。

「いえ。あなたに、お母さんを紹介したいわ」

「……は？」

■

黒羽は徒歩通学だった。そして学校から徒歩で三十分弱。築五十年は経過しているのではないかというくらい外壁が汚れ傷んでいる、トタン張りの小さな平屋。

黒羽はその家の鍵を開け、立て付けが悪い木の引き戸――バールで簡単にこじ開けられそう――をガラッと開けた。玄関も、室内も、綺麗《きれい》に掃除されてはいるが、老朽化は隠せない。はっきり言って、みすぼらしいバラックのような家。黒羽はそこに俺を招き入れる。

「どうぞ、遠慮せずに入って」

「あ、ああ。お邪魔します」

そう答え、靴を脱ぐ。いや、マジで驚いた。本当に、貧乏だったとは。

それにしても黒羽のお母さん、か。どんな人が出てくるのやら。怖いな。バリバリの活動家の方とかだったらどうしよう？　高田《たかだ》先生ではなくお巡りさんに通報？

そして、質素な畳の部屋に上がる。畳も、失礼かもしれないが、だいぶ傷んでいる。ちゃぶ台は綺麗に磨き込まれていたが、傷だらけでかなり古い。そしてやはりと言うべきか、壁には大量の本棚が並んでおり、それでも入りきらないのであろう本がそこら中に積んである。そして部屋の隅には古風な仏壇。

「そのあたりに、適当に座って」

そう俺に言った黒羽はブレザーを脱ぐと、丁寧に皺《しわ》を伸ばしてから壁のハンガーにかけた。制服なんてその辺に脱ぎ散らかしたりする俺とは大違いだ。

そして、黒羽はほんの一瞬だけ迷った様子を見せてから、俺に言う。

「白根《しらね》君、こちらから招待しておいて申し訳ないのだけれど、少しだけ後ろを向いていてくれないかしら？」

「ん？　ああ……」

この家の雰囲気にカルチャーショックを受けていたため、俺は黒羽の言葉の意味を深く考えず、指示されるがままに黒羽から背を向けて座布団に座る。目の前には窓。

するとシュッとタイを抜く音が聞こえた。

その後、ごそごそと、衣擦れの音が続く。

も、もしや……？

そして、窓にわずかに反射する光景を見て俺は驚愕《きょうがく》した。黒羽《くろは》は、制服のブラウスとスカートとタイツを脱ぎ下着姿となり、やはりそれらを丁寧にハンガーにかけていたのだ。

お、男に後ろを向かせただけで着替え始めるとか何考えてんだこいつ⁉　無防備すぎだろ⁉　今お母さん出てきたらどうすんだ⁉

彼女の黒ブラジャーは、ソフトブラっつーの？　ワイヤーとかパッドとか柄とか刺繍《ししゅう》とかが省略された柔らかそうな生地のやつだし、黒ショーツも同様にスポーツ用みたいな感じの地味な物だが、黒羽の綺麗《きれい》な黒髪と、真っ白な肌と、黒い下着の色彩のコントラストはとにかく濃艶で、しかも彼女のほっそりした身体のラインと装飾感のない下着という組み合わせはある意味清楚《せいそ》なもので。濃艶かつ清楚という男殺しの二律背反を見事にやってのけており、――やべ！　何ジロジロ見てんだ俺は⁉

鋼の精神力を総動員して下を向き、窓に映った黒羽の下着姿から目を逸らす。

どうもさ、黒羽はいつも黒下着なんだよ。黒＝地味って感覚か？　それとも自分の苗字が『黒羽』だから黒を選んでんのか？　でも男子高校生からすれば黒い下着とか、その、エロい。目に毒だ。いや薬か？　積極的に確認しちゃいないがブラ透けは見えちまうのだから仕方ない。白ブラウスに黒下着とか透けてくれって言ってるようなもんだし、こいつ色白だから余計目立つし。

あとな『そういや俺の名前「白根」だよな。黒と白の組み合わせって、なんか、その……』とか凄まじく馬鹿な考えが頭をよぎっちまうんだよ。想像力豊か（※きれいな表現）な男子高校生の脳内を甘く見んなよ？

とにかく、俺のいる部屋で勝手に着替え始める黒羽がすべて悪いのだ。俺は悪くねぇ。くそ静まれ俺の、……。何度も深呼吸し心を落ち着けていると、着替えを済ませたらしい黒羽が「もういいわ」と俺に伝えた。何も見なかったふうを演じながら向き直る。

黒羽は、量販店で売ってるような地味なブラックジーンズとグレーの無地パーカーを着ていた。しかも特売ワゴンから適当に選びでもしたのか、若干サイズ大きめで似合ってない。洒落《しゃれ》っ気ゼロの、部屋着みたいな私服姿だ。……まあその、下着姿のインパクトが鮮烈すぎてちょっと残念に思ってしまう自分の下劣さにすごく腹が立つ。

そして黒羽は、仏壇の前に正座すると、手を合わせた。

……彼女が手を合わせる仏壇を見て、俺は、言葉を失う。

ほんの一秒前まで頭の中にあったくだらない考えは、綺麗さっぱり消し飛んでいた。

仏壇には、遺影、というのだろうか？　優しく微笑む女の人の写真が飾られていたのだ。

長い黒髪の、とにかく綺麗な、黒羽に似た顔立ちの、女の人。

……お母さん、亡くなってたのか。

じゃあなぜ『紹介したい』とかよく分からないこと言ったのか小一時間徹底的に問い詰めたいが、間違ってもふざけられる空気ではないので俺は物音を立てないよう注意した。

その遺影は——黒羽《くろは》のお袋さんは、とにかく綺麗《きれい》な人だった。それ以上の感想が出てこない。まあ強いて言えば……

（黒羽を大人にして、大人びた体型に、具体的には胸を大きくして、ついでに——）

「……いくらなんでも、失礼じゃないかしら？」

「ごめんなさい失礼なことを考えました許してください」

目を閉じて手を合わせたままの黒羽が発した冷たいセリフに、俺は全力で謝っていた。

くそ、こいつ空気読めないくせに妙に勘が鋭い時あるな。いや今のは完全に俺が悪いが。

そして彼女は立ち上がり、スタスタと居間と隣接する台所に向かう。

「お茶を淹《い》れるわ」

「あー、その、お構いなく」

「……？　飲みたくないの？　だったらあなたの分は淹れないわ」

「……家にお呼ばれした時の社交辞令的なもんだろ？　出してくれればありがたく頂くよ。そのくらい分かれって」

「分からないわよ。お客さんを招いた経験なんてほとんどないもの。私に意思を伝える時は、曖昧な表現を使わずはっきり言ってちょうだい」

「……はいはい」

短時間に二度も叱られてしまったが、それでも黒羽は機嫌が良さそうだ。ヤカンに水を入れながら鼻歌口ずさんでるもん。意外や意外、家事的な行為が好きなのか？

それにしても……第一印象とか、勝手な思い込みというのは、アテにならないもんだな。

ついこの前まで、俺は黒羽のことを、超金持ちとはいかないまでも、かなり裕福な家のお嬢さんなのだと思い込んでいた。黒羽の立ち居振る舞いに品があるのと、何より、本当に物を大切に取り扱っているからだ。

俺が読んでいたラノベを開いたままテーブルの上に伏せて置いた時など、黒羽はかなり嫌そうな顔をした。そういうの気にしちゃうタイプなのかと思ってシャーペンをしおり代わりにしたら「本が傷むわ。これを使いなさい」と書店のしおりを差し出してきた。

上品に振る舞うように躾《しつ》けられて育ったのかと思っていたが、全然違っていた。

今、コンロの上でカタカタ蓋を鳴らしている、もう何年も使われているであろう古いヤカンを見りゃ分かる。俺のいる部屋の中で着替えてまで制服を脱ぎ、丁寧にハンガーにかけたのも、ただ単に、制服を傷めたくないからなのだろう。

純粋に、あまり物を持っていないから、物を大切にしているのだ。

俺がそんなことを考えていると、黒羽《くろは》は三つ、湯飲みを盆に載せて台所から戻ってきた。

そして彼女は俺の目の前のちゃぶ台に湯飲みを二つ置くと、残りの一つを仏壇の前に置く。お供え物らしい。

そして彼女は母親の写真を見ながら、左手でそっと自らの長い髪に触れ……

「そ、その、ブルジョア的で、論理矛盾してる、と思っていたかしら？」

「いきなり何⁉」

「私が、髪を、伸ばしていることよ」

「だから⁉　それが何⁉」

いやマジで意味分からんもう誰か通訳してくれよ！　しかし黒羽は本当に気まずそうに、自分の長い髪を軽く握って、歯切れ悪く言い訳めいたことを始める。

「か、髪は、短いほうが、進歩的で革命的かもしれないと、思うこともあるわ。でも、長い髪で古風で保守的な女性らしさを演出したいとか、そういうつもりではないの！　ただ、お母さんの髪が長かったから、どうしても真似したくて――」

「いや別にいーんじゃねーの⁉　長い髪よく似合ってると思うぜ⁉」

ドン引きしながらそう叫ぶと、黒羽は「ほーっ」と深い安堵《あんど》のため息をついた。マジでそんなこと気にしていたらしい。……もしかして、だから「お母さんを紹介したい」とか言い出したの？　自分が『ブルジョア的』に髪を伸ばしている理由を俺に知ってほしくて？

……や、やりづれぇ。

やっぱ、ものすっげぇやりづれぇわこの子。価値観が独特すぎて。

あーでも、足尾《あしお》が、黒羽が髪を切られそうになってキレていじめっ子怪我させたとか言ってたな。長い髪を守りたかったのは、お袋さんのことが絡んでたのか。そりゃキレて当然か。こちらに向き直った黒羽に対し、俺は尋ねる。

「……お母さん、亡くなってたんだな？」

「ええ。私が小さいころに」

「その、お気の毒に」

「とても頭が良くて、優しい人だったわ。そこの本棚にある本や、部室にある私の私物本は、すべてお母さんの物よ」

「そうだったの？　あれ、お袋さんの――」

「ええ。量が多すぎて整理しきれなかったのだけれど、あの部室のおかげでやっと片付けることができたわ。暗記するほど読み込んだけれど、お母さんの形見だけは、捨てたり、売ったりしたくないもの」

「……そっか」

ハンストを敢行してまで部活を守り、あの部室に執着したのは、そういう理由もあったらしい。黒羽《くろは》にとって図書部室は、アジトであると同時に、お袋さんの本を預けておける書庫でもあるのか。そんなことを思っていると――

「お父さんとお母さんは、私ができちゃって結婚した二人で、そのこともあって昔から裕福ではなかったのだけれど……」

さらっとすごいこと言ったなこいつ。黒羽瑞穂《みずほ》さんいくらなんでも無防備すぎだぜちょっと注意しろよ。自分の家で男と二人きりの状況で着替えて（事故とはいえ）俺に下着姿を晒《さら》し、挙げ句の果てにできちゃってとか口走んなよななんか意識しちまうだろ？

それでも、俺が努めて平静を装っていると……

「その、つまり、お父さんとお母さんは、できちゃった婚をしたのだけれど」

「なあ相手を困らせること言うのやめようぜ⁉」

「……あなたが何も言わないから、意味が伝わらなかったのかと思ったのよ」

うん、やっぱこいつ絶望的に空気読めないな。良い意味でも悪い意味でも。

「とにかく、それでも、お母さんはいつも幸せそうだったわ。お父さんは経済的余裕があまりなかった――訂正するわ、今もあまり経済的余裕はないけれど、本当に優しいし、好きなことを自由にやらせてくれる人だから。私だって、お父さんのこと、好きよ」

「そっか」

「でも、私は、さくらとは違うわ。私はさくらと一緒にいないほうがいい」

「いや俺はそうは思わないぞ？」

黒羽は確かに変わってるが、家庭の事情なんぞ気にすべき少女じゃない。

進学校で学年一位の学力。並外れた読書量や知識量。俺をランニングで先導できる運動神経。小学校の音楽を習っただけでショパンの最難度曲を弾きこなす音楽の才能。それからなんか意味不明なほどの文才。スペックが色々ぶっ飛んでる。

……頑固すぎるのが玉に瑕《きず》だが。

「いいえ。私のためにも、一緒にいるべきじゃない。私にとってブルジョアは敵のはずなのに、さくらのせいで、憎みきれない」

うん、この頑固さは玉に重傷だし、あっち側の思想に染まっているのは玉に致命的なヒビが入っちまってる。そんな砕ける一歩手前の玉の少女、黒羽は俺に言う。

「どうせ、あなたはさっき、私とさくらの関係を修復しようとしていたのでしょう？」

やっぱ、そのくらい、バレちまうよな。

「……まあ、な」

「余計なことを考えないで。私たちは、これから、さくらたちと闘うのだから」

黒羽は本当に、苦しげに、そう呟《つぶや》いた。

「……ああ。分かったよ」

そう答えたが、俺は粛清覚悟で図書部部長の命《めい》に逆らうことを決めていた。

悪いな黒羽《くろは》。そんな命令は聞けねーよ。こんな顔されて言われちゃな。

出してもらったお茶は、もう飲み干していた。

「そろそろ帰るわ。お邪魔したな」

「そう。……その、大したおもてなしもできなくてごめんなさい」

「いや、十分だ。ありがとな」

そして俺はそのまま立ち上がり出て行こうとしたのだが、思い直す。

「ちょっとだけ、いいか？」

「？」

俺は曖昧な許可だけ取って仏壇の前に正座した。チーンて鳴らすベルみたいな仏具（名前知らん）はなかったので、そのまま黒羽のお母さんに対して手を合わせる。

（娘さんは、ほんのちょっと変わってるけど、俺が知ってる中で一番素敵な女の子っすよ。綺麗《きれい》だし、頭いいし、しっかりしてるし、弱きを助け強きをくじくをガチでやろうと

してるし。……あ、その、偉そうなこと言ってすみません）

そう心の中で黒羽のお母さんに伝え、立ち上がると……どういうわけか、黒羽は口を半開きにして、少し顔を赤くしていた。え、なんか失礼なことやっちゃった俺？

「マ、マズかったか？」

「い、いえ……」

「？」

黒羽はどことなく気まずそうに目を逸らすと、一度咳払《せきばら》いして、俺に尋ねてくる。

「その、今とはまったく関係のないことを聞くけれど。白根《しらね》君、あなた、考えたことを口に出すクセがあるの、自覚してる？」

「……うっそマジで？」

「ええ。本当に、たまにだけれど、そういう時が、あるわ」

「……教えてくれてありがとな」

マジで注意しよう。いろんな人にキレられそうなこと四六時中考えちゃってるもん俺。

しかし……

「……そ、その、ありがとう」

はにかむように、黒羽は微笑んだ。

な、なんでこんないい笑顔で俺に感謝すんの？　やめろよドキッとすんじゃん？

とにかく、妙な様子の黒羽がちょっと怖いので、俺は別れの挨拶をしておいとましようとしたのだが……

「あ、待って。その、やっぱり、私がご自宅まで送るわ」

「……自宅まで送る？」

「え、ええ。私はあなたの指導者よ。あなたの身の安全について、私には責任があるから」

何を言い出すんだこいつは。俺は引きながらも丁重にお断りする。

「いやいやいっつーの。ってか、俺は男でお前は女。送るとか、立場が逆だろ？」

「そういう男女差別はやめなさい！」

「別にしてねーよ！　……とにかく幼稚園児じゃないんだから一人で帰れるって」

すると黒羽《くろは》は一瞬目を逸らし、そして、キッと俺を睨《にら》んでくる。どういうわけか、彼女の顔は赤い。な、なんだ？　男女差別的発言でそんなに怒らせちまったのか？

「……そ、そんなに、私と一緒にいるのが嫌だと言うの？」

「いや、別にそういうわけじゃ、ねーけど……」

だってこの前の足尾《あしお》の自己批判の時なんて、黒羽のせいで職質されて俺が住所氏名学校名控えられたんだぞ？　こいつと一緒にいたほうが逆に色々と危険じゃねーか。あと、黒羽は徒歩だから俺も自転車押して歩くことになるんだろ？　帰り時間が三倍くらいになる。送ってもらうの、普通に迷惑なんです。しかし……

「なら構わないでしょう？　何が不満なの？」

俺は深くため息をつく。そして結局、俺は黒羽と共に彼女の家を出た。

本当に、この女の頑固さ、なんとかならねーのかな。まあ、家に帰るだけなら職質は受けないだろうから、いーんだけどさ……。


自転車を押し、黒羽と肩を並べて広めの通りに出て、俺の家の方向へと歩く。裏通りにある黒羽の家から表通りに出ると、そこはまったく別の雰囲気の街並みが広がっていた。庭付きガレージ付きの高級住宅っぽい家が並んでいるのだ。

そして、黒羽宅から一キロくらいのところに、ひときわ高級そうな家が一軒あった。

周囲を塀に囲まれ、ガレージには高級車が停まっていて、広い庭のある住宅。三階建ての大きな住居はセンスの良い近代的なデザイン。歴史ある古風な邸宅という感じではないが、間違いなくお金持ちの豪邸。

黒羽はその家をちらりと見て、その家を迂回《うかい》するように「こっちを歩きましょう」と呟《つぶや》き、俺を連れて裏通りに入った。黒羽が遠回りルートを選んだ理由は明白だ。あの豪邸の門の表札に『中禅寺《ちゅうぜんじ》』って書いてあんの、見えちまったもん。

同じ小学校だし、やっぱ家自体は、それなりに近いんだな。

「中禅寺と、ご近所さんなんだな？」

「……ええ」

「あーいうお嬢様も、普通の小学校通うのか。私立の小学校に行くのかと思ってた」

「……さくらのお父様は、娘にも普通の感性を持ってほしいと考えていたらしいわ」

「なるほど、な」

その教育方針は成功してる。だって間違いなく黒羽《くろは》より中禅寺《ちゅうぜんじ》のほうが常識人に育ってるもん。

「それでも、さくらは、私とは違う。ブルジョアよ」

「いやそんな違わねーだろ？　お前らなんだかんだで対等じゃねーか？」

俺は間違いなく、お前らの格下なんですけどね。……しかし、黒羽は否定する。

「対等じゃないわ」

「なんでだよ？」

「……お父さんは昔、お母さんの病気の治療費のために、違法業者から借金してしまったのよ。私が小さいころは、取り立てが毎日のように来ていたわ。でも、さくらのお父様が私のお父さんの債権者になってくれた。それ以来、法外な金利も取り立ても無くなった」

「も、もしかして、それって――」

「……私も詳しくは知らないけれど、さくらが、自分のお父様に頼んだらしいのよ。だから私のお父さんは今も、さくらのお父様にお金を返してるわ」

　重い、重ーい話を聞かされ、俺は絶句する。中禅寺と黒羽は、単なるブルジョアとプロレタリアというだけではなく、もっと生々しく近しい関係だった。ラスコーリニコフと金持ちの金貸し女。黒羽はマジで自分を『罪と罰』の登場人物に重ねているのかもしれない。そして黒羽にとって幸か不幸か、金持ち女が優しい友達だから、憎むに憎みきれないのか。

「で、でも、家同士の話で、お前と中禅寺の話じゃ、ないだろ？」

「そうでもないわ。例えば、もし私が成績を落として特待生資格を失ったら、どうなると思う？」

「……やっぱ学費、厳しいのか？　退学とか？　公立高に転校とか？」

「いいえ。厳しくないわ。きっとさくらが自分の家からお金を出すとか貸すとか言い出すから。入学前も、そんなことを言われたもの。……それだけじゃないわ。下手したら、大学の学費まで」

「……」

「そして、きっと私は、その援助を受けてしまう。そうなったら本当に私は負けよ」

　黒羽は、悔しげに俯《うつむ》き、唇を噛《か》んだ。

　世界の支配者は、神様でもなければ独裁者でもなければ合衆国大統領でもない。

『経済』という怪物《リヴァイアサン》だ。社会主義国家は例外なく、その怪物のコントロールに失敗しズタズタになった。自由主義国家はあえて怪物を自由に暴れさせている。

黒羽がどんなに多才でも、そんな化け物に太刀打《たちう》ちできるわけがない。

しばらく無言のまま歩く。すると右手側に、小さな神社に付随するような公園が見えた。

……あ、あれ？　こ、この公園、来、来たことが、あ、あるような……？

そして唐突に黒羽《くろは》は立ち止まり、数秒迷ってから、俺に何も言わずその公園へと入っていく。デジャブのようなものを感じながら、俺も自転車を停め、黒羽の背を追う。

本当にこの公園、来たことが、ある気が――

が、思い違いだったようだ。公園の隅にスタンド式のバスケットゴールがあったのだ。ゴールのある公園なんて珍しい。来たら忘れるわけがない。……しかし、黒羽はどことなく不安そうな表情で、俺を振り向いた。彼女はためらいがちに俺に尋ねてくる。

「その、白根《しらね》君。ここに、来たことが？」

「ん？　いや、多分、ないな」

そう答えると、黒羽は顔をわずかに伏せ小さな声で、何かを呟《つぶや》く。

「……やはり、覚えて、いないのね」

「なんか言ったか？」

「……いえ。ここは、私にとって、大切な場所だから。……小学生のころ、ここで一人で本を読んだりしていいたわ。よく、同級生の男子にからかわれたりも、したけれど」

「お前が屋外で読書？」

太陽光の下で本を読むのはかなり目が疲れる。それに、本も日に焼けて傷む。黒羽はそういうの、かなり気にしそうなのだが……

「借金取りがいつ来るか分からないから、あまり家にいなかったころがあったのよ。それに、どうせさくらか足尾《あしお》さんあたりから、中学校で私がどうだったか聞いてるのでしょう？　友達なんていないし、読書以外にやることがなくて、ここで一人で遊んだりもしたわ」

黒羽はあまり自分を卑下してないが、俺には何も言えん。友達いないの一緒でも、こいつの場合色々と重いんだもん。……すると、黒羽は、ゴールを見つめ、言った。

「そのゴールは、もともとは、さくらの家の庭にあったのよ。中学生の時、さくらが突然ここに移動させたの。ボールももらったわ。私がよくここに一人でいるから、寄付するくらいの気持ちだったのね。……きっと、哀れまれて、下に見られていた」

「別に、下に見られてたわけじゃ、ないだろ？　ただの善意――」

「その善意が、嬉《うれ》しいけれど、悔しいのよ。さくらは部活で練習していたから、ここで私とバスケをやったりしてくれなかった。私は、さくらと勝負することさえできない。ずっと救済されてただけ。こんなの、対等じゃないわ」

悔しげに言った黒羽は、公園の隅に行き、そこに落ちていたバスケットボールを拾った。革ではなくゴム製の安価なボール。女バス用の六号球だ。ここで遊んでる子供の物か？

彼女は両手で空気が十分入っていることを確認し、そして、俺に提案してくる。

「白根《しらね》君。あなたも昔はバスケに打ち込んでいたとか言っていたわね。どう？　私とやってみるつもりはない？」

いやそりゃいくらなんでも勝負にならんだろ。身長の差もあるし、経験の差もある。

俺はこれでもミニバスからやってきた。お遊びでやってた女の子に負けるわけがない。

……が、まあ、少しなら、黒羽《くろは》のプライドを傷つけない程度に手加減して、付き合ってやるのもいいだろう。なんか、黒羽家と中禅寺《ちゅうぜんじ》家の生々しい関係とか、金とか、経済のこととか、考えたくないし。

「まあ、いいよ」

トントン、両手で軽くボールをドリブルする黒羽にそう言い、黒羽とゴールの間に入る。

「舐《な》めてもらっては困るわ」

黒羽からのパス。

「はいはい」

そう答え黒羽にボールを返す。これが開始の合図。……が、黒羽はボールを受け取った瞬間、いきなりセットシュートを打った。そのシュートモーションの素早さに対応しきれず、そしてフォームの完璧さに驚いてしまい、ブロックを試みることすらできなかった。

文句のつけようのない、しかも女子がやるには珍しい、ワンハンドセットシュート。膝をしっかり使うとかそういう基礎的なレベルの話ではなく、足のつま先から手の指先までの全身の筋肉を必要最小限だけ使い、その力を一切の無駄なくボールに伝えるかのような、流麗で隙のないフォーム。こんなシュート、俺にも打てない。

地面の上にラインはないが、おそらくスリーポイントラインより一歩か二歩、外側。よほどロングシュートに自信がない限りシュートを打っていい距離ではない。

それでも、確認するまでもなく分かった。決められた。その予想通り、お手本のような綺麗《きれい》な弧を描いたボールはゴールの中央を見事に抜いた。俺は数秒間硬直してしまう。

「……なんで、こんな、上手いの？」

「舐めてもらっては困る、と言ったでしょう？」

「くそ」

ボールを拾い、俺がオフェンス側に回る。対抗心みたいなものが生まれ、パスのやり取りの後、俺はさっきの黒羽と同じように、即座にセットシュートを打つ。

……外した。しかもリングにかすりもしないエアゴール。攻撃権喪失。

仕方ない。こんなの二十四秒ルール食らいそうな時、半ばやぶれかぶれで打つシュートだもん。それにアレだ、男子は中学からずっと七号球だから、このちっこいボールに慣れてないんだよ。……うん、ちょっと苦しい言い訳だな。

再度、オフェンスは黒羽《くろは》に。俺はさっきのようなシュートを警戒しかなり間合いを詰めて黒羽をマーク。高さは俺が有利だ。いくらシュートが上手くても、打たせなければ――が、失策だった。フェイントも何も嚙《か》ませないごくごくシンプルだが、とにかく速い黒羽の左ドライブで抜かれてしまう。砂地の上でのドリブルは、体育館の床でやるドリブルよりはるかに難しい。しかし黒羽は、完璧なボール捌《さば》きで俺を置き去りにし、悠然と綺麗《きれい》なレイアップを決めた。俺は舌打ちして転がったボールを追う。

「……だからなんでこんな上手いんだよ。ちっくしょう、もう本気でやるかんな」

「最初からそうしなさい。私相手に本気にならないなんて、侮辱しているのと同義よ」

「はいはい、分かったよ」

そう答え、俺はもう手加減なしでやり始めた。そして、お互い得点などカウントしていなかった。こんなのはゲームでもなくスポーツでもない。ただのボール遊びだ。

でも、本当に夢中でプレーしてしまった。今までバスケをやっていて、これほど楽しいと思えたことはなかった。

やっと思い知る。中学のバスケ部で、俺は完璧に失敗したのだ。チームメイトを信頼し、信頼されることができなかった。

ミニバス経験のおかげでレギュラー入れて先輩にちょっと疎まれたから？　隠れオタがバレてクラスで笑い物にされてたから？　単に俺がウザかったから？

……まあ、もう、どーでもいい。

俺は黒羽を信頼してる。こいつは、人に遺書を書かせようとしたり人に自己批判をやらせたり無茶苦茶なことはするが、人を笑い物にだけはしない。断言できる。

オフェンスに回った俺は半ば強引にドライブインしゴール下へ。黒羽も必死に食らいついてきて抜けなかったが、ここまで切り込んでしまえばこちらのものだ。全力で飛び、右でのパワーレイアップを打つ——と見せかけシュートモーションを止め空中でボールを左に持ち替え、若干強引にシュートを打つ。かつて俺が切り札にしていた高難度技術。

ダブルクラッチ。

お恥ずかしい話だが、とにかく見栄えのいい技だから必死に練習したんだよこれ。相手の身長が黒羽くらいならまず確実に決められるくらいにな。フェアじゃない気もするが容赦しない。黒羽はそんなものを望んでない。

彼女は、物理的に絶対に防げないと分かっているはずなのに、俺のダブルクラッチのブロックを試みる。こんなに小柄なのに、こんなに華奢《きゃしゃ》なのに、驚くほどの跳躍力。

シュートは決まったし、さらに見慣れない技に迷ったのか若干強引にディフェンスしてしまった黒羽の右手が俺の左腕に当たったから厳密には黒羽のファール、イリーガル・ユース・オブ・ハンズ。俺はフリースロー一本もらえるのだが、そんなことはどうでも良い。勝ち負けとか、得点とか、余計なことは、すべて忘れていた。

オフェンスに回った黒羽《くろは》のドリブルにスティールを試みながら、すべてを忘れたまま、俺は尋ねる。

「お前、色々言ってたけど、結局中禅寺《ちゅうぜんじ》のこと好きなのか？　嫌いなのか？」

俺のスティールをかわし、ターンムーブで俺を抜こうとしながら、黒羽は答える。

「大好きよ」

黒羽も、余計なことは忘れていたらしい。だから、本音が出たのだろう。

「……そーかよ」

完全にではないが俺を抜き、レイアップを打とうとする黒羽の背に食らいつき、全力で跳んで黒羽の手の上のボールを払う。身長差にモノを言わせた大人げないディフェンス。

しかしブロックされた黒羽は、不満そうな顔ひとつしない。

もう、迷う余地すらない。こんな子が、自分が大好きだと思っている親友を、くだらない意地や思想やプライドなんかのために失っていいわけがないのだ。

黒羽は俺を買いかぶりすぎてる。俺を舐めてもらっては困る。俺は信頼していい奴じゃないし革命戦士の素質もない。もちろん、黒羽に『同志』とか呼ばれる資格もない。

なぜなら俺は黒羽を裏切って、彼女の意地やプライドなど叩き潰してやれるのだから。

とにかく、俺たちはそれ以上、会話もせず、得点も勝敗も時間もすべて忘れ、俺は黒羽とのボール遊びに夢中になり……

そして。

「君たち、この前、公園で演劇の練習してたうちの二人だよね？　高校生は夜十時以降、外出ちゃダメだよ。色々と物騒な事件も起こってるんだし。……念のためだけど、君たちのポケットの中と荷物を確認させてもらっていい？　あと息吐いて？　うん、お酒とかタバコはやってないみたいだね？　それから、今回は君の住所と氏名も教えてくれる？」

時間も何もかも忘れてボール遊びに興じていた俺と黒羽は、あの警官に、再度職務質問を受けていた。

国家権力の犬の恫喝《どうかつ》には屈しない黒羽も、今夜は自分に非があると認めたらしく、大人しく警官の指示に従って所持品検査を受け住所と氏名を教えたのだった。

……結局、黒羽のせいで職質されてんじゃん、俺。

四章

さて、俺の計画を実行するには、まず中禅寺《ちゅうぜんじ》に接触する方法から考えなくてはならない。

相手は別クラスのカーストトップの女王様。どこに行くにも取り巻きが付いて回る。トイレに行くにも、食事に行くにも、学校内で中禅寺は一人にはならないだろう。

なので俺は朝早めに登校し、校門前で待ち伏せることにした。ストーカーみたいだが仕方ない。中禅寺の連絡先なんて知らんしな。

ところで女子の携帯の連絡先手に入れるってのはどうすりゃいいの？　リア充イケメンはさらっと相手の連絡先手に入れるみたいだけど、俺が同じことやると『あいつあたしに気がある』みたいなこと思われかねないし、しかも「あいつに連絡先聞かれちゃった」「うっそマジ？　キモっ」とかいう会話のネタにされそうだし。……自意識過剰か？

まあいい、人付き合いの苦手な中高生にとってＬＩＮＥのグループトークとか残酷だもん。一応俺もグループメンバー入ってんのに、俺が誘われなかった遊びの時の写真と話題で盛り上がってて、おっかなびっくりメッセージ入れても既読無視される。なのにスマホは延々と振動し続ける。夜中もずっとな。安眠妨害はたまったもんじゃないので、ＬＩＮ

Ｅはアカウント削除の上アンインストールしちまったぁよ。まあ、なくても全然困らなかったんですけどね。

しかし、中禅寺を待ち伏せているこの状況では、本ではなくスマホを手にする。バッテリー節約のため画面表示は真っ暗なのだが時たま画面を親指で触ってエア友達とメッセージをやり取りし、『誰かと待ち合わせてます』オーラを発する。僕は友達が少ない。いや、俺には友達がいない。俺を同志と呼ぼうとした革命家はいるがそれは社会的に困る。

まあとにかくエア友達のおかげで不審に思われることはない。ありがとうトモちゃん。

さて、高校前のバス停にバスが到着し、その中からうちの生徒が続々と降りて俺の前を通り過ぎるが無視だ無視。俺の獲物はバスに乗るような庶民ではなく、高級車で送られてくるお嬢様。資本家令嬢の営利誘拐を企てる過激派のごとく、あの高級車が現れないか車道に注意を向けていると――

「白根《しらね》じゃん。おはよ。こんなとこで何してんの？」

俺に声を掛けてきたのは、ギャル風な見た目のフランクなお嬢様、中禅寺さくら。

……あれ？　こいつ、バスで、来たの？

「お、お嬢様？　高級車で送ってもらってるんじゃないの？」

「あたしはバス通だっつーの」

「ほ、ほら、この前の、お抱え運転手さんっぽいのは？」

「あの人はあくまでウチの会社の従業員。車も社用車。普段から乗せてもらえるわけないっしょ？　お父様――パパが会社資産を私的利用してる、下手したら業務上横領やってることになっちゃうじゃん」

け、結構しっかりしてるな中禅寺《ちゅうぜんじ》さん家は。でもすらすらと会社資産、私的利用、業務上横領とかいう単語が出てくる時点でやっぱこの人お嬢様だ。ちょっとビビった。黒羽《くろは》がさらっとアレげな用語使うのと対照的だ。

「で、どしたの？」

「お、おう、そうだった。ちょっとお願いがあるんだが、あの生徒会長さんに内通して、あの図書部とかいう部活、潰してほしいんだけど」

「潰す？」

首を傾げる中禅寺に、俺はその作戦を伝えた。

そして放課後。昨夜、俺と仲良く一緒に職質された黒羽だが、そんなことで動じはしないらしい。あの後、数十枚からなる『革命遂行計画書』を書き上げやがったのだ。何この熱意？　中二病でもここまでしない！

そして彼女は今はその内容を俺にプレゼンしている。

「やはり、暴力はもちろんのこと、イデオロギーを前面に出すのはダメね。思想の色が濃くなると拒否反応を示す人が多いから。でも、私たちの活動はオルグに始まってオルグに終わると言っても過言ではないわ。だから――」

まあ、その内容は俺の頭に半分も入ってこないのだが。

「……白根《しらね》君、聞いているの？」

「ん？　ああ、まあ……」

生返事をしたその時、部室のドアが開いた。

入ってきたのは中禅寺。俺が頼んだ通り、来てくれたか。

黒羽は一瞬驚き、そして機密保持のためか慌てた様子で『計画書』を裏面にひっくり返し、半ば睨《にら》むような視線を中禅寺に向ける。

「さくら、言いづらいのだけれど、もうここには――」

中禅寺はちょっと困った様子で微笑む。

「まあまあ、話だけでも聞いてよ。ここの部活のためにさ」

「ここの部活のため？　どういうことかしら？」

「うん。ここのこと、五色《ごしき》センパイと相談してきた」

黒羽は『公共の敵』の名前を出されてピクッと肩を震わせた。そして、中禅寺に非難の視線を向ける。

「なんてことを。あのファシストに内通――」

「……ねー瑞穂《みずほ》、五色《ごしき》センパイはちょっと厳しいけどいい人だよ？　あんただってちゃんと分かってるっしょ？　なんでそんな目の敵にするの？」

「………………」

あ、黒羽《くろは》、無言になっちゃった。やっぱ、中禅寺《ちゅうぜんじ》を憎みきれないのと同様、あの五色生徒会長さんも『公共の敵』とか言いながら憎めてないいんだな。

ちなみに黒羽にとって中禅寺は親友だけど『階級の敵』。ルールや法令は遵守するくせに警察は『国家権力の犬』。……こいつマジで相手が強者なら誰彼構わず噛《か》み付くんだな。

「で、ここは図書室と一緒で蔵書貸し出し可ってことにすりゃいいじゃん？　って話になった。そういう活動があれば、五色センパイも文句は言わないって――」

「本の貸し出しなんて絶対いやよ。どうせ汚したり返却しない輩が出てくるから」

黒羽は即答した。この反応も予想通りだ。

「じゃあ、部室内なら閲覧可ってのは？」

中禅寺は、俺と打ち合わせた通りのことを言った。この後言うべきセリフも教えてある。

「瑞穂、子供のころから図書館好きだったのに、自分の図書館手に入れたから独り占めしたいってのはわがまますぎじゃん？」

まあ黒羽の場合、ここを活動の拠点《アジト》にするつもりだったからちょっと違うんだけどな。

しかし正論すぎる中禅寺の言葉に対し何も言い返せない様子だ。全部予想通り。

「多分、ここの本とか難しいから誰も来ないと思うし。それでいーよね？」

　本当に、渋々といった様子で、黒羽は答えた。

「仕方ないわね。でもたむろ場にされるのは嫌よ。迷惑行為に対しては断固として――」

「はいはい、そーいうのは五色センパイとちゃんと話して決めて。あ、ケンカ腰は絶対ダメだかんね？」

「……分かったわよ」

　お、おお。あっさりと上手く行った。拍子抜けだ。俺の計画の第一段階は達成された。これで、中禅寺がここに来ても、黒羽は邪険に扱えない。たとえ黒羽が強権行使して中禅寺を退部させたとしても、なんだかんだ言って中禅寺はヒマな時はここに居座るだろうし、そして黒羽はなんだかんだ言って追い出せない。その関係がズルズル続くうち、黒羽も革命だの階級闘争だのへの熱意を失ってただの文学少女に落ち着く。

　さらにこの計画には第二段階が存在する。

　まあ、それは、今後の運次第で達成されるだろう。

「よし。ちょっと待ってて、五色センパイに電話するから、話し合いの時間を決め――」

　そう言って、中禅寺が携帯を取り出した時、誰かが、部室のドアを開けた。

「なー、さくら、こんなとこで何やってんのー？」

よりによって、俺が世界で一番憎んでいる奴が、ここに来てしまった。

中三の夏、あのトイレで、俺のことを「ウザい」「ノバす」と宣言しやがったあの男。藤岡《ふじおか》だ。

中禅寺《ちゅうぜんじ》はそんな藤岡に対して明るく――そう、俺と話す時と同様に――明るく答える。

「おっす、藤岡じゃん。どしたの？」

「いや、さくらがここ入ってくの見えたからさー、うわなにこの部屋やっべー、超本いっぱいあんじゃん！」

黒羽《くろは》は勝手に入室してきた藤岡にイラっとした視線を向けたが、俺にとってはそれどころではない。帰れよ。頼むから。俺の存在に気付く前に。

が、当然のごとくそんな願いは通じない。藤岡は俺に絡んできやがる。

「あれ？　白根《しらね》じゃん？　なんでお前こんなとこいんの？」

「ん？　藤岡、白根と友達だったの？」

中禅寺が首を傾げた。いや、別にこいつ、俺の友達じゃねーんですけど。

「俺、白根と中学のバスケ部で一緒だったんよ」

なんかヘラヘラとした藤岡がそう答えた。――ああ、こいつ、中禅寺目当てで、とにかく親密になりたいから共通の話題が欲しいのね。ウザいな。

「へ？　白根って、中学でバスケ部だったの？」

そして、再度首を傾げた中禅寺に対し、俺は曖昧に頷《うなず》く。

「まあ……」

「なんでそれあたしに言わないのさ？」

そりゃ、この藤岡とかウザい奴がここのバスケ部にいるからだよ。

「……あまり、うるさくしないでもらえないかしら？　今、大切な話をしていたはずよ。そもそもあなたは誰？」

黒羽が冷たい声で、藤岡にそう尋ねた。

「あー、えっと俺、一年六組の藤岡」

「私はここの部長の黒羽瑞穂《みずほ》よ。白根君は部員で、さくらも……今は部員。でもあなたは部外者――」

「へー、さくら、バスケ部だけじゃなかったん？」

「ん、まあ、ね……」

「なら、俺もここの部活入ろっかなー？」

ふざけんな。絶対来んな。何だよ「なら」って。お前の目当ては中禅寺ってことだろ？しかも、藤岡は中禅寺だけでなく、黒羽まで舐《な》めるように見始めた。具体的には、顔とか、うなじとか、胸とか。おいあんまジロジロ見んなよ。減るだろ。これ以上減っちまったらどうすんだよ。どこがとは言わんが。

……というより。その汚い視線で、黒羽《くろは》を汚すな。

「この部活は、あなたは向いていないと思うわ」

自分への汚い視線に気付いているのかどうかは分からんが、藤岡《ふじおか》がカースト上位者であることは察知したらしい黒羽はキッパリ言うが、藤岡はヘラヘラと答える。

「えっと、ここ、何する部活なん？」

「……そうね、本を読んだり、するわ」

「いや、本読むとかバスケに比べたら楽っしょ？」

そう軽ーく藤岡は言ったがちょっとイラッとしちゃったぞ俺。お前『資本論』とか読めんのかよ？　俺も読めねーけど。それに革命の遂行がどんだけ過酷か分かってんのか？下手すりゃ投獄されるんだぞ？

心の中でそんなことを思っていると、藤岡は今度は俺に絡んでくる。

「そーいや白根《しらね》、部活とか入ってたん？　いやお前、クラスで一人っきりで誰ともしゃべろうとしないとか五組の奴に聞いたけど何？　どした？　いやマジでどした？」

う、うぜぇ……。そりゃ、お前みたいに陰で人を笑い物にするような『友達』とか、んなもんいらねーからだよ。が、今度は、俺のクラスでの孤立ぶりを知らない中禅寺《ちゅうぜんじ》が驚く。

「え？　白根、もしかして、いじめられたりしてんの⁉」

「……いや、んなことねーよ。なんか面倒だから、一人でいるだけ」

　ぶっきらぼうにそう答えたが、もちろん中禅寺は納得してくれない。

「い、いや、でも白根、ここにいる時は結構しゃべるじゃん？　なんで？　なんか、クラスで嫌なこととか、あんの？」

「……」

「え、えっと、その、保健室にスクールカウンセラーさんいるし、相談してみたら？」

　……お嬢様にメンタル面を心配されちゃったよ。しかも、それに藤岡まで便乗してくる。

「アレっしょ、白根のオタク趣味のせいじゃね？　お前マジそーいうの卒業しろって。だから中学のクラスでキモがられたんだよ。ラブレター掲示板に貼られたとかあったじゃん？　いやわりい、あの時はマジウケたけど」

　俺はあの時もマジウケてねーようるせーなこいつは。ほっとけよ。

「え、マジ？　白根、そんなことされたの？　いや、それはちょっとそれはヒドすぎつーか、引くけど……」

　あーあ、中禅寺さんが俺の黒歴史知っちゃった。完璧にかわいそうな人を見る目で俺を見てる。そっちのほうがキツいなー。笑い物にしてくれたほうがまだマシだったなー。

　なるほど、な。これ、俺も今知ったんだけど。

黒羽《くろは》がハンストで守り抜いたこの図書部室は、厳格な階級制度が確立された学校の中で唯一、最下層の俺の人権が認められた治外法権の場だったようだ。だから俺はこの部屋では女王様の中禅寺《ちゅうぜんじ》とタメ口で話せていた。

が、藤岡《ふじおか》の乱入で、その治外法権は失われた。もうこの部屋は、スクールカーストという『法』が適用される学校の領土。ここでも俺は、最下層民。

本来、俺は中禅寺に、いや黒羽にだってタメ口を利いたりしてはならない……そもそも話しかけることさえ許されていない、カースト最下層のプロレタリア。

……ったくよ、なんでウザいのがズカズカ入り込んで、簡単に俺の人権を奪ってくの？

まあ、どうにもなんないから、諦めてるけど、さ。

ムカつくが藤岡はカースト上位のリア充組。で、俺のような下層の奴は、こいつらに搾取され続けるしかない。たとえ孤独を選んで最下層でくすぶっていても、今度はそのこと自体を物笑いのタネにされ、時には絡まれて「あいつに話しかけてやった俺超優しい！」という自己満足の道具にまでされてしまう。

俺だって本当は分かってる。多分、藤岡は俺を嫌ってるわけじゃない。俺のことを無意識のうちに格下と見下しつつ、未だ『友達』だとか思ってやがるのかもしれない。

そして今は『友達』の俺を軽くイジリながら、俺が下層でぼっちであることをこいつなりに心配しているのだろう。迷惑極まりないけど。

本当に俺には理解できないのだが、中高生は『友達A』と仲良くつるみながら、別の場では『友達B』と『友達A』のことを笑い物にしたりして楽しむ生き物なのだ。

例えば、あの中三の夏の日。俺がトイレで聞いてしまった陰口。あれもそういうバスケ部の『空気』の中での、何気ない会話の中の軽い冗談だっただけなのかもしれない。

でもな、そういうのをたまらなく嫌に感じる人間だっているんだよクソが。そんな『友達』はこっちから願い下げだ。

と、俺が心の中で失望と屈辱に震えているにもかかわらず、藤岡は続ける。

「それに白根《しらね》、お前中学で不気味なメモ書いてて、それ黒板に貼られたとかあったじゃん？　あの画像ＬＩＮＥで回されてたんだぜ？　お前ヤバいって。イタすぎだって」

……へ、へー。電子の世界でも晒《さら》されてたんだあの中二メモ。どの設定のやつだったかな？　書きすぎたからどれだったかまで覚えてねーんだわ。つーか、中学生にスマホ持たせる社会っておかしい。ガキどもにガチのスパイツール与えて何がしたいの？

「……不気味なメモって？」

しかも中禅寺さくらお嬢様は、どうやら俺の心の闇を本気で心配していらっしゃる。いや、ただの設定っすよ？　俺自身に何か問題があるわけじゃないっすよ？

「たしか俺のスマホにまだ画像残ってたわー。どれだっけな」

最悪、だった。藤岡はスマホを取り出し画像を探し始める。中禅寺はどうやら中二病という病を知らないらしく、俺が本物の病を抱えていると思い込んでる。真剣な面持ちで藤《ふじ》岡《おか》の画像検索を見守っちゃってるもん。

それに藤岡、こいつ中禅寺《ちゅうぜんじ》と、それから黒羽《くろは》の前だから『俺は白根《しらね》より優れてるぜ』『俺リア充だぜ』『俺かっこいい』『俺ＴＵＥＥＥ』をアッピルしたいんだ。超うぜぇ。

……まぁ、中高生がスポーツやったりかっこよく思われる趣味始めたり、あと友達と群れたりすること自体、結局は異性に自分という存在をアピールしたいだけだもんね。

俺に言わせりゃそんなの『不純』だし、そのスポーツやら趣味やら群れてる友達に失礼だと思うんだけど、それが『普通』なんだから仕方ないよね。……クソが。

俺は、すべてを諦めかけていた。本当に、いとも簡単に、色々なものが奪われてしまう。

「お、これだこれだ。白根の書いたヤバいメモの写真。たしか――」

その瞬間。

ドン、とテーブルが強く殴られた。その音の激しさに中禅寺も藤岡もビクッと硬直する。

ちなみにやったのは俺じゃない。やったのは……黒羽だ。

先ほどからずっと無言だった彼女は、冷たく藤岡を睨《にら》んでいた。いや、藤岡だけではない。中禅寺まで睨んだ。この前中禅寺と口論した時の感情爆発とは怒りの質が違う。静かーにキレてる。冷たい怒り。怖い。なんで怒ってるのか分からないけど。

「いい加減黙りなさい、ブルジョアども」

そして彼女は藤岡と中禅寺の二人に対し、凍えるような声で、そんなセリフを吐いた。

「え？　何？　どういう意味？」「な、何？　瑞穂《みずほ》、どした？」

この反応ばかりは藤岡と中禅寺が普通だ。『ブルジョアども』って怒られる高校生とか普通いないもん。でも『ども』とまで付けたとなると、多分、黒羽にとって最大級の怒りの言葉だ。そして彼女は続ける。

「どうも、あなたたちは自覚すらしていないようだけれど、だからこそタチが悪いのよ。私の目の前で堂々と帝国主義的搾取を実行してみせるなんて……」

な、なるほど。そういうことで怒ってんのね。俺がどうこうじゃなくて、強者が弱者を見下したり、笑い物にしたり、自己満足混じりに哀れんだりするのが許せないのか。

でも正直……………黒羽がここまで怒ってくれて、本当に、嬉《うれ》しかった。

「え？　マジどうしたの？　黒羽さん？」「み、瑞穂？　どうしたの？」

逆に藤岡と中禅寺はただただ困惑しているが、黒羽はキッと中禅寺を睨む。

「さくら。さっきの部外者立ち入りの案は断固拒否するわ」

うん、嬉しいけどちょっと怒りすぎだ。中禅寺がここに居座れるようにするという俺の計画に支障が出る。が、俺が何か言う前に、中禅寺と黒羽は言い合いを始めてしまう。

「瑞穂《みずほ》？　あのさ、マジ、なんで怒って――」

「部外者を入れるなんて絶対にいや。あなたならともかく、こんな帝国主義者にお母さんの本を触られるなんてごめんよ」

……多分「こんな帝国主義者」とは藤岡《ふじおか》のことを指してる。

そして帝国主義者こと藤岡はちょっと焦った様子で中禅寺《ちゅうぜんじ》の耳に口元を寄せる。おいおい、中禅寺のあの辺はいい匂いすんだからお前の息で臭くすんなよ？

「お、俺、なんかまずいこと、言った？」「い、いや、あたしも、何がなんだか……」

困惑する中禅寺に対し、黒羽《くろは》がビシッと人差し指を向けて宣言する。

「さくら、やはりあなたも私の敵ね。恩があるからどうしてもそう思えなかったけれど間違っていたわ。革命家は私利私欲に振り回されてはならない。さもないと、手にした武器の威力に酔ってテロリストに成り下がるか、手にした権力の強さに酔って俗物な独裁者に成り下がってしまう」

「み、瑞穂、マジで全然意味分かんないけど熱くなんなっての。お母様の本が大切なら、それは持ち帰ってもらって、とか――」

「……家の本棚に入りきらないのよ」

「なら、あたしの家で預かるよ。いつでも取りに来ていいからさ？　それでいいっしよ？」

災い転じて福となす。

藤岡のクソ野郎のおかげで、俺の計画の第二段階が達成されそうだ。

こうなれば、黒羽と中禅寺が疎遠になってしまうことはない。黒羽が本という人質を中禅寺に送れば、物理的な意味で黒羽は中禅寺と接触せざるを得ないからだ。

友情を壊すのは、喧嘩《けんか》でも仲違いでもない。距離が離れ、接触回数が低下することだ。

なんとなくとはいえ一度疎遠になると元の関係には簡単には戻れなくなる。カップルだって遠距離は自然消滅するって言うし。人同士の絆《きずな》なんてそんなもんだってことだ。

でも逆に、接触している限り、本気で仲の悪い相手でなければ絆は壊れない。黒羽と中禅寺なら大丈夫だ。藤岡に感謝はしないが、そうだな、きな粉を入れた封筒でも匿名で送ってやろうか。いやこいつ炭疽菌《たんそきん》テロとか知らなそうだから心理的攻撃にならねーか。

……が、そんな俺の高度な戦略は、空気の読めない黒羽部長が打ち砕いてしまう。

「私だってもう高校生よ。宝物を人に——ましてや敵に預けたくなんて、ないわ」

お、おいおい。どんだけ妥協できないんだこいつは？

ドン引く俺とは対照的に、中禅寺は本当に呆《あき》れ切った様子でため息をつく。

「……ったく、あんたは、昔っからよく分からないし、しかも頑固なんだから」

「ええ。私は闘うわ。あなたと。これは階級闘争よ」

「な、なんであたしと戦うってことになんの……？」

そして、中禅寺《ちゅうぜんじ》は一瞬、視線を落とし、それから若干引きつった顔で、言う。

「な、殴るとか、蹴るとか、そーいう、こと？」

中禅寺の言葉で、黒羽《くろは》もハッと自分の過去——いじめに暴力で立ち向かったことを思い出したらしい。少し気まずそうに目を逸らした。

「……あなた相手に、そんなこと、できるわけないでしょう？」

「ん。なら、いーんだけど——」

「それでも非暴力不服従の精神で、私はこの部を守ってみせる。ハンスト決行よ」

「ちょ⁉　それはダメ！」

「もう決めたわ。あのファシストやら生徒会やらあなたやら何やら、とにかく邪魔者が圧力をかけ続ける限り、私は何も食べない」

「マジで餓死する気⁉」

「やるからにはそのくらい覚悟してるわ」

「高校生が餓死を覚悟すんなっての！」

いやいや中禅寺さくらお嬢さん、高校生じゃなくても普通は餓死を覚悟しないぞ？

しかも中禅寺は重大なミスを犯してる。ハンストという手段は、敵側である中禅寺が黒羽の身を心配するからこそ、さらに有効になってしまうのだ。『勝手に餓死すればいーじゃん？』とか言われたらおしまいだけど。

と、とにかく、謎の正義を貫いている黒羽の怒りは、俺が藤岡《ふじおか》と中禅寺に『下』と見られたのが発端になってしまっている。さらにはこの部活を潰す（部外者を入れる）算段を考えたのは俺。さすがに責任を感じるので俺も黒羽のハンストは止めようと動く。

俺のせいで黒羽が倒れたり餓死したり、身体の特定部位がこれ以上やせ細るのは見ていられない。あと、俺のせいで黒羽が中禅寺を敵視する流れは……本気で勘弁だ。

やめてっ！　俺のために争わないでっ！　……マジでお願いします。

「な、なあ、中禅寺、とりあえず俺と黒羽の二人にしてくれ。こいつの頭冷やすから」

「白根《しらね》君、反逆する気？」

「お前はとりあえず黙っててくれ」

すると、中禅寺は深いため息をつく。

「……白根、頼んだよ？」

そして中禅寺は、意味不明な展開に付いていけず呆然《ぼうぜん》としている藤岡を連れ、部室から出ていった。部屋で黒羽と二人きりになった俺は黒羽の説得にかかる。

「ハンストはやめとけって。体に悪いぞ？　お前、まだ成長の余地ありそうなのに……」

ただでさえほっそりとしてんのに、これ以上ほっそりしちまったらどーすんだよ？　どこがとは言わんが、具体的には胸……

「他人事のように言っているけど、あなたも私と一緒にハンストするのよ？」

「なんで⁉」

「私の指導下にいるのだから、当たり前でしょう？」

「当たり前じゃねえよ……」

つーか、こいつはあくまで『指導者』を名乗るんだな。ラノベの部長ヒロインは部員を犬とか奴隷扱いしてこき使うのが定石だが、こいつにとって部員は『自分が導きはするがあくまで共に闘う同志』というわけか。……大きなお世話だ。

「あのなお前……ってか、さっきからなんでそこまで怒ってんだよ？」

「それは……その……あなたが……」

目を逸らした黒羽《くろは》は、小さな声で何か呟《つぶや》いた。少し顔が赤くなってる。俺に指摘されて、自分が感情むき出しだって気付いて恥ずかしくなったか？

しかし、一度彼女は咳払《せきばら》いすると、いつもの真剣で真っ直ぐな視線を俺に向ける。

「あなた、あの男にあんなふうに下に見られて悔しくないの？」

悔しくない、と言ったら嘘《うそ》になる。でも悔しさは一時のことだ。すぐ気にならなくなる。

もうあいつは友達でもなければチームメイトでもない。それに俺には特殊能力《精神勝利法》がある。心の中でなら、あいつにいくらでも勝てる。

それをなんと伝えればいいのか迷っていると、黒羽はさらに尋ねてくる。

「あなたはスクールカーストにおいて最下層階級かもしれない。でも、上層階級の人間に、ただその階級だけを理由に侮辱され、見下され、哀れまれ、自己満足の道具にされた。こんな搾取を受けてどうして平気でいられるの？」

ほんとに、妙に熱い革命精神——いや、妙に透き通った正義感だ。

でも、誰でも、正しいからって付いていけるわけじゃない。俺はため息をつく。

「何言われようが搾取されようが、心の中で勝ったことにすりゃいいんだ」

それが大人ってもんだろ？　そうすりゃ、誰も傷つかないしな。

が、黒羽は一瞬口を半開きにして驚き、それから俺を叱責するような視線を向けてくる。

「……『阿Q正伝《あキユーせいでん》』の『精神勝利法』のつもり？　あなた、情けなくないの？」

やっぱり、当然といえば当然だが、こいつは、俺の特殊能力の元ネタを知ってたか。まあ、黒羽が好きそうな作品だもんな。

『阿Q正伝』は、魯迅《ろじん》の書いた、社会風刺小説だ。

昔々、あるところにQさんという男がいた。

彼には知恵も無く、力も無く、金も無い。負ける要素しかない。しかし彼は心の中で現実を捻じ曲げ自分が勝ったことにする『精神勝利法』を実践してプライドを保っていた。

そんな時『革命』が起こる。Qさんは『革命』というのが何なのかよく分からなかったが、便乗すれば現実で勝者になれそうな気がしたので勝手に『革命』側につくことにした。

まーそんなことしてたら、Qさんは正規革命軍に強盗容疑で捕まってしまう。無実の罪なのだが頭の悪い彼はロクに弁明できず、処刑されてしまいましたとさ。ちゃんちゃん。どうしようもなく馬鹿で、救いようのない男の話。

それでも俺は、Qさんを、ただの愚かな人間だとは思わない。だから黒羽《くろは》に問う。

「Qさんは負けっぱなしだったけど、心の中では誰にも負けなかった。そうやって生きて何が悪い？　ぶっちゃけ大人はみんな、多かれ少なかれQさんみたいに生きてるぜ？」

さすがの黒羽も、今回ばかりは完璧に俺に幻滅したのか、本気で呆《あき》れ切った様子でため息をついた。まあいい。いつか失望されるだろうと、覚悟はしてたのだ。

……が、黒羽は、もう一度、真剣な視線を俺に向けてきた。

「ずいぶん独創的な『阿Q正伝《あキユーせいでん》』の解釈ね。まあいいわ、あなたがどんな思想信条を持っていようと構わないから。個人の言論や思想は自由よ。……ただし、図書部員として私の指導下にある以上、何かやる前から負ける気になってる敗北主義は許さない。付いてこれないなら退部届を出しなさい」

付いてけねーよ。だからってハンストは嫌だって。……そう思ったのに、口にすることができなかった。黒羽の瞳が透き通りすぎていて。

でも、それが怖かった。黒羽は、俺なんかのために本気で怒りハンストを敢行しようとしている。こいつ、マジでくだらないことに熱くなってそのうち死ぬぞ？

「俺のことは、今はどうでもいい。とにかくお前はお袋さんの本を中禅寺《ちゅうぜんじ》に預けろって。なんでこんなことで意地張るんだよ？」

「プライドがあるからよ。私はブルジョアの慈悲になんてすがりたくない。だからあなたも自分を搾取してるあの男に抵抗してみせなさい」

「……ムカついたからってハンストしても、ぶっ倒れて救急車呼ばれるだけだぞ？　こんなことしたって、スクールカーストなんて変わんねーよ。お前だって、本当は、分かってるんじゃないのか？」

「そうね。現実は簡単には変えられないわ。学術的にスクールカーストを研究している教育学者ですら、この構造を変えることは不可能だとか論文に書いていたもの」

「……そこまで分かってて、どうして変えようと思うんだ？」

「こんな階級制度は間違ってると本気で思うからよ」

「そりゃ、お前の言い分は正しいと思う。でもそれは正しいだけだ。現実味がない」

「かもしれないわね。それで？」

どうも黒羽は、俺の言いたいことが分かってないらしい。だからはっきりと黒羽に言う。

「つまりお前は、できもしないことを夢見るただの理想主義者ってことだろ？　白馬の王子様を信じる脳内お花畑の女の子と一緒じゃねーかよ」

すると、黒羽《くろは》はわずかに首を傾げ、そしてきっぱりと言い切る。

「私が、できもしないことを夢見るただの理想主義者？　白馬の王子様を信じる脳内お花畑の女の子と一緒？　……その通りよ。だから何なの？」

俺は、絶句した。かなりキツいこと言ったつもりなのに、こんな堂々と認められるとは。

するとと黒羽は、ほんの少しだけ表情を柔らかくして、続ける。

「そんなに人の視線が気になる？　笑い物にされるのが怖い？」

「……怖いっつーか、なんか、そういうの、嫌なんだ」

「私はあなたを見てるけど、笑い物にはしてないわ」

「！」

「それに、あなたが諦めずに不当な搾取に立ち向かおうとする限り、私はあなたを見捨てはしない。だから敗北や屈辱を恐れず立ち上がりなさい、スクールカースト最下層のプロレタリア」

一瞬、黒羽の姿が、俺をスクールカースト最下層という地獄から救い出してくれる天使に見えてしまった。……その翼の色は、天使っぽい純白ではなく、『黒羽』の名の通りの漆黒でもなく、真っ赤だし、しかも『片翼の天使（左の翼のみ）』だったのだけれど。

でもなんだ？　この、黒羽の言葉を聞いていると湧き上がってくる安心感は。

こんな無茶苦茶な扇動《アジテーション》で心動かされてしまう俺が薄っぺらいだけなのかもしれない。それでも、俺は……

ぶっちゃけ、黒羽は正しいが間違ってる。こいつは俺のようなカースト下位の連中など見捨てて親友の中禅寺《ちゆうぜんじ》と仲良く遊び、あとは本読んで小説書いてピアノでも弾いて勉強して、経済的にキツいなら奨学金とか取って医大でも目指すべきなのだ。

なのだけれど……すまない黒羽、俺は、聖者になれない。まだ自分を捨てきれない。お前の（赤）色に染められたくはないが、その、お前に見捨てられたくも、ないんだ。

心揺さぶられている俺に対し、一度視線を落とした黒羽は、トドメを刺してくる。

「それに、私にとっても、今回ばかりは譲れないわ。今度こそ、私はさくらに勝利する。要求を飲ませてみせる。……さくらに哀れまれたり、助けられたり、救われたり、援助されたり、そんなのはもういや。勝ちたいのよ。勝って、さくらに対等な友達だって認めさせたい。だからお願い。あなたの力を貸して」

くそ。こんな真剣な黒羽の目で、こんなこと言われたら、もう、迷う余地がねーじゃん。

俺は、自分が馬鹿なのは分かっているが……

「……その、分かった――」

「そんな曖昧な言葉ではなく、これから自分がどうするのか、はっきりと言って」

強く促され、一度深呼吸して、禁断の言葉を口走ってしまう。

「お前と一緒に、闘う」

……無茶苦茶恥ずかしかったけど、最高に気分が良かった。

そして、黒羽《くろは》は満足げに微笑み、頷《うなず》く。

「よろしい。私に付いてきなさい。あのブルジョアどもを入れて。宣戦布告するわ」

《片翼（左）の赤い天使》の加護と導きを受けてしまった俺は、彼女の指示に従いドアを開け、外に待たせていた『ブルジョアども』を部室に入れる。

「うーし、白根《しらね》、なかなかやるじゃん。頑固者の瑞穂《みずほ》を説得するなんて」

腕を組んでため息混じりにそんなことを呟《つぶや》きながら部室に入ってきた中禅寺《ちゅうぜんじ》と、なんだかよく分かってない間抜けな表情の藤岡《ふじおか》に対し、黒羽はビシッと指を向けて宣言する。

「我が図書部は、権力や強者に対して一歩たりとも譲歩しない。現時刻をもって、私たち二人は図書部の自由と自治の侵害に抗議し、ハンガーストライキを決行するわ。白根君、今から水と塩以外は口にしないように」

「ちょっ⁉」

驚く中禅寺を無視して黒羽に確認。

「な、なあ？　俺が倒れたら責任取れよ？」

「ええ。もちろんよ。あなたが死んでもその犠牲を無駄にはしないわ」

あ、介抱してくれるとかじゃなくてそっち方向に責任取るのか。前向きだなー。自分が倒れる時も前向きなんだろーなこいつ。目に一切の迷いがねーもん。

「白根⁉　なに簡単に洗脳されてんの⁉　絶食とか馬鹿じゃん⁉　瑞穂だってこの前ぶっ倒れたばっかなのに何考えてんの⁉」

「一週間何も食べなかったのだから倒れても仕方ないでしょう？　それでも病院に送られる前に保健室から逃げたわ。まるで私の覚悟が甘かったみたいなこと言わないで」

「んなつもりで言ってないっつーの！」

「とにかく、さくら。あなたが図書部の活動について口出ししないと誓うか、私が死ぬか、どちらかね。白根君、新聞部に行って記者を連れてきて。今回は徹底的にやるわ。教師もあの生徒会長《ファシスト》も生徒会も二度とここに干渉できないよう、ハンストを全校に宣言する」

うっわー、最初から逃げられる雰囲気じゃなかったけど完璧に逃げられなくなっちまったなー。現代日本の高校でハンスト宣言とか冷静に考えりゃマジでイミフだし。親に連絡行くんじゃねこれ？　あと高田《たかだ》先生に殺される。あの五色《ごしき》生徒会長さんにも睨《にら》まれる。

で、でも黒羽の目がマジだから断るに断れねえ。しかもこいつ、俺が下に見られて笑い物にされたことに対してここまで怒ってくれてるんだし。……くそ、こうなりゃヤケだ。

「新聞部の部室ってどこにあるんだ？」

「いやだからダメだって！　あんたたち、本当にお父様――パパの知り合いの先生の病院に――」

「なあ中禅寺《ちゅうぜんじ》。いちいちパパって言い直さなくても良くね？」

もう心が決まっちゃってるので、俺が前々から気になっていたことを指摘すると、

「うっさい！」

あ、ギャルなお嬢様にキレられた。いやでもさぁ……

「さくら。あなたの容姿や服装で『パパ』と言うとお父様とは別の男性がイメージされかねないわよ？」

ありゃ、俺が言いたかったことを黒羽《くろは》が代弁しちゃった。うん、まあ、そうだよね。

それを指摘された中禅寺お嬢さんは顔を真っ赤にして再度、キレる。

「み、瑞穂《みずほ》もうっさい！　とにかくあんたら何考えてんの!?　もうマジで頭診てもらわなきゃ――」

それでも黒羽は怯《ひる》まず中禅寺を睨《にら》む。

「ごちゃごちゃうるさいわね、成金《プチブル》」

「……？　プチ、ブル？　って何？」

おいおい中禅寺はプチじゃなくてモノホンのブルジョアだろ？　あと、そういう分かる人にしか分からない罵倒語使うのやめたほうがいいぞ？　罵倒されたはずの中禅寺、あんまピンと来てないみたいだし。

「とにかく、第三者による私たちの自由と自治と活動への干渉は許さないわ。さくら、まずあなたに誓約書を書いてもらう。それからあの生徒会長、ファシストに――」

「絶対に書かない！　書いたらハンストとか馬鹿な真似すんの認めるってことでしょ⁉」

「残念ね。あなたが誓約書を書くまで、私と白根《しらね》君は何も食べないわ」

う、うん。俺の場合、誓約書ではなく遺書を書いといたほうが良さそうだな。

「こ、この、頑固者――」

中禅寺は顔を引きつらせながら黒羽を睨むが、黒羽もキッと中禅寺を睨み返すばかりだった。

この学校には、学校敷地から少し離れたところに、補助的に使われるグラウンドがある。テニスコートとか野球場とかそういうのが集まってるのだ。バスケのハーフコートもある。

そこに俺たちは向かっていた。

「なー、さくら、なんでバスケすんの？」

「……実はあたしもよく分かってないんだけど、とにかくお願い」

俺たちの前を歩く、オツムの弱い藤岡《ふじおか》と、とにかく黒羽《くろは》のハンストを止めたい一心の中禅寺《ちゅうぜんじ》がそんな会話をしている。二人ともバスケ部用のジャージ姿。

結局、黒羽と中禅寺は「ハンストする」「させない」の謎の言い合いの末、なんかよく分からないうちに「じゃーバスケして。こっちが勝ったらハンスト禁止」「望むところよ」という流れになり、バスケで勝負することになったのだ。

黒羽が勝ったら中禅寺は図書部への干渉をやめるという誓約書を書く、中禅寺が勝ったら黒羽はあの部室に部外者入室を許可するという妥協案を飲む。そういう取り決めだ。

隣を歩く学校指定ジャージ姿の黒羽に俺は尋ねる。

「負けたらどーすんだよ？　潔く部外者入室を許可すんのか？」

向こうはバスケ部員。こっちはブランクのある俺と、個人技はあっても試合経験のない黒羽。……これ、負けるぞ？　なんでこんな不利な条件で――

「甘いわね。負けた時こそ開き直ってハンストで抵抗してしまえばいいでしょう？」

な、なるほど。……その不屈すぎる諦めの悪さはどこから来るんだ？

が、そんな俺と黒羽のやり取りを聞いた中禅寺が怒りの形相で振り返る。

「聞こえてるっつーの！　うちらが勝ったらハンストしないって約束でしょ！」

そりゃそうなるわな。が、黒羽は堂々と中禅寺に言い放つ。

「あなたに禁止されても、私はやるわ」

「んなことしたら高田《たかだ》センセとか五色《ごしき》センパイとかに色々言って、本当に廃部に乗り出してもらうからね⁉」

「こ、この、権威主義者――」

「よく分かんないけどうっさい！　自分を痛めつけるようなこと、絶対許さないから！」

うん、やっぱ、中禅寺さくらお嬢様は常識と良識をお持ちですな。

そして今この瞬間、敗北が確定してしまった。くそ！　中禅寺は意外なほど大人だから「黒羽の気持ちを汲《く》んでギリギリのところで負けてくれね？　今後あいつがハンストとかやっても俺が止めるから」とかこっそり頼めば負けてくれそうだったのに！

まあ、負けてもいいか。負ければ黒羽だってさすがに折れる。大人しく、中禅寺の家に宝物の本を預けるだろう。多少の確執はあってもこの二人は大丈夫。なんだかんだ言って仲良いもん。俺と藤岡とは違う。なのだが……

「負けるわけにはいかなくなったわね。これは私たちにとってのモンカダ兵営攻撃――」

「それ、失敗して全滅した作戦だよな？」

「で、ではラ・プラタ駐屯地攻撃作戦。革命への第一歩よ。なんとしてでも勝ちましょう」

……俺の本来の目的――黒羽に『革命』など諦めさせて中禅寺と仲直りさせる――のた

めなら、負けてもいいのに。黒羽《くろは》の横顔を見ていると、こう思ってしまう。

勝ちたいな。

それに俺のためにも、勝ちたい。あの部室にカースト上位者連中がズカズカ入ってきて人権を踏みにじられるのは、もう、嫌だ。

たどり着いた補助用屋外バスケコートは、バスケ部員が自主練に使ったり、部外者のリア充が遊びでゲームしたりしているようだ。といっても、コート脇でダラダラしておしゃべりしてる連中のほうが多いな。ここは男バスも女バスも強豪じゃねーしこんなもんか。

中学の時の俺がこんな光景見たら苛立ってただろうが……残念ながら、俺はもう、そんな奴じゃない。だから俺は黒羽に聞く。

「お前は簡単に『なんとしてでも勝つ』とか言うが、どーも俺には勝てる気がしない。だからお前のように諦めが悪くなれる方法、教えてくれ」

「とにかく『精神勝利法』とか情けない考え方をやめて、自分がただの弱者だと認めなさい。弱者であることは恥ではないわ。でもその現実から目を逸らしてるのは恥よ。現実を見るのよ」

手厳しい黒羽の命令に従い、俺は現実を、敵チームを、見る。

今から俺たちと勝負しようというその連中は、もうすでに勝った気に……いや違うな、ゲーム以前に、学校という場所を楽しめるかどうかで、俺は負けてる。

連中は毎日毎日、学校で面白おかしく楽しく過ごしてる。俺のようなカースト下層の人間はそんな上位者の視線に怯《おび》え、目立たぬよう、息を潜めてこそこそ生きるしかない。どう考えても負けている。そして今後三年間、負け続けることが予定されている。

「なんかさらっと死にたくなるくらい悲観的になったけど現実は見たぞ。で、その後は？」

「どうもあなたは完全にねじ曲がっているから、荒療治が必要ね。『心の中に暴力があるならさらけ出しなさい。非暴力とかいう言葉で無気力を隠すよりずっとマシよ』」

「……何その過激思想？　誰の言葉？　ゲバラ？」

「ガンジーの言葉よ」

嘘《うそ》だろ？　ガンジーって、その『非暴力』の人じゃないの……？

衝撃を受ける俺に対し、黒羽《くろは》は続ける。

「もちろん物理的な暴力は逆効果だから認めないけれど、心の暴力をさらけ出すことなら許すわ。今は、身勝手な理由でもいいから怒ってみなさい」

……身勝手な理由でもいいから怒ってみなさい、か。

俺は目を閉じて深呼吸。いつもの《精神勝利法》とは別の暗示をかける。

スクールカースト上位者への怒り……いや、僻《ひが》み。それに自分の心を任せた。

リア充ども。連中は学校の支配者だ。空気を読むどころか、自分自身が空気になれる。

そして学校という閉鎖空間において彼らは法そのものになる。

奴らは、何か失敗しても、テストで赤点を取っても、部活でミスしても、遅刻しても、教師に怒られても、何をしても絶対に好意的に評されるのだ。

それだけじゃない。明らかな不正行為が発覚してもなぜかリア充は温情的に処分される。

この前の数学の小テスト中、クラスのリア充野郎がカンニングして、バレて、そいつは授業後、説教のためどこかに連れて行かれた。まあ別にカンニング自体を咎《とが》めるつもりはない。俺だって胸を張れるほど公明正大に生きてるわけじゃないしな。

しかしその後、教室で誰一人としてそいつの悪口を言わなかった……いや言ってはならないというような『空気』になっていたのは許せない。もし俺のような奴がカンニングしてバレでもしたら、許されざる罪を犯した重罪人として扱うくせによ。

『法の下には誰しも平等』という法治国家の根底概念すら、スクールカースト上位のリア充組は、いとも簡単に捻じ曲げてしまうのだ。

連中は言う。「ウチらのクラスってめっちゃ仲良いよな！」と。バカか。それはクラスのカースト上位者約十人が仲良いだけだ。俺は仲良くねーよ。教室中に響く声で下位者やぼっちを見下して物笑いのタネにしてるくせに何が「仲良い」だ。ふざけんな。

奴らは暴君。人権無視の独裁政権。帝国主義的搾取の実行犯。恥知らずの収奪者。

俺の、いや、俺たちの、階級の敵。

「勝てるわね？」

もう一度、黒羽《くろは》がそう尋ねてきた。俺はもう一度深呼吸して、答える。

「……ああ。勝てる。カストロとゲバラは、たった十人ちょいでゲリラ戦始めて独裁政権を倒した。それに比べりゃ学校の革命なんてチョロい」

キューバ革命が本当に良かったのか、正しかったのか、俺には分からないけどな。最近、宿敵アメリカとあっさり国交回復したみたいだし。まあとにかく、俺の、これ以上ないほど非論理的な精神論に対し、黒羽がくすっと、しかし本当に嬉《うれ》しそうに笑った。

「あなたも、やっと革命家として目覚めたようね」

「……ばーか。俺は薄っぺらいからな、お前にオルグされちまっただけだよ」

「いいえ。もともと素質があったのよ。きっと、昔から」

「……そりゃどーも」

そして黒羽はコート内を一度見回し、それから中禅寺《ちゅうぜんじ》のところに向かう。

「さくら。ゲームは二対二ではなく三対三にしたいわ」

「え？　まあ、いいけど……？」

おいおい何を言い出すんだ黒羽、余計不利になっちまうぞ？　中禅寺だって俺と同感なのか首傾げてるし。しかし黒羽は迷わず踵《きびす》を返すと、隅の方のゴールで黙々とロングシュートの練習を続けていた一人の少女——足尾《あしお》に近づいて、声をかける。

「足尾さん」

「く、黒羽さん⁉」

「もう、練習もできるようになったのね。色々と、大丈夫だった？」

「は、はい……その、怪我の痕も、消えるって……病院の先生が」

「そう。良かったわ」

「その、本当に、ありがとうございました！」

「頑張ったのはあなた自身よ。私は扇動《アジテーション》しただけ。気にしないで」

「……？　あ、あじ、てーしょん？」

「なんでもないわ。ところで、今は私が……いえ、もちろんあなたに比べたら大した問題ではないのだけれど、窮地に陥ってるの。力を貸してくれないかしら？」

「も、もちろんです！」

「ありがとう。助かるわ」

なるほど、ね。足尾を自分のチームに入れたかったから、三対三にしたのか。

はっきり言って戦力としては心許ないし勝てる可能性がさらに下がった気がするが、俺も反対はしなかった。だってキラキラした感じの女バス部員が黒羽と足尾に「何あいつら？」的な視線を向け、ヒソヒソ何か話してクスクス笑ってんだもん。どーでもいいけど……なんか、ムカつくな。何がそんなにおかしいんだよええ？

　さて、中禅寺《ちゅうぜんじ》はあっさりとキラッキラした感じの女バス部員を一人スカウトし、それからなんかやたら爽やかそうでイケメンの男子部員に審判を頼んでいた。だから俺は黒羽《くろは》を連れ、中禅寺とそのイケメンのところに行く。中禅寺との会話から察するに、名前は高崎《たかさき》と言うらしい。

「三対三か。じゃ、ストリートのルールでいーの？」

　そう高崎というイケメンが聞いてきたが、公式ルールなど知らないらしく首を傾げた黒羽に対し、俺は「言え」と促す。

「私は体育でしか試合したことがないわ。細かいルールはよく知らないのだけれど」

「じゃ、秒ルールとかはナシにして、なんとなく常識の範囲内で守るとか？」

　高崎、というイケメンはそんなことを黒羽に提案した。俺はこの流れに乗じて少しでもこちらに有利なルールに変更しようと試みる。

「それだとあんたが大変そうだし、十点先取で時間制限なし。あと、一対一と同じで、ディフェンス側がボール取ったら攻守交代するとかのほーがいいんじゃねーのか？」

「……そうだな、ストップウォッチ見ながら審判とかキツいし、そっちのほうがいいか」

　よし。これで少しは有利になった。足尾《あしお》はスタミナが弱い。休める時間が増えるのはかなりのアドバンテージだ。あとその休み時間に、俺が二人に指示を伝えられる。

かといって勝つ見込みは薄いのだが。それでも、なんとしてでも、勝つ。

「あとハンデくれ。こっちは素人がいるんだ。俺らのオフェンスからでいいか？」

「ハンデなんていらないわ。正々堂々――」

「いいよな？」

黒羽の言葉を遮ってそう聞くと、高崎は「いいんじゃないか？」と笑って頷《うなず》いた。なんか、やたらめったらかっこよくて爽やかでいい奴っぽいな。ま、イケメンだしモテそうだから俺は無差別に敵と見なすけどね。ちなみに中禅寺だってバスケ部員としてプライドがあるだろう、さすがに「ハンデ」に文句はつけなかった。

これでいい。俺が黒羽をわざわざ素人と呼んだことで、中禅寺の心に油断が生じたろう。これで奇襲が可能になったはずだ。

とりあえず、黒羽に最低限と思われるルールだけ教える。

「オフェンスはゴール下の台形の中に三秒以上留まれないから、それだけ注意してくれ」

「意外と、窮屈なルールなのね。ほかには？」

「あとは……昨日みたいにやってくれりゃいい」

「分かったわ」

さーて、ゲーム開始。

俺のマークは藤岡《ふじおか》、黒羽のマークは中禅寺、足尾のマークは中禅寺チームのキラキラしてる女子部員。黒羽《くろは》ボールでのスタート。

そして。黒羽は開始合図のパスを受けた瞬間、一回のドリブルでゴールに距離を詰めつつ中禅寺《ちゆうぜんじ》を引き離し急停止。スリーポイントラインの約一メートル外側で、あのロングシュートを打った。ボールはリングの内側に当たったが、それでもゴール。

目論見通りに決めてくれた。奇襲成功。開始一秒も経っていないうちの先制スリー。昨日の、公園での俺との一対一の時と同じだ。中禅寺が驚愕《きようがく》している。

「ま、まぐれ、だよ。落ち着いて……」

黒羽の早業にブロックどころかマークをほとんど外してしまっていた中禅寺は自チームにそんなことを伝えている。いや、それ、まぐれじゃねーんだって。

攻守交代し、今度は中禅寺ボールのスタート。

やや動揺気味の中禅寺は、左サイドからゴール下にカットインした藤岡《ふじおか》に放物線状の鈍いロングパスを出す。どうしたんだ中禅寺？　いくらなんでも動揺しすぎだぞ？　俺は堂々と藤岡のマークを外れ、パスコースの中間で跳んで難なくカット、ボールを奪う。

あ、中禅寺がまた驚いてる。そ、そっか、俺も素人に近いレベルだと思われて油断されちゃってただけか。うん、ほんのちょっと複雑だけど、俺たちのオフェンスだし、３－０で押してるし、べ、別に俺、そのくらいでショック受けたり、しないし……。

気を取り直して俺は黒羽にボールを渡しながら「もう一度、昨日みたいに」とアイコンタクト。それだけで、彼女はしっかりと頷《うなず》く。

そして依頼通り、黒羽は昨日のようにやってくれた。ロングシュートを警戒してかなり間合いを詰めた中禅寺を鋭いドライブで抜いた彼女はゴール下に切り込む。

が、相手はバスケ部。藤岡ともう一人の子もすかさず中禅寺のカバーに入る。やっぱそんな甘くないか。俺は黒羽に「いったん戻せ」と右手を上げる。

しかし黒羽は俺のサインを無視して強引にゴールに突っ込み、強引に跳び、レイアップのモーションに入ってしまう。確実にブロック食らうような無理矢理なシュート。

仕方ない、黒羽はチーム戦に慣れてない。こういうプレーに走ってしまうのも——

俺は戦慄した。

黒羽は、空中でシュートモーションを止めて左手にボールを持ち替え、そして左手でスクープに近いシュートを、打ちやがったのだ。

ダブルクラッチ。

そして黒羽の左手から放たれたボールはリングの内側を一周し、ネットに吸い込まれる。

俺を含めた全員が、その場で固まっていた。多分みんな同じことを考えてる。「なんでこいつこんな上手いの?」。ただ一人、さも当然のような涼しげな顔の黒羽に俺は尋ねる。

「お、お前、一人でずっとこんな練習してたの？　さすがに寂しすぎね？」

が、黒羽《くろは》はキョトンとした様子で首を傾げる。

「……？　昨日あなたがやったのを真似しただけよ？」

こ、こいつ何さらっと言ってんの？　なんでちょっと見ただけでできちゃうんだよ。

ははっ、いや、実はもうあんま驚かないけど、必死に練習してたのが馬鹿馬鹿しく思えてくるな。まあいい、５－０。なんかもう一方的な展開だ。

「瑞穂《みずほ》が、こんなに、上手いなんて……」

呆然《ぼうぜん》としたまま中禅寺《ちゅうぜんじ》がそんなことを呟《つぶや》いた。彼女は多分、バスケなら簡単に勝てて黒羽のハンストを阻止できると考えて勝負を提案したのだろう。俺もそう思ってた。

でも、これなら、このまま黒羽の個人技に頼って勢いで勝てるかも。

……が、物事というのは、そう上手く行かないようだ。

まず、足尾《あしお》はあんまりバスケが上手くない上、体力が弱い。ディフェンス時にマークを外さないのが精一杯でオフェンスとしては戦力になってない。そのため俺はほとんどダブルチーム気味にマークされてしまう。

そして、中禅寺が油断さえせずに黒羽をマークすれば、もう黒羽は敵わないのだ。黒羽のドリブルはスティールされ、シュートはブロックされてしまう。

逆に黒羽のディフェンスは中禅寺に圧倒されてしまう。守りは、地道でキツい基礎練と経験量がモノを言う分野。身体センス頼みで動いてる黒羽には、分が悪すぎる。

この後、一度だけ俺がジャンプシュートを決めたが、リードは巻き返され7－8。俺たちの攻撃順だが、このままだと負ける。黒羽のプレーの重大な問題によって。なんとかそれを伝えなくては。しかも、中禅寺に知られないようなやり方で。

だからスタートしてしまう前に、俺は黒羽に近づく。

「『万国のプロレタリアートよ』だ」俺は有名すぎるスローガンを途中で区切り、そして続ける。「お前はそれができてない」

「……なるほど、一番大切なことが、できてなかったのね。指摘に感謝するわ」

やり取りは中禅寺にも聞かれてしまったが、彼女は「？」と首を傾げている。うん、大丈夫だ中禅寺。お前の反応が普通だ。でもその普通さが仇《あだ》となる。

ぶっちゃければ、黒羽はチームプレーができないのだ。でも、敵に知られることなくそれを注意することができた。

『共産党宣言』の結び。「万国のプロレタリアートよ、団結せよ！」

ブルジョアに、プロレタリアが対抗し得る唯一の手段。それは団結。全員で戦うこと。

労働者の一部がストライキしたって意味はない。そいつらがクビ切られておしまい。が、労働者全員がストライキしたら資本家もマズいことになる。

もちろん三対三である以上……つーかスポーツである以上、ストライキとかそんなの関係ないのだが、黒羽はまるで団結できてない。ボールを手にすると自分をマークするディフェンスと一対一で勝負してしまう。

たしかに黒羽《くろは》は『指導者』を名乗るだけはあってリーダー気質だ。でもそれは、自分が先頭に立って仲間を引っ張るスタイルのリーダーシップ。ジャンヌ・ダルクというか、『民衆を率いる自由の女神』というか。カリスマ的かもしれないが、戦略家ではない。

そして中禅寺《ちゅうぜんじ》は完璧にそれを見抜いてる。自分がマークしていれば黒羽は必ず挑んでくると踏んでいる。だからまずそこを崩さないと。

黒羽ボールからのスタート。団結してるのだから、パスを出してくれると信じて俺は左からゴール下に切り込む。

期待通り、黒羽はドライブへのフェイントを入れて中禅寺を見事に騙《だま》し、俺にパスしてくれた……でもやっぱチームプレーは慣れてないんだな、下手くそなパスで危うくキャッチミスするところだった。

でも、このポジションでボール取れたらこっちのもんだ。藤岡《ふじおか》と、予想外の黒羽のパスに焦りながらも俺に対応しようとした中禅寺のダブルチームを食らいながらジャンプ、左レイアップ……を打たずに右手にボールを持ち替えリバースショット。

いやいや、昨日ちょこっと見ただけでモノにしちゃった黒羽に比べりゃ、俺の平凡なダブルクラッチとかマジ大したことないんですよ。だからそんな「ウソ⁉」みたいな顔すんなって中禅寺さん。あんたのディフェンスは悪くなかった。……でも藤岡、その舌打ちすごくムカつくからてめーはダメだ。中学に戻ってやり直してこい。と、少し天狗《てんぐ》になってしまいそうだが、９－８。ここ取られたら終わる。しかもバスケはサッカーなどと違いオフェンスが非常に有利なスポーツ。特に頭を使われると……

やはり中禅寺は頭が切れるし『部活』を知るプレーヤーだった。しかも彼女には『勝って黒羽のバカな行動を阻止する』という明確な意志がある。だから彼女はゲームを楽しむとか、個人技を披露するとか、そういう遊びの要素を完全に捨てて仕掛けてきたのだ。

奇策に頼らず、勝利にこだわってない味方も頼らず、さっきから上手くいっていた堅実な手段……独力で黒羽のディフェンスを崩しにかかってくる。しかも俺がカバーに入りにくい左へのドライブで、黒羽の未熟なディフェンスを抜いてしまう。

あ、終わった。負けた。俺はそう思ったのだが――

忘れていた。こっちにも一人だけ『部活』で頑張ってきた奴が、いたんだっけ。

もちろん俺じゃない。

黒羽を抜き勝利を確信し油断していた中禅寺は、黒羽のヘルプディフェンスとしてすでに自分の進行コースに入っていた足尾と正面激突した。かなりの勢いで、足尾は中禅寺にぶっ倒される。明らかなオフェンスファール。

しかし、すぐ足尾は立ち上がろうとしながら、自分にチャージングした中禅寺に謝る。

「……その、ごめん、なさい、中禅寺さん」

「い、いや、こっちこそごめん！　あたしは平気だけど、由香里《ゆかり》、怪我は――」

自分のミス――いや、純粋な経験不足で中禅寺《ちゅうぜんじ》に抜かれ、そのせいでこの事故を引き起こしてしまった黒羽《くろは》も、かなり焦った様子を見せている。

「足尾《あしお》さん！　ごめんなさい、私のミスで――」

「大丈夫です。……その、痛いのは慣れてますから」

そのセリフの最後の部分は、ちょっと俺には笑えないジョークだったが、足尾は何事もなかったように立ち上がる。黒羽もポカンとしていたが、すぐにくすっと微笑む。

「足尾さんに自己批判させる必要なんてなかったわね。もしかすると、私より革命家に向いてるかもしれない」

「いや足尾は革命家には向いてねーよ。バ、バスケ部に向いてるんだ」

俺はそう軽くツッコむが、黒羽は一度視線を落として、真剣な声で言う。

「私は自分勝手ね。たった今まで、自分のために闘っていた。でも、革命家は本来、他人のために闘わなければならない。だからあなたも、他人のために闘って」

黒羽の、どこか抽象的なセリフ。でも、彼女の言わんとすることははっきり分かった。

俺は足尾のファインプレーのおかげで手に入れた攻撃権《ボール》を拾う。

そして俺ボールからのスタート。もう策は決まってた。

ドリブルに入るフェイントを一度入れ、そして左手で黒羽にゴール下に切り込めと指示。

当然、中禅寺はマークを外さない。慎重になってるのかパスカットも狙っていない。敵チームのもう一人も、黒羽にダブルチームをかけるため、ゴール下に入る。彼女のマークする足尾との距離が離れる。

その機を見逃さない。俺は逆サイド、スリーポイントラインの外側、マークの外れかけていた他人——足尾にロングパス。彼女はボールをしっかりと受け取ってくれた。

「打って！」

俺が何か言う前に、俺の意を汲《く》んだらしい黒羽が足尾に命じた。

まあ、もしかすると愚策極まりないかもしれない。

今、ゴール下にいるのは黒羽と中禅寺と敵チームのもう一人。一番身長が低いのは黒羽。スリーを外せば確実に相手ボール。そうなったら多分、敗ける。

でも甘い。さっきの足尾のセリフ聞いてなかったのか？　お前ら屋外の床の硬いコートでチャージング食らって吹っ飛ばされて、それでも相手に「ごめんなさい」って謝れるか？　お前らは事情知らないだろうが「痛いのは慣れてる」とか笑えない冗談かませんのか？

何より、一番重要なのは。

ここで足尾が外して勝負に敗れたとしても、黒羽と俺は彼女を責めない。なぜなら俺たちはただの革命家。バスケのことはバスケ部員に任せる。

図書部室は……まあハンストなり、別の手段なりで守ればいい。そうだよな黒羽《くろは》？

そして、物事というのは、そう楽天的に構えた場合のほうが、なぜか上手くいってしまったりするようだ。足尾《あしお》がダブルハンドで放ったボールはリングのど真ん中を貫き、パサっとネットが揺れる。

「や、やった……」

最初、足尾は呆然《ぼうぜん》としていたが、本当に嬉《うれ》しそうな声で呟《つぶや》いた。

12－8。

十点先取。俺たちの勝利だった。


といっても、悔しがる敵を尻目に、黒羽と足尾と俺とで「やった！　勝った！」といって抱き合うような展開にはならない。相手チームの一人は「ったく、今日は動くつもりなかったのにー」とか言いながら仲間たちの輪に戻っていくし、藤岡《ふじおか》は審判役だった高崎《たかさき》と談笑し始めるし。

敵は、本気じゃなかった。そういうことだろう。それでも、コート脇で疲れ切って座り込んでしまった足尾に対し、ほとんど息のあがっていない黒羽が近づく。

「足尾さん、ありがとう。助かったわ」

「い、いえ、黒羽さんこそ本当に上手でした。私は全然。最後のシュートはまぐれ――」

「そう？　では、自己批判してくれる？」

「！」

『自己批判』という単語に硬直し、顔を真っ青にする足尾。そりゃ、あんなんトラウマにもなるわな。が、黒羽はくすっと微笑む。

「冗談よ。とにかくありがとう。あなたも辛い時があったら、また部室に遊びに来て。相談なら乗るわ」

「は、はいっ！」

いや、足尾すっげー嬉しそうにしてるけど、黒羽は多分お前のことオルグ対象者（オルグ対）と見なしてるんだぞ？　ちょっとは警戒したほうが……まあ、別にいいか。

それに、ゲーム前に足尾に対して「クスクス」笑いを向けていた女バス部員数人も、足尾の二度のファインプレーを見て思うものがあったらしい、拍手したり「ナイス！」とか言ってはいないが、彼女らの視線には、足尾を見直したかのような色が含まれてる……気がする。

これで良かったんだよな黒羽？　俺たちは他人――足尾のために、闘えたよな？

そして当の革命家――黒羽は、どことなーくだが寂しげな笑顔でボールを両手でトントンとドリブルする中禅寺《ちゅうぜんじ》の背後に歩み寄っていた。その中禅寺が、「バスケでも、負けちやったかー」と小さく、自嘲めいたことを呟《つぶや》いたのを、俺は聞き逃さなかった。

しかし、そんなセリフは聞こえなかったらしい黒羽《くろは》は、中禅寺《ちゅうぜんじ》に言う。

「さくら。私の勝ちよ」

中禅寺は、ほんの一秒ほど迷っていたが、ボールを捨て、にっこりと振り返る。

「ん、そーだね」

「今まで、何もかも、私はお嬢様のあなたに負けてきた。でも、今回ばかりは勝ったわ」

黒羽、それは違う。お前は中禅寺に何度も勝ってた。

成績は現在進行形で勝ってるはずだし、小学校の時、ピアノで中禅寺のプライドを打ち砕いて彼女の夢を壊した。今回もそうだ。多分、中禅寺は、部活で練習したこともない黒羽が自分と張り合えるくらいバスケが上手いと知った時点で、ショックだったはずだ。

でも、そんなことを、フランクでおおらかでギャルっぽいお嬢様は、言わなかった。

「……うん、負けたよ。今回ばっかは」

勝利宣言を中禅寺に認めさせた黒羽は一瞬視線を落とし、そして、少しだけ不安そうな表情で中禅寺の目を見つめる。

「私は、あなたと……対等な友達になりたいの」

真剣な黒羽の声音。それに対し、クスッと、完璧に呆《あき》れ切った様子で中禅寺は笑う。そして彼女は、黒羽の額を右手の拳でコツンと小突いた。

「もともと、対等だっつーの」

この瞬間の、黒羽の、恥ずかしさと嬉《うれ》しさが入り混じった笑顔は、なんというか、彼女の見せた最高の笑顔だった。

さーて、微笑ましい光景を見た後は、イラつく光景を見なくては。

「部外者に負けるとか、お前ダッセーな」

「部外者にマジになってどーすんだよ」

「ま、お前がマジでやってたら、それはそれで引いたけどなー」

「だろ？　ははっ」

審判をやってたイケメン高崎《たかさき》君と藤岡《ふじおか》は、そんなやり取りをしていた。

こっちは本気で挑んで辛くも勝利を得たのに、向こうにとっては「部外者だから手加減してやった」だ。ま、それが当たり前だよな。お前らゲーム以前に俺たちに勝利してる、カースト上位者、ブルジョアどもだもんな。

しかし黒羽は、その二人を忌々しげに一瞥《いちべつ》し、そしてなぜか俺のそばにやってくる。

「白根《しらね》君、放送室をジャックして。あの男には全校放送で自己批判してもらうわ」

「帰るぞ」

無茶苦茶な黒羽の命令を拒否して、俺はコートの外へと向かおうとする。

が、黒羽は俺の腕を摑《つか》んで止めた。

「待ちなさい。ここで何もしなかったら、何も変わらない――」

「もういいんだ。勝ったんだし落ち着けよ。な？」

黒羽《くろは》は、完璧に納得していない様子だったが、俺の腕から手を離してくれた。俺はもう一度「帰るぞ」と言い、彼女に背を向けてコートを後にする。黒羽は、無言だったが、大人しく、俺の後に続いてくれた。


が、部室に戻るなり、黒羽は俺を睨《にら》んでくる。

「何が『もういい』のよ？　私と足尾《あしお》さんは勝利で得るものがあったわ。でもあなたを取り巻く空気は何も変わってないじゃない」

俺は深いため息をついて、答える。

「俺がいいって言ってるんだから、いいだろ？」

「よくないわ。あなたのプライドが守れなかったなら意味がない」

俺はもう一度、深ーいため息をつく。こいつにはどうも、本気の言葉しか伝わらないようだ。本人が、何事にも本気だからか？　仕方なく、俺は本心を告白する。

「その、俺はさっき、お前が怒ってくれただけで、嬉《うれ》しかったんだよ。だから、それだけでいい。……ありがとな」

素直に感謝すると、黒羽も、折れた。

「……甘い、と思うのだけれど、あなたがそれで、いいなら」

本当に、それだけでよかった。俺は本当に嬉しかった。俺なんかのために、こんな子が、あそこまで怒ってくれて。……が、しかし、その直後、凄まじい不安に襲われる。

「な、なあ……俺も、お前のお母さんの本、触ったり読んだりしてるけど、いいの？」

黒羽は、藤岡《ふじおか》に、母の形見を触られることを本気で嫌がった。しかもプライドの問題とはいえ、親友の家にさえ預けたがらなかった宝物。ところが俺はこの前、その本に涎《よだれ》を垂らしかけたのだ。これ結構マジでキレられても仕方ないことじゃね？

しかし、黒羽は珍しいことに顔を真っ赤にして、俺から目を逸らす。

そう、まるで、照れている……俺に、惚《ほ》れているかの、ように。

なのだが……

「あなたは、読んでも構わないわ。その、私の、同志だから」

「なあ同志って呼ぶのやめてくれね⁉　世間様の目があるからさ⁉」

そんな時、部室のドアが開いた。入ってきたのは中禅寺《ちゅうぜんじ》。

「おっつかれー！　さっきは楽しかったよ。二人とも上手いね、ちょっとビビったよ。ね、今度はさ、純粋に遊びでまたバスケやんない？」

いつも通りの明るく元気な声と笑顔。が、黒羽は少しだけ目を細め、答える。

「それは構わないけれど、約束通り、あなたにはここの活動について文句を言わないという誓約書を書いてもらうわ」

「……はいはい。分かったよ」

「文面は私が作るから、あなたがサインする形式で――」

が、少しだけ不安げに、中禅寺《ちゅうぜんじ》は黒羽《くろは》のセリフを遮る。

「……ねえ、それは書くけどさ、退部届は、書かなくてもいい？」

黒羽は中禅寺から視線を逸らした。

「で、でも、あなたは、階級の敵――」

くそ、この期に及んで意地はるのかこいつ。だから俺は中禅寺を誘導することにした。

黒羽の頑固さをねじ曲げてやるにはこれしかない。

「なー中禅寺、お前、本読むの苦手じゃん？　でもお嬢様なんだし少しは教養とか持ってないとマズいだろ。黒羽にオススメの本でも紹介してもらえよ」

中禅寺と黒羽が俺の横槍《よこやり》に驚いた。そして頭の回転が速い中禅寺は俺の言葉の意図を汲《く》んでくれたらしい。彼女はちょっとだけ恥ずかしげに微笑んで（多分演技だ）黒羽に言う。

「あははっ、白根《しらね》のゆー通りだね。お父様――パパにも、『さくらは教養がないからなー』とか笑われちゃってて。瑞穂《みずほ》、オススメの本とか教えてよ」

この中禅寺の言葉にも驚いた黒羽だが、しかも慌てた様子で本棚に向かう。

「え、ええ。そうね、このあたりなら——」

　本当に嬉《うれ》しそうに、私物本の棚から本をチョイスし始める黒羽。あ、黒羽さん、今完璧に革命とか活動のこととか忘れてる。やっぱ友達が自分の趣味に興味持ってくれるのは嬉しいよな。それに『金持ちの家に宝物を預ける』のは嫌でも『親友に本を貸す』のはいいわけだ。予想通り。……しかし、黒羽が手に取った本は、おいおい、いきなり『資本論』かよ。それの読破は初心者には無理だろ。俺にも無理だし。しかも資本家のお嬢様にそれ読ませるとか何考えてんだこいつ？

　中禅寺もそれを見て、少し焦った様子で注文を細かくし始める。

「む、難しいのは無理だから！　そーだ、小説がいい！　映画とかドラマの原作とか！」

「そういうのは持ってないわ。それにお父様の言う『教養』とはきっと古典のことよ？」

「じゃ、じゃあ……古典でも漢字が簡単で、読みやすいやつとか、ない？」

「『動物農場』の日本語訳とか、読みやすいかもしれないわね」

「あ、動物の話？　泣けるやつ？」

「いえ、童話風の社会風刺文学よ。私の敬愛する作家、ジョージ・オーウェルが、ソ連型社会主義の欺瞞《ぎまん》と矛盾を鋭く風刺して、——……」

『動物農場』の本を手に、嬉しそうに語り始める黒羽と、若干引いている中禅寺。

　でも、俺は、なんか微笑ましい気持ちで、仲良いくせにまるで嚙《か》み合ってないこの二人のやり取りを眺めていた。

ちょっとだけ自負もあった。

この二人の関係は、俺が守ったんだと、ね。……さすがに傲慢か。

すると中禅寺《ちゅうぜんじ》は、ポケットから画面が光っているスマホを取り出す。

「あ。ごめん、ちょっと待って」

彼女はそう言ってスマホの画面を確認する。

「ごめん、その、今日も迎えに来るんだった。行かなきゃ」

「……では、これだけでも、持って帰って、読んで」

これだけ、という表現で十数冊の本を差し出す黒羽《くろは》と、少しぎこちない笑みでそれを受け取る中禅寺。あーあ、大変そうだなー。俺がこうなるよう誘導しちゃったんだけど、ちゃんと読まないと怒られるぞ？

そして、「二人とも、じゃーね」と中禅寺は両手で本を抱え、部室を出ようとする。

本で両手が塞がってる彼女のために、俺がドアを開けてやると……

「白根《しらね》、ありがとね」

本当にいい笑顔で、中禅寺がそう呟《つぶや》いた。多分、俺がドアを開けたことについての感謝の言葉では、なかったはずだ。

うん、すっげー安っぽい言葉だから絶対に使いたくなかったけどさ。

良いことをした後は、気分が良いな。

とまあ、俺が思わず自己満足しちゃっていると……なんか、背後からとんでもない負のオーラを感じ、俺は少しビビりながら振り返る。ドス黒いオーラを纏《まと》った黒羽《くろは》が、俺を思いっきり睨《にら》んでいた。ほとんど敵意に近いものを向けられてる。

「な、なんだ？　どうした？」

「……たった今、気付いたのだけれど。白根《しらね》君、どういうつもり？」

「何がだよ……？」

「よくよく考えればおかしいわ。あのさくらが、わざわざあのファシストや生徒会に内通してここの部外者入室のことを提案するとは思えない。きっと、さくらがここにいることを望んでる誰かが、入れ知恵したのでしょうね……？」

ちっ。俺の裏切りに勘付きやがったか。空気読めないとはいえ頭はいいもんな。

しかも黒羽の表情は……お、おいおい、結構マジでご機嫌ななめじゃねーか。さっき俺を同志とか呼んで、親友と仲直りできて嬉《うれ》しそうにしてたくせに。

「一体、どういうつもりかしら？　い、いえ、その、もしかすると、さくらの容姿に惹《ひ》かれるのは、当たり前なのかもしれないけれど……」

「何言ってんだお前？」

「と、とにかく！　私たちは革命家でさくらはブルジョア。相容れるわけがないでしょう？」

「いや、俺、革命家じゃねーし……ってか、お前もなんだかんだ言って中禅寺《ちゅうぜんじ》と一緒にいれて嬉《うれし》いんだろ？」

黒羽は一瞬気まずそうに目を逸らしたが、それでも再度俺を睨んでくる。

「それとこれとは話が別よ！」

「何がだよ？」

「だ、だからって、その、あなたが、さ、さくらに……」

「本当に何言ってんだお前？　……つーかさ、革命家は私利私欲に振り回されてはならないんだろ？　でもお前思いっきり私利私欲に振り回されてね？」

「！」

俺の言葉に、黒羽はビクッと肩を震わせた。しかも顔が真っ赤になってる。あ、やっと自覚したか。中禅寺さくらお嬢様と仲良くしたいという『私利私欲』を。

「中禅寺のこと大好きで、一緒にいたいんだろ？　いいじゃん。別に俺は責めねーよ」

「違うわ！　そうじゃなくて……」

こいつなんでこんな動揺してんだ？　中禅寺と一緒にいたいけれど、思想信条の都合上それを大っぴらに認められないのか？　……くそ、少しはその石頭、柔らかくしろよ。

そんな黒羽は三たび、俺をキッと睨んでくる。

「とにかく！　あなたは故意に、この部を危機に陥れた。これは重罪よ！」

「悪かったよ。でも自己批判はしねーからな。あと俺を総括援助《リンチ》すんなよ？」

「……二度目は、ないわ」

あ、結構簡単に許してくれるんだ。意外と寛大だな。

が、なぜか黒羽《くろは》は一瞬、意を決したような表情を浮かべ、ドアに向かうとガチャっと鍵をかけた。さらに彼女は窓に近づき、シャっと部屋のカーテンを閉める。

「……な、なんで鍵かけてカーテン閉めた？」

一度、唾を飲み込む。今更だが、何かを決意した様子の美少女と密室で二人きり。そう意識すると、俺の脳裏にはあの光景がよぎってしまう。その、黒羽の家で、窓に映った下着姿の黒羽の姿が――

なのだが……振り返った黒羽は、真顔でとんでもねーことを言い出す。

「今から徹夜で学習会をやるわ。徹底的にあなたの思想を赤く染める――」

「ついに堂々と『思想を赤く染める』とか言いやがったな⁉　帰る！」

そう叫んで俺はドアに突っ込み、鍵を外してノブを回そうと試みるが……

「待ちなさい！」

驚きの瞬発力を発揮し飛びかかってきた黒羽に、ノブを掴《つか》む手を押さえられた。くそ、細腕のくせになんて力……いや、あんなロングシュートをワンハンドでスパスパ決められるんだから当然っちゃ当然か。とにかく……

「は、離せよ……」

「い、いやよ！　あなたのオルグもかなり進んだわ。そろそろ、完璧に染める頃合い――」

「オルグは進んでねぇからな!?　俺は染められちゃいない！」

そう叫ぶも、ふと嫌なことに気付き、怖くなってくる。

なんか最近、頭の中でアレげな用語がポンポン出てくるようになっちゃってる気がするんだけれど、もしかして俺、マジでだんだん、黒羽に、染められてる……？

お、おかしい。

俺はここのところ、普通だったらまずあり得ない日々を過ごしていた。

真っ直ぐな正義感を持つ謎の美少女に素質を見出され、彼女が部長を務める謎部活に入り、不当な搾取と暴力を受けていた女の子を救い、そして当の美少女と親友の絆《きずな》が壊れないために奔走し、そして最後には強大な敵と戦い勝利したのだ。

王道の展開。もはや正統派ライトノベルだ。講談社ラノベ文庫は『読者に愛されるキャラクターを生み出し、キャラクターにファンが惹きつけられる正統派ライトノベル』を出してます。

しかし……細っこい腕で、俺を部屋から逃すまいとギリギリっと必死に俺の手を押さえる美少女は、ぎゅっと目を閉じ、なんか本音っぽいことを漏らし始める。

「し、資本主義のお嬢様に奪われるくらいなら、いっそ総括を――」

「お前何ヤバいこと口走ってんだ⁉」

ただ一点、正統派ライトノベルじゃないのは、その美少女が、革命ガチ勢のマルクス主義者だったことだ。その時点でライトノベルじゃない。こんなんレフトノベルだ。黒羽《くろは》に惹《ひ》きつけられたら染められかねないので青少年にオススメしていいわけがない。

「は、離せよっ……！　個人の言論や思想は自由とか言ってたくせに！」

「そ、そんなの、建て前に決まってるでしょう⁉　公共福祉のため、多少、個人の自由が制限されなければならないことだってあるわ！」

「あーあ言っちゃった！　開き直っちまったよこいつ！　俺の自由を制限しやがってなーにが革命家だよ！　結局お前がプロレタリア独裁したいだけじゃねーか⁉」

「！」

独裁者扱いされるのが大嫌いな黒羽瑞穂《みずほ》同志は俺の指摘に肩を震わせ、やっと俺の手を離す。

「私は、人の自由を奪う、独裁者ではないわ」

「なら帰っていいよな？　今日はとちテレで『ガルパン』再放送するから観たいんだよ」

「…………」

なんか悔しげに唇を噛《か》んでいる黒羽に言い放つ。

「あと明日からは来ねーぞ。赤く染められたり思想統制されたくはねーからな」

黒羽はかなり不服そうだったが、こいつは文句がある時は堂々と言ってくれる奴なので、俺は「じゃーな」とだけ言い、部室から出た。

リア充にはなれない俺だが革命家の同志になるつもりもないので、二度とここには来ないと決意しながら。

エピローグ

さて。翌週月曜日の放課後。

俺の思想を赤く染めるとか堂々と宣言しやがった危険少女のいる部活になど行かず、さっさと帰宅するつもりで俺は教室から出る。本は家でも読めるし。高田《たかだ》先生やあの五色《ごしき》生徒会長に密告しなかっただけありがたく思えよ黒羽《くろは》？

……なのだけど。

ハッと気付いた時には俺は部室棟に入り、そして図書部室前まで来ていた。

習慣というのは怖い！　慌てて踵《きびす》を返す。

が、ちょっと思い直し、俺はドアを軽くノックした。中禅寺《ちゅうぜんじ》なら黒羽を真ん中に近いところに戻してやれるはずだから、俺が黒羽を監視する必要などないのだが、私物本いっぱいここに置いちゃったから、回収しなきゃ……。

ドアを開ける。とても残酷なことに、教室の引き戸を開けるよりこのドアを開けるほうが、はるかに軽く感じてしまう。

ま、まあ、中禅寺さえいてくれりゃ、黒羽も大人しくして……

「あなたなら来ると思っていたわ。白根《しらね》君、あなたは私の『同志』よ。革命のために頑張りましょう。スクールカースト体制は私たちによって粉砕されるわ」

不運にも、今日は中禅寺さくらお嬢様がいらっしゃらなかった。

そして不屈の精神をお持ちの黒羽瑞穂《みずほ》同志は、革命への熱意に燃えちゃってます。

「いや、俺やっぱ、革命とか、そういうの迷ってるっつーか――」

「それで構わないわ。その冷静さは大切にして」

「……お、おう？」

「崇高な理念を抱いていたはずの革命家が、簡単に人を殺傷できる武器の威力に酔ってただ己が存在を誇示したいだけのテロリストに成り下がった例なんて数知れないわ」

「う、うん、やっぱそのくらいのことは分かってるんだね。ちょっと安心し……」

「でも、あなたなら強力な武器を手にしても、その威力に惑わされることなく――」

「全然安心できねぇ‼　簡単に人を殺傷できる武器とか絶対に持たねぇぞ⁉」

ドン引きながらそう突っ込む。スクールカーストを武器の力で粉砕しようとした結果がコロンバイン高校銃乱射事件とかなんだぞ？　割とシャレになんねーこと言うな！

本当に、この女は、もう……。

……それでも、俺は、こんなことを思ってしまっていた。

俺は三年間、ずっとスクールカーストの下層で、上位者の視線に怯《おび》えながら燻《くすぶ》る毎日を送る覚悟で高校に入った。

中高生の『友達』とか『仲間』なんて、どうせ表面上だけの、信用ならない繋《つな》がり。そんなものいらない。本気でそう思ってた。

ところが、ひょんなことから革命家の少女に目をつけられ、そして『同志』とか呼ばれ始めてしまった。

今後、この少女が何をやらかすかは分からない。

そして、その巻き添えで「あいつら何やってんのクスクス」という嘲笑の的になる未来もはっきり見えてしまう。

……なのだけれど。

その革命家の少女だけは、絶対に、『同志』である俺を――いや、俺に限らず誰かを陰で笑い物にしたり、見下したりしないのだ（強者に真っ向から嚙《か》み付きはするだろうが）。とにかく、それだけは断言できる。

そんな奴と一緒になら、白い目で見られ、笑い物にされ、教師に目をつけられ、お箸持つ手のほうの方々にガチで怒られても、別に構わない気がしてしまう自分も、いるのだ。

そ、それにだ。

この革命家少女が何かの間違いでガチな反社会的行為に走りかけた時、ちゃんと止めてやれる誰かが必要じゃね？

こいつの思想的には『階級の敵』であるリア充ギャルでブルジョアなお嬢様に任せてお

くのは少し不安だし、『公共の敵』の生徒会長が黒羽《くろは》を止めにかかったら、むしろ反発してもっとヤバいことをやりかねない。

　でも、黒羽に『同志』と思われている人間（俺）なら、なんとか彼女を止められる。

　鬱展開や鬱エンドも積極的に愛していく立場の俺だが、ただし二次元に限るの注がつく。

　リアルで内ゲバ展開《コロシアイ》とか、逮捕《バッド》エンドとか総括《デッド》エンドとか餓死《デッド》エンドとか粛清《デッド》エンドとか収容所《デッド》エンドとか、とにかくそういうのはゴメンだ。

　現時点で想定されるエンディングのほとんどがデッドエンドって時点でヤバい気がするが、だからこそ、そんな悲惨な結末を変えるために俺は、……。

　リア充になれない俺は革命家の同志に……いや、やっぱり最後までは言えん。えっと、保留ということで。

担当様『◯◯とか◯◯とか具体的な団体名は絶対に書かないでくださいよ⁉
仙波《せんば》さんはそういう思想をお持ちだからいいかもしれませんが
巻き添えで講談社まで攻撃されたらたまったもんじゃないので！（意訳）』
僕『あ、あの？　僕は生まれてこのかた政治に無関心なノンポリでして
そういう思想とか持ってないですよ⁉　なんか誤解されてません⁉（意訳）』
担当様とのメールより抜粋

最初にこれ書いておかないと確実にヤバい気がしました。

初めましての方は初めまして、お久しぶりの方はお久しぶりです。

畏れ多くも新シリーズ、書かせて頂けることになりました。仙波ユウスケです。

特定の政治思想は持っておりませんし、政治自体にあまり興味ありません。

選挙に行くのを「めんどくさいなー」と感じてしまい、夕方になって慌てて（多分真ん中あたりの立場に）投票してるような男です。……本当ですよ？

さて、弁明は済みました。

そして書くことがなくなりました。あとがきはいつも困ります。困ったなぁ……。

さて、今作は自意識過剰で被害妄想が激しくリア充になれないスクールカースト最下層『プロレタリア』の少年と、スクールカーストという階級社会の粉砕を画策するマルクス

主義的『革命家』の少女の物語です。

……うん、こう書いてみるとちょっとよく意味が分からないですし、危なっかしくて香ばしい匂いが漂っちゃいますね。

なので、もし少しでも気になられた方は、本文を読んで頂けると幸いです。

そして、もし少しでも拙著を読んで楽しんで頂ければ、よりいっそう幸せです。


そういえば昔、携帯ショップに行ったら高校時代クラスメイトだった子（当時もキラキラしてる華やかな感じの女の子でした）が店員さんだったことがあります。

「仙波君、だよね？　うわ、めっちゃ久しぶり！　あたしのこと覚えてる⁉」

カウンターの向こうの彼女は満面の笑みで明るくそう言ってくれました。これはもう運命の再会……にはならず、彼女はすぐに『善意』というナイフで僕の心を刺してきました。

「仙波君、今度の同窓会も来ないの？　忙しい？」

えっと……？　同窓会？　ソレ、ナンデスカ？　会の存在自体知りませんでしたよ？

なんか高校の倫理の教科書に『高校で出会った友達は一生の友達になります』とかありましたが全然そんなことないみたいっすね。あの一文書いたの誰です？

……も、もうやめときましょう。なんか愚痴ばっかになっちゃいますもん。

なのでここからは謝辞です。

イラストレーターの有坂《ありさか》あこ先生
まずい状況に陥っても『この本は有坂あこ先生のイラスト集です！　文章なんて飾りです！　偉い人にはそれが分からんのです！』と言い張れば押し通せそうな（通せません）、とにかく素敵な絵を描いてくださり本当にありがとうございます。

担当編集のF女史
学校の女子グループや女子スクールカーストの世界について色々とアドバイスして下さりありがとうございます。F様から女性社会の仕組みを教えて頂けなければ、この物語は書き上げられませんでした。それと、一向にページ数を削れない僕のせいで度重なる改稿に付き合わせてしまい申し訳ありません。

あとですね、ラノベ文庫の別の編集者の方に「新シリーズ、どんな感じ？」と聞かれたので「えっと、ヒロインがマルクス主義者です」とお答えしたところ、

「お前バカだろ！（笑）さすがFさんロックだな～」

とバッサリ一笑に付されてしまったので、改めてこんな企画にOK出してくれたF様と編集長の懐の深さとロックさに感服しました。ありがとうございます。

また、校正様、デザイナー様、講談社ラノベ文庫編集部の皆様、本書の出版に携わって頂いた全ての方々にお礼申し上げます。ありがとうございました。

それから一応、数は多くないけれど、だからこそ大切な、付き合いの長い友人たち。なんか今更になって『類は友を呼ぶ』んだなぁと思い始めてます。ものすっごくオブラートに包んで言うと、俺たちダメな奴らです。が、そんなダメな君らが大好きです。……でも真夜中に泥酔状態で電話かけてきて『うんざりなんだよ!!　あーもう、うんざりなんだよ!!　あの◯◯◯◯どもがよぉ!!』とか聞くに堪えない汚い言葉で仕事の愚痴ぶちまけたりすんの、普通に迷惑なんでやめてもらえません?

あと、家族へ。もう文章にするまでもなく、何から何まで感謝しております。

そして何より。

本書を手に取って頂いた全ての方々へ。心よりお礼申し上げます。

仙波《せんば》ユウスケ

ファンレター、
作品のご感想を
お待ちしています。

あて先

〒112-8001　東京都文京区音羽2-12-21
(株)講談社ラノベ文庫編集部 気付

「仙波ユウスケ先生」係
「有坂あこ先生」係

より魅力的で楽しんでいただける作品をお届けできるように、
みなさまのご意見を参考にさせていただきたいと思います。
Webアンケートにご協力をお願いします。

https://eq.kds.jp/lightnovel/6272/

講談社ラノベ文庫

リア充《じゆう》になれない俺《おれ》は革命家《かくめいか》の同志《どうし》になりました1

仙波《せんば》ユウスケ

2016年3月2日第1刷発行

発行者	清水保雅
発行所	株式会社　講談社 〒112-8001 東京都文京区音羽2-12-21
電話	出版　(03)5395-3715 販売　(03)5395-3608 業務　(03)5395-3603
デザイン	ムシカゴグラフィクス
本文データ制作	講談社デジタル製作部
印刷所	豊国印刷株式会社
製本所	株式会社フォーネット社

ISBN978-4-06-381517-7　N.D.C.913　334p　15cm
定価はカバーに表示してあります

講談社ラノベ文庫

Webアンケートにご協力をお願いします！

読者のみなさまにより魅力的で楽しんでいただける作品をお届けできるように、みなさまのご意見を参考にさせていただきたいと思います。

◀アンケートページは
こちらから

アンケートに
ご協力いただいた
みなさまの中から、抽選で

毎月20名様に図書カード

（『銃皇無尽のファフニール』
イリスSDイラスト使用）

を差し上げます。

イラスト：梱枝りこ

Webアンケートページにはこちらからもアクセスできます。

https://eq.kds.jp/lightnovel/6272/

講談社ラノベ文庫

毎月2日発売

遠野誉の妖怪騒動記1・2

著 幹《もとき》　ill. しきみ

突然できた妹は可愛くて、家事が上手で、モフモフで？

両親が残してくれた洋館に一人残され、慎ましやかな生活を送っていた遠野誉のもとに、突然知らない少女が妹と称し現れた、しかも三人も。特に小春は兄妹に対しておかしな認識を持ち、一日中誉にベッタリ。その光景に違和感を持つ者はおらず、オタク上級者の先輩は「ギャルゲー設定に目覚めたか!」と盛り上がる始末。困惑する誉の前にやっと現れてくれた理解者は幼馴染の御玉音々だった。彼女が陰陽師であったことも初耳の誉だが、更に妹たちは妖怪だと聞かされる。妹を演じる妖怪娘たちの目的を問うと、彼女らを誉のもとに送り込んだ者が居たことが判明する……。誉の周囲で妖しい陰謀が渦巻き、穏やかだった日常は闘いの生活へと変貌する!?

講談社ラノベ文庫
毎月2日発売
著 柑橘ゆすら
ill. 蔓木鋼音
小説家になろう発！
超人気ファンタジー！
異世界で少年は支配者となる
異世界支配のスキルテイカー 1～3
～ゼロから始める奴隷ハーレム～
女もスキルも奪い取れ——!!
武術の天才、近衛悠斗が召喚されたのは、奴隷たちが売買される異世界であった。
悠斗はそこで倒した魔物のスキルを奪い取る、《能力略奪《スキルテイカー》》というチート能力を使って、
100人の奴隷ハーレムを目指しながらも悠々自適な異世界ライフをスタートさせる。
小説家になろう発、超人気ファンタジー開幕!
——これは1人の少年が後に異世界で《支配者》と呼ばれるまでの物語である。
公式サイト http://lanove.kodansha.co.jp/official/skilltaker/